NARRATORI ITALIANI

Dello stesso autore presso Bompiani:
Il rumore sordo della battaglia
Il sopravvissuto
Una storia romantica
Il bambino che sognava la fine del mondo
La seconda mezzanotte
Il padre infedele

ANTONIO SCURATI

IL TEMPO MIGLIORE DELLA NOSTRA VITA

ROMANZO
BOMPIANI

Via Angelo Rizzoli 8 – 20132 Milano

Published by arrangement with
Marco Vigevani & Associati Agenzia Letteraria

ISBN 978-88-452-7913-3

Prima edizione Bompiani aprile 2015

A chi resiste. Ora e sempre.
E a Lucia che sta imparando a leggere

IL TEMPO MIGLIORE

I

Leone Ginzburg dice "no" l'otto gennaio del millenovecentotrentaquattro. Non ha ancora compiuto venticinque anni ma, dicendo "no", s'incammina verso la propria fine. Sebbene impugni soltanto una penna, muove quel primo, estremo passo con l'eleganza vigorosa e risoluta di uno sciabolatore che posizioni il pugno in terza, arma in linea:

"Illustre professore, ricevo la circolare del Magnifico Rettore, in data 3 gennaio, che mi invita a prestare giuramento, la mattina del 9 corrente alle ore 11, con la formula stabilita dal Testo Unico delle leggi sull'Istruzione Superiore. Ho rinunciato da un certo tempo, come Ella ben sa, a percorrere la carriera universitaria, e desidero che al mio disinteressato insegnamento non siano poste condizioni, se non tecniche o scientifiche. Non intendo perciò prestare giuramento."

Il giovanissimo libero docente di letteratura russa ha in pugno soltanto una penna, la utilizza verosimilmente da seduto, eppure si leva contro i simboli di morte, la guardia alta, la contrapposizione costante. Ginzburg traccia sul foglio poche frasi, nessun clangore romantico, nessuna messinscena drammatica, solo quella pulizia di segno nell'aria sgombra che rimarrà sempre l'ideale trasmessogli da maestri prossimi e viventi, eppure lo studiolo dal quale indirizza quelle poche parole a Ferdinando Neri – preside della facoltà di lettere e suo relatore di laurea – si riempie di echi di altri maestri, maestri remoti e perduti, uomini che sigillarono la loro esistenza aprendosi un'arteria con la lama di un rasoio. Mentre Ginzburg scrive il suo "no" al fascismo, nello studiolo risuonano frasi antiche, giunte fin lì da mondi lontani. Non intendo giurare. L'onore è un motivato rifiuto. L'onore è obbedire senza abbassarsi. L'onore è sentire la bellezza della vita.

Ad ogni modo, clangore o non clangore, quando Ginzburg depone la penna, la spada è spezzata. Spezzando con questo rifiuto la propria promettente carriera e, in qualche modo, la vita, Leone Ginzburg, a nemmeno venticinque anni, entra nella ristretta comunità di quegli uomini dai quali dipende la sopravvivenza di tutti gli altri.

Nel momento in cui Leone Ginzburg dice no, l'obbligo per i professori universitari di giurare fedeltà al fascismo è in vigore da due anni e quattro mesi. È stato decretato nell'agosto del 1931 su suggerimento del ministro per l'Educazione nazionale, il filosofo Balbino Giuliano, imposto per la prima volta nell'ottobre di quello stesso anno e poi esteso anche ai liberi docenti nell'estate del 1933. Chi si fosse rifiutato di giurare avrebbe perso la cattedra. Senza pensione, nessun indennizzo, condannato all'isolamento. Ecco la formula del giuramento: "Giuro di essere fedele al Re, ai suoi reali successori e al Regime Fascista, di osservare lealmente lo Statuto e le altre leggi dello Stato, di esercitare l'ufficio di insegnante e adempiere tutti i doveri accademici col proposito di formare cittadini operosi, probi e devoti alla Patria e al Regime Fascista."

Nei ventotto mesi che separano la promulgazione della legge fascista dal rifiuto di Ginzburg a sottomettersi, soltanto tredici professori ordinari di università statali si rifiutano apertamente di giurare perdendo cattedra, pensione e stipendio. Tredici su quasi milletrecento. I loro nomi vanno ricordati.

Si chiamano Ernesto Buonaiuti, Mario Carrara, Gaetano De Sanctis, Giorgio Errera, Giorgio Levi Della Vida, Fabio Luzzatto, Piero Martinetti, Bartolo Nigrisoli, Enrico Presutti, Francesco e Edoardo Ruffini, padre e figlio, Lionello Venturi e Vito Volterra. Tre di loro sono ebrei, quattro insegnano a Torino, quattro a Roma, uno a Napoli, uno soltanto nell'Università di Milano, Piero Martinetti, pure lui piemontese. Tra loro non c'è nemmeno un docente di storia moderna né un professore di letteratura. Sono tutti cattedratici insigni, uomini maturi o anziani, salvo Edoardo Ruffini, di gran lunga il più giovane, appena trent'anni. Saranno tutti espulsi nel giro di pochi mesi.

Eccetto questi tredici, tutti gli altri giurano. Perfino gli antifascisti professi. Alcuni lo fanno per non privare l'università del loro magistero di liberi pensatori, per rimanere al loro "posto di combattimento". Chinano il capo ma stringono i pugni. Seguono la linea del Partito comunista e il consiglio di Benedetto Croce, il grande filosofo liberale, bandiera della resistenza intellettuale al regime, l'unico italiano cui il fascismo consenta un'aperta dissidenza: non lasciate l'università in mano ai fascisti, aveva suggerito.

Ma sono in pochi a ripiegare per combattere ancora. La schiacciante maggioranza, è proprio il caso di dirlo, si lascia spingere da motivazioni per lo più modestamente ignobili. Chinano il capo e basta. Giurano, firmano, si accodano. Pagano con un battesimo di viltà la permanenza nella classe colta. Omologati nella lista, arroccati sulla loro cattedra, i chierici tradiscono. Vale per quasi tutti loro ciò che Gioele Solari, illustre filosofo del diritto, venerato maestro di numerosi antifascisti, dirà di sé, a guerra finita, nel 1949: "Non ebbi il coraggio, né dell'esempio, né del sacrificio."

D'altronde, mentre Leone Ginzburg nel chiuso del suo studiolo, senza clangori romantici e rimanendo seduto, dice "no" al fascismo, fuori, nei corridoi dell'università e del mondo, il fracasso si scatena trionfante.

Proprio in quel 1934 la cerimonia d'inaugurazione dell'anno accademico viene modificata. Soppresso il tradizionale discorso inaugurale, il rito s'incentra su una spettacolare novità: la parata militare dei giovani universitari inquadrati nelle organizzazioni fasciste. Mentre Ginzburg dice "no" nel suo studiolo, pochi metri più in là, nei cortili dell'università i Giovani universitari fascisti sfilano in camicia nera all'insegna dell'accoppiata "libro e moschetto". Il rettore Silvio Pivano coglie l'occasione per scoprire nell'aula magna una lapide dedicata ai "Martiri della Rivoluzione Fascista". Scolpite nella pietra, le parole benaugurali inanellano la gloria passata a quella presente e questa al futuro: si rievoca il "carattere dai secoli romanamente forgiato", si presagisce lo schiudersi di "un'Era lanciata ai secoli futuri, l'Era Fascista". All'orizzonte del mondo, in tutte le tre estasi del tempo, nient'altro che il fascismo.

Il testo è stato suggerito da Cesare Maria De Vecchi, quadrumviro della marcia su Roma, primo comandante della Milizia fascista, governatore e ultimo colonizzatore della cosiddetta Somalia Italiana, al quale la facoltà di lettere ha appena concesso la libera docenza in storia del Risorgimento. Un uomo che presto, diventato ministro per l'Educazione nazionale, guiderà quella che lui stesso, con la delicatezza da comandante di bombardieri, definirà "bonifica fascista della cultura nazionale". Lo farà attuando una visione che lo aveva ispirato nel 1933 quando, in visita agli immensi cantieri nel centro di Roma dilaniato dal "risanamento" voluto dal regime, aveva annotato a proposito del mondo universitario: "Colpi di piccone ci vogliono [...] riapertura di canali nella terra nuovamente squarciata perché tutte le acque confluiscano al grande fiume." De Vecchi squarcerà e bonificherà l'università obbedendo a Mussolini che nell'università aveva individuato "l'ultima ridotta dei nemici dello Stato" e che aveva ordinato: "Fascistizzare ancora di più gli angoli morti della vita nazionale!"

E così, in uno di quegli angoli morti, mentre Cesare Maria De Vecchi paragona l'università a una polla miasmatica e mette mano al piccone, Leone Ginzburg mette mano alla penna e gli risponde di no. Nello stesso istante abbandona quel piccolo mondo popolato da cultori di reliquie e cimeli, da cattedre di sanscrito preferite a quelle d'inglese, che si è illuso di poter sopravvivere scavandosi una fossa, accucciandovisi dentro e badando ai fatti propri, quel piccolo mondo servile, meschino ma superbo, illusosi che si possa sopravvivere senza dignità. Un mondo di cui, forse, anche lui ha annusato il sentore di morte.

D'altronde, in quel 1934 il puzzo di morte aleggia ovunque in Europa. In Francia i fascisti di Action Française tentano il golpe del "6 febbraio" ma sono fermati davanti al palazzo del governo che volevano prendere d'assalto (sedici morti); in Spagna, le rivolte catalane e basche per la legge agraria, gli scioperi generali di Madrid, di Barcellona e delle Asturie, con numerosi morti in tutti i casi, annunciano la futura guerra civile, che a sua volta annuncerà la guerra mondiale; in Austria, sempre in febbraio, il cancelliere Dollfuss reprime l'insurrezione socialdemocratica accelerando così la propria rovina (in luglio sarà assassinato dai nazisti che preparano l'annessione alla Germania); in Germania, alla morte di Hindenburg, Hitler, pur restando capo del governo, diviene capo dello stato. Ora è il Führer.

In Italia, dove il fascismo è stato inventato, mentre la sua minaccia si estende a tutta l'Europa, la dittatura, al potere da dieci anni, si esalta e consolida preparando con le elezioni di marzo il proprio plebiscito. Il consenso nei confronti di Mussolini si avvia, così, a raggiungere il suo apice. Mussolini lo sa: "L'antifascismo," dichiara, "è finito. I suoi conati sono individuali e sempre più sporadici." Mussolini ha ragione ("Mussolini ha sempre ragione"). Ha ragione e ha torto allo stesso tempo. Mentre lui pronuncia quella frase, Leone Ginzburg, nel suo studiolo di libero docente non più libero e, dunque, non più docente, ha uno di quei conati: "Desidero che al mio disinteressato insegnamento non siano poste condizioni se non tecniche o scientifiche. Non intendo perciò prestare giuramento."

Mussolini ha ragione perché probabilmente Ginzburg rimarrà l'ultimo tra i liberi docenti a subire l'epurazione negandosi al giuramento. Il duce degli italiani ha, però, torto perché Leone, l'ultimo a dire no, è anche il primo. Primo di una nuova generazione. Altri, lo abbiamo visto, hanno rifiutato prima di lui ma sono, con l'eccezione di Edoardo Ruffini, uomini maturi o anziani. Uomini di grande valore, eppure precocemente invecchiati insieme a quel vecchio mondo liberale che si era illuso di poter esorcizzare il fascismo sedendosi a tavola con esso. Soldati morenti che arrivano a compiere il bel gesto da terra, già abbattuti. Combattenti che cadono in una battaglia già perduta.

Leone Ginzburg no. Lui è giovane. Nato nel 1909, era ancora ragazzino quando, fianco a fianco con Benito Mussolini, Cesare Maria De Vecchi, il bonificatore, il picconatore, marciava su Roma preparandosi a sventrarla. Come ha scritto Giorgio Boatti, rifiutandosi di giurare, Leone scioglie un voto e ne stringe un altro. Il suo "no" non commemora, inaugura, si rivolge al futuro. Asciutta e perentoria, la sua non è più la perorazione di uno sconfitto.

Certo, dal punto in cui Leone Ginzburg si trova in questo momento del 1934 – lui ebreo, antifascista, apolide in un'Europa travolta dalla marcia trionfale dei fascisti, degli antisemiti, dei nazionalisti di ogni bandiera – da quel punto di osservazione nel suo studiolo non s'intravede proprio nessun futuro. Ciò nonostante, Leone Ginzburg, pur in vista di nessun avvenire, dice "no" ai giorni del presente, secondo quanto ci invitò sempre a fare Aleksandr Blok, un grande poeta russo di quegli anni che mi piace immaginare Ginzburg possa aver letto e amato sebbene nei suoi tanti scritti dedicati alla letteratura russa non ne sia mai menzionato il nome. Un poeta morto di fame a quarant'anni durante la carestia del 1921, dopo esser stato disprezzato ed emarginato da quegli stessi soldati bolscevichi di cui aveva esaltato la marcia rivoluzionaria nella neve in una notte di San Pietroburgo.

Si dice che resistere procuri gioia. Uomini che, giunti alla prova, resistettero, ne hanno lasciato testimonianza a tutti noi che mai l'abbiamo affrontata e, probabilmente, mai l'affronteremo. Quegli uomini hanno scritto dei giorni in cui viene meno ogni speranza terrena, quando sembra che il dolore fisico ti opprima e che la vita, nel dolore, si dissolva. I giorni in cui gli amici sono lontani, forse ci hanno dimenticato, forse tradito. E quegli uomini ci hanno testimoniato che perfino in quei giorni, proprio in quei giorni, la resistenza opposta al male, al dolore, procurava loro "una gioia intima e violenta e turbinosa".

Chissà se Ginzburg, scrivendo quella lettera di resistenza, avrà gioito? Rinunciando a una brillante carriera, infrangendo la giovane promessa, avrà gioito, Leone?

Non mi abbandonerò alla speculazione, non mi concederò nessuna introspezione, nessuna congettura sul suo stato d'animo. Noi che abbiamo avuto la sorte di nascere in un cantuccio di mondo agiato e protetto, noi non lo sappiamo cosa si prova in quei momenti, probabilmente non lo sapremo mai. Nemmeno sapremo mai dove lo avrebbe condotto la sua carriera accademica se Leone Ginzburg non vi avesse rinunciato quella mattina, o la sua vita, del resto, se quella mattina non l'avesse consegnata in pegno a un destino.

Della vita accademica di Ginzburg, strozzata nella culla da quel suo inaugurale "no", sappiamo che dedicò a Puškin il corso universitario del marzo 1933, il suo primo, e che avrebbe dedicato a Herzen quello dell'anno successivo. Puškin, il più grande poeta russo di ogni tempo, ucciso da un bellimbusto in un duello, morto a causa di una maldicenza, una chiacchiera di corna, vissuto in eterno contrasto con lo zar di tutte le Russie, che pure lui amava e da cui era riamato. Puškin, il poeta, l'avventuriero, il duellante che, fedele all'anima russa, affonda nella storia ma non nella vita. E poi Herzen, l'aristocratico figlio di latifondisti, nato a Mosca nella dimora di famiglia il 6 aprile del 1812 pochi giorni prima che Napoleone occupasse la città e che, divenuto adulto, rinnegato il padre, sradicatosi dal suo privilegio e dalla sua terra, vagabonda in esilio volontario attraverso l'Europa per tutta un'esistenza predicando l'anarchia e la libertà del popolo, finanziando reietti, balordi, rivoluzionari spiantati con il denaro spremuto dai suoi avi ai servi della gleba, Herzen che, giunto alla fine, dopo un'odissea di sconfitte e di amarezza, trova la forza, con l'ultimo fiato, per dedicare al figlio e all'avvenire il suo libro testamentario: "Saša, amico mio, ti dedico questo libro perché probabilmente è il migliore che io abbia mai scritto, e di altrettanto belli probabilmente mai ne scriverò. Non costruiamo noi, noi demoliamo, non annunciamo una nuova rivelazione, disperdiamo bensì la vecchia menzogna. L'uomo contemporaneo, triste *pontifex maximus*, si limita a gettare un ponte; lo attraverserà un altro, uno sconosciuto, l'uomo del futuro. Forse tu lo vedrai... Non fermarti sulla *vecchia sponda*."

Non sappiamo cosa Leone Ginzburg avrebbe insegnato su Herzen nel corso che non terrà mai, se avrebbe commentato queste parole rivolte al figlio. Da una lettera alla madre veniamo a sapere che Ginzburg intendeva trattare dei rapporti tra il rivoluzionario russo e gli uomini del Risorgimento italiano. Dai suoi scritti su Garibaldi e Herzen ricaviamo che dell'esule russo, deluso da mezzo secolo di rivoluzioni tradite, Ginzburg amava soprattutto l'amarezza. Tutto qui. Nessun'altra supposizione ci restituirà ciò che sarebbe potuto essere e non è stato. Sappiamo, invece, con certezza, che agli studenti dell'Università di Torino Ginzburg raccontò di Puškin ma non poté raccontare di Herzen. Conosciamo solo quest'atto compiuto e quella omissione obbligata. Di più non è dato sapere. Sappiamo anche, però, che Ginzburg come Puškin sarebbe affondato nella storia ma non nella vita e, come Herzen, avrebbe gettato un ponte verso di noi per poi rimanere anche lui sulla vecchia sponda.

GLI SCURATI
Milano 1934

La mattina in cui a Torino Leone Ginzburg pronuncia il suo "no" al fascismo, Luigi Scurati è da poco venuto al mondo. È nato tardivo.

Al momento della sua nascita, il 19 luglio 1933, entrambi i suoi genitori, Antonio e Angela, entrambi figli del secolo, avevano già compiuto trentatré anni, gli anni di Cristo, e ancora attendevano quel loro primo figlio. Sposatisi nel 1926, lo attendevano oramai da sette anni. Sette anni molto lunghi per due sposi senza figli nel paese il cui duce, Benito Mussolini, giusto pochi mesi dopo il loro matrimonio, con il celebre "discorso dell'Ascensione", pronunciato alla camera dei deputati il 26 maggio 1927, ha scatenato la campagna pronatalista minacciando, dopo quella sui celibi introdotta l'anno precedente, anche una tassa sui matrimoni infecondi. Non figliare, nell'Italia fascista, è una colpa sociale di una gravità prossima al reato.

Nel 1934 l'Italia ha una popolazione di quaranta milioni di individui, molti dei quali vivono in condizioni miserabili, ma Mussolini proclama che "siamo in pochi". L'Italia, nella sua visione, è una bestia da riproduzione e lui si appresta ad affibbiarle una "frustata demografica". Il motivo è semplice, rude, basale: "La potenza delle nazioni dipende dalla potenza demografica," dichiara il duce priapeo. E la potenza è l'unico antidoto alla decadenza: "Tutte le nazioni, tutti gli imperi, hanno sentito il morso della loro decadenza quando hanno visto diminuire il numero delle loro nascite." Se non si cresce si decade, se non si prospera ci s'immiserisce, se non si è potenti si è impotenti. Di qui, la conclusione obbligata, l'apostrofe diretta, la sferzata ai testicoli degli italiani: "Signori," urla il duce alla camera dei deputati e alle camere da letto degli sposi infecondi, "l'Italia, per contare qualcosa, deve affacciarsi sulla soglia della seconda metà di questo secolo con una popolazione non inferiore ai sessanta milioni di abitanti!" Venti milioni d'individui in vent'anni. Niente di meno vuole spremere lo stato fascista dagli apparati genitali dei suoi sudditi.

Lo sprone del duce diviene atto di accusa nel caso di Milano. "Tutte le città sono sterili," aveva già sentenziato Giovanni Papini. "Vi nascono in proporzione pochi figli e quasi mai di genio. Nelle città si gode, ma non si crea, si ama ma non si genera." Milano, poi, è la più sterile tra le città sterili. Condivide con Stoccolma e Berlino il più basso indice di natalità d'Europa. Milano, culla del fascismo, ha le culle vuote. Il duce la sferza senza pietà: "Il fiero e nobile senso di civismo degli ambrosiani si è dunque rassegnato a questo primato di decadenza e di morte?"

Ottant'anni dopo, quando rievoca la circostanza della sua nascita tardiva che dovette imbarazzare non poco suo padre Antonio e sua madre Angela, per sette anni sposi infecondi, Luigi Scurati, dopo averci girato un po' attorno, liquida la questione con un'alzata di spalle: "Insomma, non arrivavo."

In ogni caso, alla fine, era arrivato. Ed era arrivato proprio alle porte della sterile Milano. Luigi nasce, infatti, a Cusano Milanino, un piccolo centro padano pochi chilometri a nord del capoluogo ambrosiano, in un contado strappato nel 222 avanti Cristo dalle legioni romane ai galli insubri. Quando vi nasce lui, il comune può vantare il primato di ospitare nel suo territorio la prima città-giardino d'Italia – il "Milanino" –, edificata all'inizio del secolo sul modello inglese da Luigi Buffoli, promotore già nel 1879 della prima cooperativa di consumo d'Italia e tra le prime al mondo.

È qui che, lungamente atteso, finalmente Luigi Scurati arriva. Nasce il 19 luglio 1933, un martedì. Il venerdì precedente la Germania è stata ufficialmente dichiarata una nazione a partito unico. Il Partito nazista.

II

È probabile che Leone Ginzburg non fosse figlio di suo padre. I suoi erano la ditta Ginzburg di Odessa, famosa già al principio del secolo dal mar Nero al Baltico, dalle Comore a Hull. L'aveva fondata Teodoro Ginzburg ma Teodoro, del resto, non era il suo vero nome.

"Al Tanchun Notkovič Ginzburg, indicato nel presente documento per deliberazione della camera di appello di Pietroburgo, in data 17 marzo 1905, è accordato il diritto di nominarsi Fëdor Nikolaevič Ginzburg, negoziante di prima classe di Pietroburgo, dimorante in Odessa, via Jukovskaia, casa Elisavetskaia."

Proprio mentre la flotta russa veniva distrutta dai giapponesi a Tsushima e i marinai della corazzata *Potëmkin* si ammutinavano nel porto di Odessa, con questa delibera i magistrati dello zar avevano concesso a Tanchun Ginzburg, che ne aveva fatto richiesta per ragioni di affari, di mutare il suo nome yiddish in Fëdor (Teodoro in italiano).

Teodoro era nato Tanchun a Sventzianj, nel governatorato di Vilno – l'attuale Vilnius, in Lituania – una cittadina situata sulla strada per Mosca dove Napoleone, sulla via di ritorno dalla capitale conquistata, aveva pernottato cento anni prima. Il padre di Teodoro, nonno paterno di Leone, aveva a lungo lavorato nella fortezza di Brest-Litovsk, nell'attuale Bielorussia, dove in seguito, nel 1918, Lenin avrebbe firmato la pace con gli imperi centrali. La madre di Leone, vera madre come sempre lo sono solo le madri, si chiamava non a caso Vera. Vera Griliches. Anche nel suo caso, però, non si trattava del suo nome originario. Quando, infatti, era nata a Pietroburgo nel 1873, lì era stata nominata in yiddish Khava Golda, e lì, in quella grandiosa città, aveva vissuto fino al giorno del suo matrimonio con Teodoro. Vera era stata educata fin dall'infanzia dagli zii materni, la famiglia Goldarbeiter, piccoli industriali proprietari di una fabbrica di stoffe. Era rimasta, infatti, molto presto orfana di madre e suo padre, poco tempo dopo, era partito per l'America e non aveva mai più fatto ritorno.

Dopo il matrimonio, celebrato nel 1894, Teodoro e Vera si trasferiscono a Odessa – al numero 23 di via Jukovskaja – la città lungo le rive del mar Nero rifondata nel punto in cui sorgeva un villaggio turco quando, navigando lungo il fiume Dnepr nel 1787 per conoscere le regioni meridionali acquisite al suo impero, Caterina la Grande poté ammirare ridenti villaggi costellati da case graziose costituite dalla sola facciata: il principe Potëmkin le aveva fatte edificare in tutta fretta appositamente per lei.

Quando vi giungono i Ginzburg al principio del Novecento, Odessa è oramai una città ricca, florida, cosmopolita, nella quale, come in tutte le città portuali e di frontiera, si sprigiona una potente miscela d'intraprendenza, licenza e violenza. Là tutte le strade sono costeggiate da due file di alberi di acacia e di cespugli di lillà, una grande scalinata scende verso il porto, un pubblico elegante affolla le sale del teatro lirico, copia esatta del Burgtheater di Vienna, famoso soprattutto per gli spettacoli di opera italiana ricordati da Puškin nel poema *Evgenij Onegin*. La comunità ebraica, alla quale i Ginzburg appartengono, influenzata da orientamenti illuministi, sebbene colpita periodicamente da pogrom, è ben integrata. Non esiste un vero e proprio ghetto. L'ebraismo, lungo i viali e le banchine di Odessa, cessa di essere una civiltà distinta, un destino speciale e inizia a trasformarsi in una religione come le altre.

I Ginzburg sono una coppia molto unita. Vera ha degli splendidi occhi neri da gatto e Teodoro, che si trova spesso a Pietroburgo o all'estero per seguire i suoi affari, le scrive lettere amorose nelle quali la apostrofa con l'espressione "Mein alles", "Mio tutto". Teodoro, che ha trascorso dieci anni in Germania da ragazzo, le scrive in tedesco e Vera gli risponde in russo. Dal matrimonio nascono quasi subito due figli, Marussia nel 1896 e Nicola nel 1899. Crescono in un clima affettuoso e ricevono un'educazione moderna.

Nel violento marasma politico della Russia di quegli anni, Teodoro sostiene il partito dei cadetti (liberale), Vera un partito favorevole all'esproprio dei grandi latifondi da distribuirsi ai contadini, Nicola sarà socialdemocratico e Marussia socialrivoluzionaria. Vera, ispirandosi al metodo Montessori, organizza un asilo per i bambini ebrei poveri di Odessa e Marussia frequenterà l'università a Pietroburgo. Le donne non vengono discriminate in casa Ginzburg. L'Italia entrerà ben presto in quella casa felice, l'Italia e la rivoluzione. La rivoluzione entra sotto forma della leggendaria corazzata *Potëmkin* che, sotto il controllo dei marinai ammutinatisi per una questione di cibo avariato, getta le ancore nel porto di Odessa il 26 giugno del 1905 e l'Italia entra nella persona di Maria Segrè, istitutrice viareggina di Marussia e Nicola che vive in via Jukovskaja fin dal 1902. Si riveleranno entrambe fatali.

Sedotta dai racconti di Maria, Vera trascorre, infatti, con i figli l'estate del 1908 a Viareggio, all'epoca una delle località balneari più rinomate d'Europa. Lì conosce Renzo Segrè, fratello di Maria. Il 4 di aprile dell'anno seguente, rientrata a Odessa, Vera darà alla luce Leone. Teodoro, il suo amato sposo, chiunque ne fosse il padre biologico, lo accoglierà e crescerà nella propria casa come il terzo dei suoi figli.

Leone, però, in quella casa vivrà ancora pochi anni. Nell'agosto del 1914 Vera si trova di nuovo a Viareggio con i ragazzi. L'estate è trascorsa e si prepara il ritorno in Russia. Ma il 28 giugno a Sarajevo lo studente nazionalista Gavrilo Princip ha assassinato l'arciduca Francesco Ferdinando d'Asburgo-Este; un mese dopo, il 28 luglio, l'Austria ha dichiarato guerra alla Serbia e la Russia si è mobilitata in appoggio dell'alleato balcanico. È la prima guerra mondiale.

Di fronte a essa, Vera vacilla. Vacillano gli imperi, figuriamoci una madre sola con tre figli. La donna decide di strapparsi al figlio più piccolo per metterlo in salvo. Il viaggio di ritorno attraverso l'Europa in guerra è troppo pericoloso e faticoso per un bambino di cinque anni. Leone resterà a Viareggio, dove forse è stato concepito. Comincia così, con una guerra mondiale, la sua storia di bambino abbandonato e prodigioso.

In autunno, Leone, affidato alle cure di Maria Segrè, la segue a Roma. Lì, nella capitale, il bambino trascorre i suoi due primi inverni di guerra. Accompagna i grandi invalidi di guerra ciechi, ospiti di villa Aldrovandini. Li tiene per mano. Ha da poco compiuto sei anni. Anche lui dovrà soffrire una menomazione dello sguardo: non rivedrà la madre finché non ne avrà compiuti dieci.

Nel 1916 Maria Segrè ritorna a Viareggio, Leone è iscritto alla locale scuola elementare dove già compone un giornalino intitolato "Ricordi di un giornalista in erba". La precocissima padronanza della scrittura più che un talento è genio, qualcosa che sconfina nella necessità della natura: Leone è un bambino, la madre è lontana, il rapporto tra loro necessariamente epistolare. Se vuole la mamma, deve scriverle.

"Carissimo Lolino, oggi è giunta la tua cara lettera con i corsivi. Vedo, caro, che fai progressi, ma non mi hai ancora scritto chi è la tua maestra così brava, che ti insegna così bene a scrivere le care belle lettere a mamà," gli scrive Vera, con il suo italiano un po' sgrammaticato, il 16 febbraio 1916, e poi conclude dedicando, forse, un pensiero al suo padre biologico, "sei sempre così bruno, o forse ora sei più biondo? Ti bacio per questa volta soltanto mille volte e ti voglio bene Mimmo caro."

Un'altra lettera è datata 18 aprile dell'anno seguente: "Così so che hai un maestro tre volte la settimana, che fa freddo e che pensi molto alla mamma. Penso anche io, tesoro mio, molto a te e guardo spesso le tue fotografie, tutte, tutte."

Ma non basta la guerra. Di mezzo, tra la madre affranta e il suo bambino lontano, ci si mette anche la rivoluzione. "Caro Lolino tesoro mio, dove sei Mimmo mio? Non so da un pezzo niente. Mi pare impossibile che tutte le belle cartoline siano perse, che ti ho mandato con tanto amore, Lolino caro. Ecco ti mando oggi questa piccola cosina, zietta ti racconterà chi era questo famoso Tolstòj che si chiamava anche Leone."

Vera lo scrive da Odessa nel giugno del 1917. Siamo alla vigilia della Rivoluzione d'ottobre. La madre invia al figlio un libro del grande scrittore russo di cui porta il nome. Nel febbraio, intanto, è caduto il regime zarista e Lenin e Trockij preparano l'insurrezione per assumere tutto il potere nei soviet a nome di operai e contadini. "Mimmo caro, tesoro mio Lolino, sono molto triste per gli avvenimenti russi e mi dispiace molto, tesoro mio che abbiamo perso, ma non aver paura per noi, vinceremo noi sicuramente. È un po' lunga ora di nuovo la nostra strada per cacciare i tedeschi ma li cacceremo vedrai Mimmo caro! Tanti baci e bacioni per la tua testolina cara tesoro mio. Mamà." La lettera è inviata da Odessa ed è datata 26 ottobre 1917, data del calendario Giuliano. Vera si rammarica ancora della sconfitta russa nella prima guerra mondiale ad opera dei tedeschi. Per lei è ancora quella la notizia del giorno. Di certo non può sapere che alle due del mattino di quello stesso giorno, su a Pietroburgo, i bolscevichi hanno attaccato e conquistato il Palazzo d'inverno.

Vera, con tutti i suoi, lo scoprirà presto. La famiglia Ginzburg è stata in prima linea al principio della lotta rivoluzionaria. Nell'agosto hanno soccorso un loro amico, l'ingegner Bernfeld, membro della giunta municipale ed esponente del Partito socialista rivoluzionario, ferito a morte dagli ufficiali fedeli allo zar. Marussia, che si trovava a Pietroburgo nel febbraio del 1917, distribuiva la minestra ai soldati insorti che presidiavano le caserme ai margini della Prospettiva Nevskij.

Poi, però, con l'avvento al potere dei bolscevichi, tutto precipita, anche il mondo dei Ginzburg. Il 24 dicembre 1919 la famiglia Ginzburg s'imbarca su una nave del Loyd triestino, l'ultima a salpare da un porto della Russia leninista: "Lasciammo tutto," racconterà molti anni dopo Marussia, "la nostra casa e naturalmente tutto ciò che vi era dentro. Portammo con noi soltanto poca roba. Nella casa rimase uno zio che per qualche tempo se ne occupò." Nessuno di loro rimetterà mai più piede in Russia. Rimettono, invece, piede in Italia. La famiglia Ginzburg si riunisce a Torino dove Nicola, il fratello maggiore di Leone, era iscritto al Politecnico. Anche a Torino i Ginzburg riuniti rimangono solo pochi mesi. L'erranza è, oramai, nel loro destino.

Nel marzo del 1921 si trasferiscono tutti a Berlino, dove Teodoro ha ripreso l'attività commerciale. Vi trovano un paese in preda a continue fibrillazioni prerivoluzionarie, di destra come di sinistra, un paese di violentissimi conflitti intestini, nel quale si organizzano colpi di stato nelle birrerie mentre gli operai sassoni formano spontaneamente "armate rosse" di cinquantamila effettivi e i *Freikorps* ultranazionalisti reprimono insieme all'esercito le loro insurrezioni senza nessun ordine da parte del governo legittimo. Un paese nel quale, proprio nei mesi in cui i Ginzburg vi cercano riparo, Adolf Hitler diviene segretario del Partito nazionalsocialista e crea le Squadre d'azione che fungeranno da suo esercito personale nella lotta per il potere.

In questa Germania, Leone frequenta per due anni il ginnasio alla scuola secondaria russa di Berlino, legge tutti i giorni il "Corriere della Sera" per tenersi informato sulla situazione italiana, fonda insieme ai suoi amici un giornalino intitolato "Ciò che pensiamo", che invia ai suoi ex compagni di classe di Torino, scrive novelle, articoli per la celebrazione del sesto centenario della morte di Dante e tiene una lezione pubblica su Giuseppe Mazzini, "apostolo della libertà". Leone ha dodici anni.

Trenta mesi più tardi, i Ginzburg si trasferiscono nuovamente. Ritornano a Torino, salvo il padre che resta in Germania a curare gli affari. Ma l'Italia che ritrovano nell'autunno del 1923 non è quella che hanno lasciato nella primavera del 1921. Nel fine settimana compreso tra il 28 e il 30 ottobre, alla presenza di Benito Mussolini, si celebra il primo anniversario della marcia su Roma. La moneta coniata per l'occasione raffigura il re da un lato e il fascio littorio dall'altro. Come a dire che questi sono i due fondamenti dello stato e in Italia non c'è oramai posto per altro. Il giubilo delle manifestazioni trionfalistiche sembra testimoniarlo. Nella sua corrispondenza, il "New York Times" racconta di una Roma in preda a una *fever of delight*, una gioia febbrile. È la terza rivoluzione in pochi anni, dopo quelle del 1905 e del 1917, che la famiglia Ginzburg ha il privilegio, cui potendo avrebbe forse rinunciato, di dover vivere sulla propria pelle e questa volta è una rivoluzione fascista.

Nell'estate del 1924 Leone sostiene gli esami per l'ammissione al liceo Massimo d'Azeglio di Torino. Li supera. È l'estate in cui Giacomo Matteotti, segretario del Partito socialista unitario, dopo aver contestato in un discorso alla camera dei deputati i risultati delle elezioni dell'aprile precedente, con le quali il Partito fascista ha ottenuto una larga maggioranza – "Io il mio discorso l'ho fatto. Ora voi preparate il discorso funebre per me," dirà uscendo dall'aula ai compagni di partito –, viene rapito e ammazzato a coltellate da sicari di Mussolini. Leone, assieme alle donne e agli uomini della sua generazione, si affaccia all'età adulta occupandosi, invece che di sport, di cinematografo e di amorazzi estivi, degli appassionanti sviluppi di una tragedia politica.

"Un uomo che sembrava venuto da un altro mondo."

Così appare il quindicenne Leone ai compagni di classe della sezione A del prestigioso liceo Massimo d'Azeglio di Torino. Quando vi mette piede, sebbene non abbia ancora compiuto sedici anni, non è già più un ragazzo: "Capelli neri, duri, tagliati a spazzola, barba rasa già fitta e ricoprente tutto il volto, occhi bruni e incavati, resi ancor più profondi da due sopracciglia foltissime, sguardo calmo, sicuro, che metteva soggezione e incuteva rispetto; lineamenti marcati, volto pallido, scuro, quasi tenebroso, testa grossa rispetto al tronco, fragile, le gambe leggermente inarcate, quasi dovessero reggere un peso troppo grave." Alto, crespo, nero, peloso, occhialuto, con le mani rosse, il torace angusto e le gambe storte, non si può certo dire che sia bello Leone ma, sebbene parli lentamente per vincere la balbuzie, parla come un libro stampato e quando Umberto Cosmo, professore celebre, rinomato intellettuale e noto antifascista, rivolge una domanda alla classe, è sempre Leone a togliere i compagni d'imbarazzo rispondendo per tutti. E tra quei tutti, scorrendo oggi il registro di classe, si trovano una buona dozzina tra i più importanti scrittori, filosofi, giuristi, imprenditori, leader politici, capi partigiani e padri della Patria dell'Italia del dopoguerra. Leone è loro compagno di banco e da tutti loro immediatamente riconosciuto come il migliore. Attraversa gli anni del liceo circondato dal compiaciuto consenso dei suoi professori, dall'ammirato stupore dei compagni, dalla loro naturale invidia. "Io ero maggiore di età, ma un po' timido verso di lui come, del resto, lo erano tanti," ricorderà Franco Antonicelli che, giovanissimo, era stato suo insegnante al D'Azeglio e che sarà, in seguito, editore di Kafka e di Primo Levi, leader della Resistenza e senatore della repubblica. E aggiunge: "A scuola sbalordiva compagni e maestri: destava una punta d'invidia, perfino di irritazione momentanea."

Pur essendo ancora un ragazzo, Leone è prima di tutto un uomo di carattere, un rigorista, uno che già a quindici anni prende la vita terribilmente sul serio, uno che, ricorderà Norberto Bobbio, "considera ogni distrazione, ogni abbandono, una perdita da recuperarsi con rinnovato vigore", un inquisitore infallibile che coglie a primo sguardo le debolezze, le meschinità, gli accomodamenti di compagni e maestri. Ma è anche un buon amico, Leone, uno che sa perdonare e farsi perdonare. Uno che ti assegna il compito e insieme la ricompensa.

Riguardo alla vita erotica del giovane Ginzburg le testimonianze sono controverse. C'è chi lo descrive come "niente affatto insensibile gli appelli delle signorine" che affollavano il corso B al D'Azeglio, come sempre pronto a catechizzare con i libri di Benedetto Croce tanto gli amici prediletti quanto le ragazze che amava e chi, invece, come Massimo Mila, anche lui compagno di scuola e poi combattente della Resistenza e grande musicologo, lo ricorda come rigorista ascetico anche in fatto di sesso: "Pensavo di andare a consultarmi con Leone Ginzburg, ch'era la testa forte del nostro gruppo, e abitava vicino a me, nella casa dei bovi di via Vico, ma con la finestra di camera sua proprio in faccia al casino di via Massena, eterno motivo di schiamazzi e di celie da parte nostra verso il castissimo amico."

Scrivendo in quegli anni a un altro amico dalla villeggiatura viareggina, dove coltivava il suo gusto salottiero per la letteratura, Leone ci fornisce un velato indizio autobiografico: "Di me ti posso dire che conduco la mia solita vita balneare – piuttosto mondana, ma non troppo – di tutti gli anni." La risposta dell'amico è più esplicita, più materica: "Scrivimi anche indiscrezioni su Achille Campanile, perché qua è una merce che va molto: quel che fa, cosa dice, se prende il bagno, se è spiritoso, se chiava, se fuma, se legge i suoi manoscritti e via." L'amico di questa corrispondenza balneare è Cesare Pavese il malinconico romanziere che sarà, negli anni a cavallo tra la guerra e la pace, tra la distruzione e la ricostruzione, forse lo scrittore più influente della sua generazione.

Nasce, infatti, sui banchi del D'Azeglio l'amicizia tra Leone e "Cesarito". Li unisce, fondamentalmente, la passione per la letteratura. Leggono e discutono insieme i libri più vari. Cesare però scrive poesie, Leone scrive di tutto – novelle, romanzi, saggi, articoli – ma mai una sola poesia. Si aggregano agli altri amici della banda al Caffè Rattazzi in Porta Nuova, nello studio del pittore Sturani in via dei Mille, sotto i tetti, oppure nella villa in collina di Pavese a Reaglie. Soprattutto, però, tendono a sganciarsi in interminabili passeggiate a due per le strade di Torino dove, in fondo alle periferie, tra gli ultimi opifici e i cantieri delle ultime case, le officine della Fiat s'innalzano come "cattedrali che abbiano concluso la ricerca del divino in un momento della storia". Al mattino, sotto i loro muri ciclopici e cavi, gli operai attendono muti l'inizio del turno

Ma per le loro passeggiate solitarie a due, alla Torino industriale e operaia, alle architetture della civiltà dei produttori, Ginzburg e Pavese preferiscono i gorghi del Po alla confluenza col Sangone, più adatti alle loro inquietudini di ragazzi. Pavese, che ha già cominciato a coltivare il proprio tormento, che già corteggia le donne come si corteggia la morte e viceversa, incantato allo stesso modo da entrambe, sporgendosi dalla barca a pescare il fondo con il braccio immerso fino alla spalla, sospira e commenta: "Tutti gli anni qui uno ci annega." È per Leone e Cesare l'ultimo anno di liceo.

D'altro canto, in quell'anno 1926, la morte è scesa giù in strada. Il 31 ottobre, a Bologna, Mussolini è per la quarta volta in un anno bersaglio di un attentato. Gli sparano un velleitario colpo di rivoltella mentre si dirige in auto alla stazione Centrale. Ne esce completamente illeso. L'attentatore è identificato in Anteo Zamboni, figlio dell'anarchico Mammolo Zamboni, e soprannominato "il patata" per la sua non spiccata intelligenza. Anteo è solo e ha quindici anni. Gli squadristi lo pugnalano a morte sul posto e la folla inferocita ne scempia il cadavere. Due mesi dopo viene istituito il tribunale speciale per la difesa dello stato. Non varrà per i fascisti che continuano a bastonare a morte i loro avversari aggredendoli nel sonno, nelle loro case, nei loro letti, sotto gli occhi di moglie e figli, come era accaduto a Firenze a Gaetano Pilati. È già il 1927. Leone e Cesarito s'iscrivono all'università.

L'università cui Leone s'iscrive non è ancora completamente fascista. Leone, invece, è già risolutamente antifascista.

Nel 1927, infatti, il corpo docente ancora s'illude di potersi esentare dalla lotta, di potersi esiliare dal versante cruento della storia, rifugiandosi nella supposta indipendenza della scienza, nella sua supposta estraneità al furore del mondo. Si va stabilendo in verità un regime di convivenza: i professori con le loro idee, ammesso che ne abbiano, non vengono ancora repressi o tollerati, piuttosto si accomodano e si compromettono.

A diciotto anni Leone, invece, è già uno che se entra in casa di una famiglia filofascista – i Bobbio – e l'occhio gli cade sulla copertina di una rivista illustrata su cui campeggia un ritratto madornale del duce, pronuncia ad alta voce, con decisione e sicurezza, una frase sprezzante. Eppure, per tutti gli anni dell'università, Leone si astiene. Per lui l'antifascismo è una manifestazione spontanea delle sue convinzioni morali, un'espressione del suo gusto estetico, eppure questo antifascista naturale si astiene dalla lotta politica. Per lui l'antifascismo, come scrisse Gobetti, è una questione di aristocrazia, di nobiltà, di stile e forse – chissà – proprio l'inevitabile rozzezza dello scontro frontale gli impone di astenersene. Fatto sta che Leone se ne astiene. Studia, scrive ma non lotta. Non apertamente.

Quando ancora frequentava il liceo, il precocissimo Leone aveva già scritto diversi racconti e un romanzo sullo squadrismo in Toscana. Nel 1927 si dedica a un racconto lungo, *Sincerità*, e a un romanzo breve, *Signorina di famiglia* (resteranno tutti inediti). Nello stesso anno esordisce anche come traduttore, completando la traduzione di *Taras Bul'ba* di Gogol' e intraprendendo quella di un monumento letterario, *Anna Karenina*, e debutta nell'ufficialità come saggista pubblicando il suo primo articolo, sempre su *Anna Karenina*, su "Il Baretti", l'ultima rivista fondata nel 1924 da Piero Gobetti, il precocissimo profeta della rivoluzione liberale, faro della vita culturale e politica torinese, morto nel 1926, a soli venticinque anni, nel suo esilio parigino, stremato da una salute precaria e dalle ripetute violenze subite dai fascisti.

Quello apparso sulla rivista sopravvissuta a Gobetti, cui già gli amici e i professori cominciano a paragonarlo, sarà il primo di cinquantacinque articoli di storia e letteratura russa e francese che Ginzburg pubblicherà in quegli anni. A questi si aggiungeranno collaborazioni con altre riviste, con case editrici, e nuove traduzioni. Pensa, scrive, traduce tutto questo, Leone, sempre attenendosi alla distinzione intellettuale quale sbandierato stile antifascista e sempre astenendosi dal coinvolgimento politico diretto.

Ai primi di aprile del 1928, in casa di amici, incontra di persona Benedetto Croce, il suo idolo intellettuale e principale teorico della olimpica superiorità dell'uomo di cultura rispetto alla vita sociale e allo scontro politico. A seguito di quell'incontro, nel corso del quale pare che il filosofo napoletano gli abbia sconsigliato di fare politica, Leone abbandona la facoltà di giurisprudenza e si iscrive a quella di lettere progettando per sé una carriera accademica nella slavistica. Su suggerimento di Croce, si dedica dunque interamente agli studi letterari intesi come "cospirazione aperta della cultura" e si nega all'antifascismo militante. Si attiene e si astiene.

Si astiene, Leone, quando gli studenti antifascisti reagiscono alle aggressioni, in principio soltanto verbali, con le quali i loro colleghi in camicia nera interrompono le lezioni di Luigi Einaudi e Francesco Ruffini, professori liberali. Si rifiuta, poi, di partecipare alle scazzottate che ne seguono. E Leone si astiene anche quando l'oltraggio fascista investe personalmente e frontalmente Benedetto Croce. Accade quando il filosofo, tra gli schiamazzi dell'aula, pronuncia in parlamento il suo celebre discorso contro i patti lateranensi e Mussolini in persona, dopo averlo fronteggiato e sbeffeggiato dallo scranno della presidenza del consiglio per tutta la durata del discorso, gli replica sferzante definendolo un "imboscato della storia". Un epiteto, va riconosciuto, non privo di suggestioni e non del tutto privo di fondamento.

Nei giorni seguenti, a Torino, Umberto Cosmo prende l'iniziativa di inviare pubblicamente una lettera di solidarietà a Croce, raccogliendo molte adesioni tra gli studenti universitari. Ma Ginzburg si astiene ancora. S'imbosca, direbbe Mussolini. Insieme a Pavese e ad altri, si rifiuta di firmare. È il maggio del 1929. Leone si astiene e ritorna a studiare mentre molti dei suoi compagni firmatari saranno arrestati, detenuti, ammoniti e, nel caso di Cosmo, condannati a cinque anni di confino.

Gli studi, però, giungono a termine. Leone Ginzburg si laurea il 21 dicembre 1931 con una tesi su Guy de Maupassant. L'8 ottobre dello stesso anno ha chiesto e ottenuto la cittadinanza italiana, mentre il 4 aprile dell'anno precedente ha raggiunto la maggiore età e, sempre a dicembre, ha ricevuto da Berlino la notizia della morte di suo padre. Per Leone è giunto il tempo di scegliere. Sceglierà.

"Quando giungeva la primavera, anche la falsa primavera, non restava che da risolvere il problema del posto in cui sentirsi più felici." Così Hemingway ricorderà la Parigi tra le due guerre, la città meravigliosa in cui era stato molto giovane, molto povero e molto felice.

Ed è in quella stessa città, in quegli stessi anni e in quella stessa stagione dell'anno che anche Leone Ginzburg incontrerà la propria felicità. La incontra una mattina di aprile del 1932 in una freddissima latteria di *faubourg* dove Aldo Garosci, un ex compagno del liceo rifugiatosi in Francia per sfuggire alla persecuzione fascista, lo porta a conoscere Carlo Rosselli e Gaetano Salvemini.

Leone è a Parigi grazie a una borsa di studio ottenuta dall'Università di Torino per completare e ampliare la sua tesi di laurea su Maupassant. Conta di farne un libro su cui fondare la propria carriera accademica. Ma non è per discutere di Maupassant che si trova in quella latteria. Carlo Rosselli, teorico del socialismo liberale, evaso in modo avventuroso a bordo di un motoscafo dall'isola di Lipari dove il regime lo aveva confinato, esule in Francia dal 1929, è il più carismatico tra i fondatori di Giustizia e Libertà, la principale organizzazione antifascista al di fuori dell'orbita comunista. Gaetano Salvemini, poi, è uno degli uomini più tragici del XX secolo.

Storico insigne, esponente di spicco del socialismo italiano, teorico del federalismo, meridionalista, deputato a partire dal 1919, antifascista militante, Salvemini è stato pubblicamente bastonato nei corridoi della sua università da squadristi di vent'anni quando lui ne aveva già più di cinquanta. Arrestato dalla polizia fascista, e poi amnistiato, si è rifugiato in Francia dove ha fondato assieme a Rosselli, suo ex allievo, il movimento Giustizia e Libertà.

Ma non è solo la storia, la politica, a fare di Salvemini una figura tragica. È la natura, è il vulcano. Talento precocissimo e padre prolifico, nel 1901 Salvemini aveva ottenuto a soli ventotto anni la cattedra di storia moderna all'Università di Messina, dove si era trasferito con la moglie, la sorella e i cinque figli. Favorito dal talento e dalla fortuna, scrive in quei giorni alla cognata: "Nella mia vita famigliare sono così felice che ho persino paura."

Qualche sera dopo, Gaetano si attarda all'università e rientra a casa quando tutti i suoi familiari sono già addormentati. Nella quiete della notte si affaccia alla finestra a fumare. Un rumore sordo sale dalla riva del mare. Pochi secondi ancora e Salvemini ha perso la moglie, la sorella e i cinque figli.

Datolo per morto sotto le macerie del terremoto di Messina, unendosi al compianto generale, il giovane militante socialista Benito Mussolini, che in seguito lo farà bastonare e arrestare, telegrafa ai parenti superstiti: "Con Gaetano Salvemini scompare una delle più belle figure del socialismo italiano."

Ma Salvemini è tra le macerie, non sotto di esse. È crollato in strada assieme al palazzo, protetto dall'architrave della finestra. Folle di dolore, per giorni scava a mani nude alla ricerca dei familiari. Ne estrarrà tutti i cadaveri, eccetto uno, quello di Ughetto, il più piccolo dei suoi figli. Dopo decenni di esilio nelle università di mezzo mondo, in vecchiaia Salvemini confesserà di aver cercato per tutta la vita i tratti di quel bambino disperso nei giovani uomini incontrati lungo la via.

Non sappiamo che cosa Rosselli, Salvemini e Ginzburg si siano detti nel loro incontro a Parigi, né sappiamo se Salvemini abbia proiettato anche sul volto irsuto del giovane Leone il fantasma del figlio perduto. Sappiamo, però, per testimonianza dei suoi amici di allora, che, rientrato in Italia, su quel volto Leone porta una nuova luce: si passa all'azione, si passa al bosco. E questa volta non è il bosco dell'astensione ma quello del ribelle.

Ginzburg entra, con una metà di sé, in clandestinità. Prende nell'organizzazione il posto lasciato da Garosci e ritesse la trama cospirativa disfatta dagli arresti e dalle condanne inflitte a Giustizia e Libertà dal tribunale speciale l'anno precedente. La situazione generale dell'antifascismo organizzato in Italia è disperante. I comunisti, di gran lunga i più numerosi, combattivi e meglio organizzati, sono stati letteralmente decimati da omicidi, arresti, esili, deportazioni e confini. Le cellule di Giustizia e Libertà si riducono a poche unità e queste si compongono di pochi individui. Perfino l'associazionismo cattolico è stato colpito e ridimensionato dopo un duro braccio di ferro tra Mussolini e l'Azione cattolica con relativi assalti di squadre fasciste alle sedi della Gioventù cattolica e della Federazione universitaria cattolica italiana.

Leone getta nella lotta tutto se stesso, tutto il proprio carisma intellettuale e l'ampio raggio di relazioni che la sua fama precoce gli ha già procurato. Lo fa, scriverà Carlo Levi, con la "larghezza di chi sente il dovere di riproporsi tutti i problemi, di rifare direttamente tutte le esperienze, di provare con la vita e la cultura". Un sentimento largo della vita, questa la stella polare che guida Leone. Sul perché abbia deciso di farlo, ci informa lui stesso: "L'abbandono della lotta politica a un domani che nessun oggi giustifica o fa sperare presuppone una fede inesistente, a vivificare degli idoli."

La speranza nel futuro può essere, a volte, il più vigliacco degli inganni. Leone questo lo sa a non ha più intenzione di adorare tabernacoli che lui per primo sa essere vuoti. D'altronde, come scriverà Giaime Pintor, "astenersi, fin dalla nascita, è poco più che un suicidio".

Coerentemente con il proposito di mettere la cultura alla prova della vita, l'asse del proselitismo di Giustizia e Libertà a Torino si sposta dal mondo operaio a quello intellettuale. I dirigenti dell'esilio premono da Parigi perché i giovani neofiti della cospirazione passino all'azione cruenta organizzando attentati. Leone e i suoi li scontentano dichiarandosi tutt'al più favorevoli all'uso di esplosivi in azioni a carattere meramente dimostrativo. Alla fine del 1932 cercano di organizzare l'evasione di Ernesto Rossi dal carcere di Piacenza ma il tentativo fallisce. In verità, più che all'azione violenta e immediata, si dedicano alla preparazione delle idee e dei quadri. Il loro lavoro si svolge soprattutto come lavoro di propaganda, di stampa e di collaborazione alle pubblicazioni antifasciste. Molti degli intellettuali che Leone riesce a guadagnare alla causa s'incontrano in un appuntamento fisso del giovedì sera nel salotto di Barbara Allason, rinomata scrittrice, signora della buona società e nota antifascista d'ispirazione risorgimentale, in una cornice di piacevoli intrattenimenti di tono mondano.

Nonostante la cornice, Leone applica alla cospirazione politica la stessa capacità di conduzione, lo stesso senso del dovere, la stessa intransigenza di giudizio che aveva applicato allo studio. Nelle sue memorie, proprio Barbara Allason ricorderà in proposito un episodio emblematico. Non vedendo rincasare il figlio, e sapendolo a Monginevro per ritirare degli opuscoli clandestini provenienti dalla Francia, la Allason aveva telefonato a casa di amici chiedendo notizie. Informato della telefonata, Leone l'aveva rimproverata con "poche fredde parole": "Non si congiura quando non si è sicuri dei propri nervi."

Leone è privo di riguardi, di scrupoli, sfrenato. Ma non impietoso. Nel marzo del 1933 commenta sui "Quaderni di Giustizia e Libertà" la norma liberticida con la quale il regime ha imposto agli operai delle grandi fabbriche e agli impiegati statali l'iscrizione al Partito fascista. Si stima che le nuove iscrizioni forzose arriveranno a settecentomila individui.

Pensando ai più giovani, a quelli che non possono vivere di rendita o di pensione, pensando alle migliaia e migliaia di suoi coetanei abbandonati a se stessi per i quali l'iscrizione inevitabile rappresenterà il primo compromesso con la propria coscienza, il primo rimorso, Leone rivendica il diritto alla pietà. Il diritto, si badi bene, non il dovere: "Noi vogliamo essere vicini a questi giovani," scrive, "noi che abbiamo scelto vie più difficili, e cerchiamo di lavorare per tutti, abbiamo il diritto di manifestare l'immensa pietà di loro, che ci ha presi, e il dovere di soccorrerli, per quanto possiamo. Non permetteremo che si avviliscano di più. Ci occuperemo di loro con la premura che si ha per i prigionieri e i deportati." Una premura che ben presto Leone sarà costretto a usare per sé.

Intanto, però, con la metà di sé ancora emersa sopra la linea di galleggiamento della vita pubblica e civile, Leone si dà un gran da fare. Un giorno un ex compagno del D'Azeglio lo va a trovare nell'appartamento di via Vico e gli propone di fondare una casa editrice. È il figlio di Luigi Einaudi, capofila del pensiero liberale, grande possidente terriero e senatore del regno. Il figlio del senatore è un ragazzo mingherlino, delicato, due gelidi occhi azzurri. Si chiama Giulio ma al liceo i compagni lo chiamavano "Giulietta" perché arrossiva e piangeva spesso. A Leone propone di ideare e dirigere le collane editoriali insieme a Pavese, mentre lui, Giulio, si occuperà di procurare i fondi necessari e dell'amministrazione. La prima mossa sarà quella di rilevare "La Cultura", una storica e prestigiosa rivista accademica, per farne il centro di irradiazione di un pensiero nuovo e la pietra di fondazione della futura casa editrice.

Leone accetta. Ha bisogno di esprimere il proprio talento e ha bisogno di guadagnare. Scrive alla madre, un'abitudine che non ha mai perso da quando, bambino abbandonato, indirizzava lettere sconfortate alla Russia della rivoluzione: "Mia cara mamma, benché io non abbia scritto per alcuni giorni, spero che tu non sia rimasta in pensiero per me. Con 'La Cultura' tutto va bene. La rivista può uscire mensilmente dal 15 marzo. Il direttore sarà con tutta probabilità Cesarito e io sarò il cosiddetto redattore capo. Appena la rivista avrà più di 500 abbonati, riceverò uno stipendio, cioè il 4% dell'utile annuale. Poiché nei primi tempi l'editore avrà un deficit finanziario, egli vuole anche pubblicare dei libri. Io certamente riceverò uno stipendio, 200-300 lire." Il 15 novembre del 1933 s'iscrive alla camera di commercio di Torino, come ditta individuale, la "Giulio Einaudi editore", con sede in via Arcivescovado 7. Nasce così, con tre amici e una promessa di trecento lire, una delle più importanti imprese di cultura del Novecento.

Ginzburg, intanto, non ha affatto rinunciato alla carriera universitaria, secondo quanto dichiarerà nella sua austera lettera di rifiuto. Ne ha, invece, bruciato le tappe con la sua abituale brillantezza. Il 29 maggio del 1932, il giovane intellettuale, laureatosi solo nel dicembre precedente, ha chiesto di essere ammesso alle prove per "l'abilitazione all'insegnamento universitario libero della letteratura russa". L'esame ha luogo in dicembre. La commissione, composta da tre membri, annovera i padri fondatori della slavistica italiana. "Il candidato Leone Ginzburg, nato a Odessa il 4 aprile 1909, dimostra d'avere un'ampia e precisa conoscenza degli argomenti trattati, sicurezza di metodo e una veramente notevole indipendenza di giudizio." Con questo parere favorevole, Leone Ginzburg riceve ufficialmente l'abilitazione alla libera docenza in letteratura russa il 31 dicembre del 1932. Ha ventitré anni.

Due mesi dopo, nel febbraio del 1933, Leone inizia il suo libero insegnamento con il corso su Puškin. La prolusione verte su *Puškin e la cultura europea del suo tempo.* La lezione inaugurale è un evento: "Non molti i professori presenti," ricorderà Barbara Allason, "ma l'aula grandissima che trabocca dei suoi amici e ammiratori, di tutta la Torino antifascista accorsa lì ad assistere a questa celebrazione del suo giovane leader e i cuori di tutti che lo seguono, l'attenzione di tutti sospesa alle sue parole." Nemmeno un anno più tardi, Leone pronuncia il suo "no" a quell'insegnamento non più libero. Ha scelto per sé vie più difficili. Puškin, Herzen, Mazzini, Dante Alighieri, tutti loro in questo momento sono esistiti per una sola ragione e la ragione è il giovane Leone Ginzburg. Il Romanticismo russo, il Risorgimento italiano, l'Umanesimo europeo, l'eco dei secoli trascorsi giunge fino a lui come una vibrazione sorda della terra. Ora si tratta di applicare a una linea vissuta quella cosa venuta da lontano.

La sera dell'11 marzo 1934 Leone ha appuntamento con Vittorio Foa all'Hotel Bologna di fronte alla stazione di Porta Nuova. L'appuntamento è a mezzanotte. Foa è uno dei tanti giovani intellettuali che Ginzburg ha guadagnato alla lotta antifascista.

I due si erano conosciuti al D'Azeglio poi, dopo essersi persi di vista poiché Foa per un periodo aveva lavorato in banca, si erano nuovamente incontrati quasi per caso. Subito Leone gli aveva chiesto cosa stesse leggendo. Proust, stava leggendo Proust, gli aveva risposto Vittorio. "Ma il barone di Charlus non si sarebbe mai annodata una cravatta come fai tu," lo aveva sbeffeggiato Leone. E gli aveva aggiustato il nodo della cravatta. In questo modo erano diventati amici.

Poi, un giorno, Leone aveva chiesto a Vittorio se voleva fare un lavoro clandestino e lui aveva subito detto di sì, sopraffatto dalla sua "naturale autorevolezza, il fatto che a nessuno, neanche a Benedetto Croce o a Luigi Einaudi, era possibile dire di no se Leone gli chiedeva qualcosa".

E così adesso i due amici s'incontrano a mezzanotte in quell'elegante edificio di fine Ottocento sotto i portici di corso Vittorio Emanuele II, primo re d'Italia. Vittorio Foa ha aspettato invano per tutto il giorno l'arrivo di Mario Levi e di Sion

Segre inviati da Leone in Svizzera a trafugare un numero dei "Quaderni di Giustizia e Libertà".

"Non sono arrivati," sussurra Vittorio.

"Li hanno agguantati," risponde Leone. Poi i due amici restano in silenzio.

Nell'aria della notte di questi due giovani intellettuali vortica l'interrogativo rivolto in una lettera a Leone da un altro amico, un altro intellettuale come loro: "Non sarebbe bello maturare la nostra vita anche nell'azione?"

I FERRIERI
Napoli 1900-1930

Anche Giuseppe Ferrieri, come Leone Ginzburg, viene al mondo in una di quelle grandi città di mare dai cui moli salmastri salpavano i bastimenti per terre lontane. Uno di quegli immensi, antichi termitai umani, al confine tra due continenti, che di solito sono descritti come paradisi o inferni ma che somigliano di più al purgatorio dei cristiani: un luogo di transito, sospeso tra grazia e sfacelo, dove ogni giorno si è costretti a negoziare con la vita il riscatto di un eterno pegno di redenzione.

Questo è la Napoli d'inizio Novecento dove Giuseppe Ferrieri – che sarà sempre per tutti "Peppino" – nasce il 25 aprile 1908, esattamente un anno prima che Leone Ginzburg nasca a Odessa. Quando Peppino vi nasce, Napoli è ancora la città più popolosa d'Italia e una delle più popolose d'Europa. Vi si contano circa settecentocinquantamila abitanti, in buona parte discendenti dalle miserabili plebi già inurbate alla metà del Seicento.

Napoli è la città dei testamenti traditi. Dopo la devastante epidemia di colera del 1883, lo stato sabaudo ne ha sventrato molti quartieri del centro storico con la promessa di una decisiva opera di risanamento. Ma i grandi palazzi umbertini sono serviti più a nascondere il degrado dei vicoli immondi che a risolverlo. Alle loro spalle, nei dedali, il puzzo di urina si mescola alle esalazioni di acido muriatico. L'atmosfera morale non è più salubre. Nel 1900, al giro del secolo, a seguito di un grave scandalo, il governo di Roma è costretto a commissariare il comune di Napoli. È la nona volta in trentanove anni.

Peppino Ferrieri nasce, però, ad Antignano, un borgo dove la città marittima s'inerpica sulla collina del Vomero. Nasce dove si respira aria buona e si gode un qualche agio. Anche lui, come Leone, è figlio di abili commercianti. Infatti, riguardo alla sua nascita, la leggenda di famiglia narra di un battesimo con carrozze e cavalli.

Il capofamiglia, Francesco Ferrieri, commercia in carni, sia all'ingrosso sia al dettaglio. La sua attività è florida e la sua famiglia numerosa. Sua moglie Grazia, tra la fine del Diciannovesimo secolo e i primi anni del Ventesimo, gli dà sette figli, quattro maschi e tre femmine: Raffaele, Francesco, Antonio, Giuseppe, Fortuna, Vincenza e Carmela.

Quest'ultima, in verità, è figlia adottiva. Entra nella famiglia Ferrieri per fedeltà a un voto contratto durante la gravidanza. Donna Grazia, infatti, proprio quando incinta di Peppino, si ammala, si alletta e rischia di perdere il bambino. Si vota, così, alla Madonna del Carmine: se salverà suo figlio, Grazia s'impegna a adottare un orfano, un figlio di N.N., uno di quei bambini sfortunati che, a Napoli come altrove, venivano definiti "figli d'a Madonna". E così accade. Il bambino adottato è una bambina e la si battezza Carmela in onore alla Madonna del monte Carmelo (una variante di Carmine). Poiché entra in casa negli stessi giorni in cui vi arriva anche Giuseppe, il figlio partorito, si fa credere a tutti che si tratti di due gemelli. Carmela crescerà come una Ferrieri agli occhi del mondo e perfino dei parenti più stretti. E crescerà bene, sotto l'ala protettiva di Francesco Ferrieri, in un ambiente non facoltoso ma benestante, si direbbe oggi, nel quale Donna Grazia, presto accompagnata da Fortuna, la figlia maggiore, "ha il sarto a Chiaia", come si diceva allora.

Francesco Ferrieri, oltre a essere un commerciante capace è

anche uomo capace di farsi rispettare. Non certo un "uomo di rispetto" ma uno che si fa rispettare. Quando un malavitoso che taglieggia i macelli lo prende di mira, Francesco decide di non subire l'estorsione. Sfida il guappo in pubblico: "Quanno ce truvammo, ce la vedimmo."

D'altro canto, Francesco Ferrieri, spesso in viaggio di notte su strade di campagna con denaro contante per raggiungere fiere di bestiame, è abituato a girare armato. E la pistola la usa con destrezza: a quest'epoca i macellai le bestie le vanno ancora a comprare vive, poi le abbattono con un colpo in fronte e se le macellano di persona con il camice di tela cerata e le maniche della camicia arrotolate sugli avambracci. Così, quando Francesco s'imbatte nel guappo, non si sa dove né come, spara meglio o spara per primo. I dettagli del fatto di sangue sono andati perduti in qualche piega pudica, o omertosa, della memoria famigliare. Si sa solo che a addossarsi la colpa dell'omicidio commesso da Francesco Ferrieri è un suo fratello, meno necessario a reggere le sorti della famiglia. Anche in questo caso, non un fratello di sangue ma un "fratello cresciuto", un altro di quei figli ex voto che, come si usava allora, era stato accolto in casa fin da bambino. S'invocherà la legittima difesa ma in galera ci va comunque questo ennesimo "figlio d'a Madonna".

Lo scambio di persona non basta, però, a preservare la famiglia Ferrieri dalla sciagura. Francesco Ferrieri muore improvvisamente e prematuramente. Negli stessi anni, quelli della più generale sciagura portata sull'Europa dalla prima guerra mondiale, i Ferrieri come i Ginzburg conoscono un rovescio di fortuna. La loro odissea è, però, di raggio molto più breve. Se la sfortuna conduce Leone da Odessa a Viareggio (e poi a Torino), per Peppino significa migrare più modestamente dalle alture di via Luca Giordano ai bassifondi dei Vergini. Grazia, vedova e madre di sette figli, prende casa nel ventre antico, brulicante, di Napoli. Da questo momento in avanti, il domicilio dei Ferrieri sarà Supportico Lopez numero 8. Lì, tra muffe millenarie, in un vicolo buio memore di secoli di dominazione spagnola, Grazia crescerà da sola i suoi figli.

Pochi metri più in là, nel Rione Sanità, in via Santa Maria Antesaecula, cresce un altro bambino ufficialmente figlio di padre ignoto. All'anagrafe è stato registrato Clemente Antonio di N.N., ed è nato da una relazione clandestina, ma risaputa in tutto il quartiere, tra Anna Clemente, una bella popolana sedicenne, e il marchese Giuseppe De Curtis. Anna, che nel rione chiamano Annina, è una giovane donna procace, sfrontata e frivola (o, forse, è soltanto una giovane donna povera e sola). Più amante che madre, Annina affida il bambino alla nonna e tutte le sere, dopo essersi imbellettata e incipriata, raggiunge il marchese nel suo palazzo gentilizio. Prima di uscire, saluta il figlio con il vezzeggiativo che gli ha affibbiato, in cui è racchiusa la testimonianza del suo affetto. Lo bacia sulla guancia, lasciandogli l'impronta del rossetto, e si raccomanda: "Fa' il bravo, Totò."

A differenza di Annina Clemente, Grazia Ferrieri è una donna vigorosa, capace e responsabile. Dopo un primo sbandamento, pur non avendo un uomo che faccia da padre ai figli, prende in mano il futuro della famiglia e le redini dei suoi commerci. Nel giro di poco tempo, ridiventa Donna Grazia. Ad aiutarla c'è il figlio maggiore, Raffaele, un bel ragazzo, molto distinto e di modi gentili sebbene capace di esprimersi soltanto in dialetto napoletano. Con i suoi abiti di taglio sartoriale, il fazzoletto nel taschino intonato alla camicia e al dito il suo anello di corniola montata in oro giallo, Raffaele, elegante e ignorante, pur non conoscendo l'italiano si spinge fino a Chiasso per comprare le bestie migliori.

Pare insomma che le cose si mettano per il verso giusto in Supportico Lopez numero 8. Anche per Peppino, il figlio minore di Donna Grazia Ferrieri, che fin da ragazzino è folgorato dalla passione per il teatro. La coltiva legandosi a quell'altro figlio del rione, Antonio Clemente, che, più vecchio di lui, con il nome d'arte di Totò, già esordisce come artista di varietà. Peppino, divenuto inseparabile dall'amico, lo segue su tutti i palcoscenici minori e periferici dove dissemina le sue macchiette, parodie, mimiche da burattino. Peppino, però, è atteso da un secondo rovescio. Questa volta non a causa di una morte improvvisa ma dell'amore.

I Guarino erano gente di teatro. Si tramanda che la storia della famiglia risalirebbe a un leggendario capostipite venuto dal Nord, da Verona – forse nel Settecento, forse addirittura prima – per servire i Borbone come impiegato del catasto nella capitale del Regno di Napoli. Una leggenda implausibile, probabilmente alimentata dalla fama di Guarino Veronese, celebre umanista rinascimentale.

Comunque sia, la più antica attestazione sopravvissuta della tradizione familiare dei Guarino è una fotografia incollata su di un cartoncino smangiato. La foto, scurita più che ingiallita dal tempo, ritrae a mezzo busto un attore in costume da Pulcinella. Indossa la casacca bianca dal ventre prominente, regge nella mano sinistra il caratteristico copricapo a pan di zucchero, tiene entrambe le mani incrociate sul petto, la sinistra infilata sotto l'ascella, e porta la maschera nera emifacciale sollevata sulla testa. L'uomo ha così un doppio volto: il suo – naso importante, orecchie gigantesche, due folti mustacchi con le punte arricciate all'insù – e quello della maschera. L'uomo guarda in alto a sinistra, fuori dall'inquadratura, con una sorta di espressione contrita, aumentata dalla posa da penitente delle braccia incrociate sul petto; la maschera, sollevata sul capo, è obbligata a guardare in cielo. Il Pulcinella, su questo non ci sono dubbi, è Antonio Guarino, capocomico, nato in qualche momento negli anni cinquanta, o forse sessanta, dell'Ottocento. La foto deve essere stata scattata all'inizio del secolo seguente. Non reca nessuna data, dunque anche su questo non si possono avere certezze.

È certo, invece, che i Guarino fossero gente di teatro, da secoli. Generazioni di attori itineranti, sempre pronti a buttarsi su qualsiasi piazza, spesso all'aperto, su palchi improvvisati, con scenografie di pochi oggetti, la faccia mascherata e quella loro arte balzana che dentro i caroselli ruba la vita e la restituisce sulla scena. Teatranti girovaghi, che non si appoggiano a copioni scritti ma improvvisano ogni sera le loro parti su canovacci tramandati di padre in figlio, eredi dei giullari e saltimbanchi che, durante feste o carnevali, allietavano corti e piazze con le loro farse, le loro barzellette e con il loro modo ridicolo di muoversi o vestirsi. Sono tra gli ultimi eredi dell'antica commedia dell'arte, i Guarino, dove arte non significa opera dell'ingegno ma professione, mestiere, arte significa mettere insieme il pranzo con la cena. Fanno la commedia dell'arte, i Guarino, recitano a soggetto, girano l'Italia con un carretto trainato da cavalli. Sono gente allegra, conviviale, che non trova mai pace.

E, infatti, Ida – detta "Idarella" – non nasce a Napoli ma a Montecorvino Rovella, un paesino perso tra i monti Picentini, dove la compagnia dei Guarino ha un ingaggio. Vi nasce il 3 marzo del 1907. La madre, Aspasia, va in scena gravida fino alla sera prima del parto. D'altro canto, Aspasia – che all'anagrafe è battezzata Maria ma che tutti conoscono con il nome della moglie di Pericle e dell'unica autentica poesia d'amore mai scritta da Giacomo Leopardi – è nata ancora più lontano, a Patrasso, in Grecia, dove sua madre nel 1887 si era avventurata al seguito della compagnia guidata da suo marito Antonio Guarino – il Pulcinella della foto – e dove era stata anche lei partorita dietro le tavole di un palcoscenico. Motivo per cui l'avevano chiamata Aspasia che in greco significa "benvenuta".

Sua figlia Ida, però, in quel retroscena da commedia dell'arte non solo è stata generata ma, in qualche modo, anche concepita. Suo padre è il marchese Ruggero Izzo, un nobiluomo del beneventano, appassionato di teatro, che ha cominciato a frequentare la compagnia fin da quando si è invaghito di Aspasia, l'attrice giovane, dopo averla vista esibirsi da qualche parte nelle sue terre. Aspasia, a dire il vero, già riluttante a calcare le scene, lo era ancora di più a concedersi a quel signore molto più vecchio di lei. Ma si sa, è una storia vecchia come il mondo: lui è un ricco nobile signore, è vedovo, ha da qualche parte un palazzo di famiglia, tutte le sere porta a cena l'intera compagnia e tutte le sere, come da antica consuetudine per la gente di teatro, i Guarino, alzandosi sazi da tavola, sospirano e rincuorati si dicono l'un l'altro: "Anche stasera abbiamo mangiato." La famiglia spinge così la giovane figlia a sposare l'anziano signore, convinta che in questo modo Aspasia farà la propria fortuna e che un po', di riflesso, farà pure la loro. Aspasia, la benvenuta, sebbene controvoglia, acconsente. Si sposa e in un primo momento abbandona le scene.

Il matrimonio, però, non si annuncia sotto buoni auspici. La prima figlia, battezzata Maria, come la madre, muore dopo pochi mesi. Forse di tubercolosi ma non è certo. Seguono, poi, altre due gravidanze sfortunate, non si sa se di bambini nati morti o scampati solo pochi giorni. Infine, giunge Ida che rimarrà l'unica sopravvissuta a questa ecatombe. Idarella è sana, non muore. Ma il peggio, da un certo punto di vista, deve ancora venire: il marchese si rivelerà presto incapace perfino di mantenerla, la sua Idarella, padre indegno perfino di questa unica figlia.

Ruggero Izzo, infatti, posizione non ne ha. E nel palazzo di famiglia, abitato da sua madre la marchesa, non può neanche mettere piede. Ruggero ha due figli già grandi dal precedente matrimonio ma vivono a Roma, si vocifera che uno sia avviato alle alte sfere della curia papalina ma di loro non si sa nulla di preciso. Il marchese non ha rendite, questo è certo, e, a differenza dei Guarino, non ha nemmeno mestiere. Facendo valere il titolo, il marchese per un periodo prova a procurarsi da vivere come funzionario di polizia ma dopo poco, a seguito di un incidente oscuro, si fa cacciare. Il marchese Izzo è un uomo dissoluto, libertino, giocatore, un nobile spiantato, decaduto, diseredato. E anche questa è una vecchia storia.

Aspasia, rovinata dal teatro, in qualche modo ne viene salvata. I Criscuolo, una famiglia borghese, benestante, residente a Napoli in via Pietro Colletta, la prendono a benvolere. Spesso l'hanno vista recitare e, venuti a sapere del suo dramma, le tendono una mano. La prendono in casa con la figlia Ida. Aspasia va a servizio. Rammenda, stira, strofina, impara a cucinare. La piccola Ida cresce lontana dal padre indegno, lo ricorda a malapena. Poi, un giorno, però, quando la bambina ha sei o sette anni, il marchese riappare.

Ruggero Izzo implora un'occasione di riscatto. Aspasia, torcendosi le mani che sanno di liscivia – il detergente usato dalle brave massaie per i panni unti o dalle donne perdute per avvelenarsi sotto gli altari delle chiese –, gliela concede. Il padre, allora, dopo anni di latitanza, tende alla bambina la propria mano inanellata di rubini e si avvia con lei verso un futuro migliore. S'imbarcano dalla stazione di Napoli Centrale su di un treno accelerato alla volta di Roma.

Nella capitale, sempre tenendo per mano la figlia bambina, Ruggero, il padre spiantato, bussa alla porta dei figli maggiori, i figli ricchi, quelli cui la vecchia marchesa ha destinato l'eredità del casato dopo averlo diseredato. Con un gesto estremo, probabilmente disperato, il marchese porta loro la sorellina, forse illudendosi che i fratelli possano riuscire lì dove il padre ha fallito. In fondo lui le ha dato il nome, il loro stesso nome. La bambina povera che bussa alla porta del palazzo patrizio si chiama Ida Izzo, figlia di Ruggero. È per lei che si chiede asilo. Questa favola, però, non è a lieto fine: i figli altolocati nemmeno li ricevono. Inviano un servo a dire che i signori non sono in casa.

Ruggero Izzo non ha neanche il denaro per pagare una stanza d'albergo. Padre e figlia trascorrono la notte sulla panchina di un giardino pubblico di Roma il cui nome si è perduto.

In seguito, Idarella ricorderà soltanto che il padre rimase seduto, accasciato, che la invitò ad accucciarsi contro di lui, che la coprì con il suo pastrano. Il giorno appresso, sempre tenendola per mano, la riconduce a Napoli e la riconsegna alla madre. Le scrive lettere struggenti, invocando comprensione e perdono, ma non si rivedranno mai più. È la vigilia della prima guerra mondiale. Ida ha sette anni. Per tutta la vita suo padre rimarrà questo "ricordo triste".

La madre, però, non si perde d'animo. Dopo la guerra, Aspasia trova lavoro alle Cotonerie Meridionali, una delle più grandi industrie di tutto il Meridione. Nel 1920 Aspasia riesce a far assumere anche la figlia. Per poterlo fare, è costretta a falsificare i documenti alterandone la data di nascita. La legge fissa, infatti, a quattordici anni l'età minima per l'assunzione nel settore industriale e Ida non ne ha ancora compiuti tredici. L'espediente, però, ha successo e Ida comincia a lavorare in fabbrica. Lì, assieme alla madre, diverrà comunista e lo rimarrà per tutta la vita.

Idarella non si limita a essere una delle più giovani operaie delle Cotonerie Meridionali, ne diviene anche "testimonial". Si cerca, infatti, qualche dipendente disposto a lanciarsi con il paracadute. Il primo lancio da un aereo in volo è avvenuto nel 1912 e negli anni venti molte aziende e centri di ricerche stanno sviluppando paracadute efficaci e sicuri. A qualche dirigente delle Cotonerie deve saltare in mente che se a lanciarsi fosse una ragazza, la pubblicità avrebbe maggiore effetto. Ida Izzo si fa avanti. La imbracano, decolla e si lancia. Con questo lancio, calcolando a spanne, Idarella diventa la prima donna d'Italia, o del suo Meridione, a lanciarsi con un paracadute. Il primato, però, non è registrato in alcun documento ufficiale. Soltanto un ricordo di famiglia. Appena il tempo di rimettere i piedi in terra e la giovinezza di Ida finisce.

A decretare quest'altro finale prematuro nella vita di Ida Izzo è ancora una volta il teatro. Un giorno qualunque del 1927, o forse dell'inizio del 1928, Ida si trova al seguito dei Guarino in un qualche teatro di Napoli. Qualcuno dei suoi parenti vi si esibisce, forse addirittura la madre che, ogni tanto, sempre controvoglia, per sbarcare il lunario, ancora si presta all'antica arte di famiglia quando la compagnia ha bisogno di tappare un buco. Ida certamente no. Lei non ha mai voluto calcare le scene. È una giovane donna severa, molto costumata. Lo rimarrà per tutta la vita e per tutta la vita, pur non essendo per niente bigotta e nemmeno osservante, continuerà a ripetere che "le tavole del palcoscenico sono l'anticamera dell'inferno". Riguardo a questo Ida non cambierà mai idea, non recederà mai di un solo passo da questa linea. Facile ipotizzare che questa sua intransigenza sia stata, in qualche modo, un tributo pagato alle circostanze della sua nascita, un risarcimento simbolico a quella sua mamma sfortunata che il palcoscenico aveva venduto al desiderio di un maschio anziano seduto tra il pubblico o, forse, addirittura, una malinconica forma di fedeltà al padre, a quell'uomo finito, rovinato anche lui dal teatro, che sedeva accasciato sulla panchina di un giardino pubblico di Roma.

Comunque sia, Ida ha ripudiato il teatro, quella sua gente promiscua, facile al convivio, alla crapula, sempre pronta a saltare sulla sedia per un bicchiere di vino, quella sua gente sempre affamata. Idarella, dunque, in quel giorno qualunque del 1927 o del 1928, siede in platea. Calza, però, degli stivaletti allacciati alla caviglia. È la moda. Dopo la guerra le gonne si sono un poco accorciate.

Dietro al palco, tra i macchinisti, c'è un giovane in attesa del suo momento per esibirsi. È un dilettante. Ha una bella voce intonata e recita con estro i monologhi del fine dicitore ma è un dilettante. La sua famiglia, che commercia in carni, lo sconsiglia ripetutamente di battere quella strada. Lui, però, non resiste al canto delle sirene. E così Peppino Ferrieri, attraverso uno spiraglio concesso alla sua fantasia dal sipario calato, intravede quegli stivaletti allacciati alla caviglia e se ne innamora.

Quando si ha un destino, non gli si sfugge. Sfuggiamo noi che non ne abbiamo. Ida Izzo non sfugge al teatro. Non le basterà averlo ripudiato.

Nel 1929 Idarella è incinta di Peppino. Proprio lei, così severa, così costumata, attende un figlio fuori dal matrimonio. È un figlio dell'amore, certo, o, per lo meno, della passione, ma nemmeno questa giustificazione servirà a impietosire gli dèi beffardi del teatro. Peppino, più giovane di Ida di un anno, e comunque non ancora maggiorenne, non può sposarla. Inoltre, deve partire per fare il soldato. Nemmeno lui sfugge al teatro: quando chiede il sostegno della famiglia Ferrieri, viene bandito.

Donna Grazia disapprova che il figlio si leghi a quella gente promiscua, facile al convivio, alla crapula, sempre pronta a saltare sulla sedia per un bicchiere di vino, quella gente sempre affamata. Ma non ne fa una questione di denaro. Il motivo del rifiuto non è tanto che i Ferrieri siano dei commercianti e gli altri degli spiantati. Il motivo è di ordine morale. Il pregiudizio di Donna Grazia non ammette di potersi imparentare a quelle donne ritenute di facili costumi e il fatto che quella ragazza si sia concessa al figlio prima delle nozze sta a dimostrare che ha ragione. Il motivo a causa del quale Ida viene ripudiata è, insomma, il medesimo per cui lei ha ripudiato. È sempre lo stesso, è il teatro.

Ma Peppino, in tutta questa storia di padri assenti, ignoti, indegni, incerti, minorenni o deceduti, sceglie di fare fronte. Parte soldato. Porta con sé la foto-ritratto di una giovane donna che gli sorride scoprendo i denti. Sul retro, sotto la data del 1930 e il timbro del fotografo – Alessio Cosmai, via San Giovanni a Carbonara, 64 – c'è una frase in stampatello battuta a macchina: "SE IL TEMPO NE SCOLORA LE SEMBIANZE L'AMORE RIMARRÀ IN ETERNO della tua per sempre IDA". Tornato da militare, Peppino Ferrieri la sposa.

III

L'8 gennaio 1934 Leone Ginzburg pronuncia il suo "no" al regime fascista. La sera del 13 marzo dello stesso anno viene arrestato a casa sua. Soltanto sessantatré giorni. Bastano a tracciare sulla sua fronte il segno rosso del dissidente. Ma a marchiarlo non è una fatale concatenazione di cause ed effetti, la logica inesorabile delle vite narrate nell'orizzonte della storia. È una torpedo blu.

Quando, due giorni prima, l'11 marzo l'auto sportiva si presenta al valico di Ponte Tresa, è una domenica di fine inverno. Allo stadio del Partito nazionale fascista di Roma si gioca il derby tra Roma e Lazio "sotto secchiate di acqua gelida che si abbattono sul pubblico e sui giocatori dall'inizio del match fino a metà della ripresa" (finirà 3 a 3 con tripletta di De Maria). Su al confine tra Italia e Svizzera la giornata è fredda e nebbiosa. Il lunedì seguente alla fabbrica Olivetti di Ivrea, approfittando dell'insistente buio invernale, si sperimenterà in montaggio un nuovo tipo d'illuminazione aziendale a vapori di sodio. Consuma meno energia, stanca meno gli occhi ma conferisce, con quella sua luce gialla, alla figura umana un'apparenza spettrale.

In questo scenario nordico, l'apparizione della sfavillante torpedo blu non passa inosservata. Con la sua profilatura filante dalla calandra fino al posteriore, fin da quando fu progettata all'inizio del secolo, l'auto ha sempre evocato le carene sottomarine di alcuni natanti. A molti ricorda un siluro. Nel 1934 se ne vedono oramai poche in circolazione. La sua sagoma grandiosa e immaginifica è uscita di produzione. Giusto due anni prima, la Fiat ha lanciato la Balilla 508, la prima auto di piccole dimensioni costruita in Europa.

A bordo della vistosa torpedo ci sono due giovani uomini. Sul sedile del navigatore siede Sion Segre, un ragazzo biondo, sempre un po' curvo, dall'aria mite e pigra. Al volante c'è Mario Levi, un giovane elegante, frequentatore abituale del miglior barbiere di Torino, impiegato alla Olivetti di Ivrea. Sotto il paltò indossa un plico di manifestini che incitano a "Votare No!" alle elezioni indette dal regime fascista per il prossimo 6 aprile. Non sono le prime a lista unica imposte da Mussolini – "Approvate voi la lista dei deputati designati dal Gran Consiglio del Fascismo? Sì o No?" – ma rimarranno le ultime indette in Italia fino a dopo la guerra.

Sotto i suoi abiti eleganti, Mario Levi porta il secondo "no" di Leone Ginzburg. È lui, infatti, che da settimane invia i due amici a Lugano a trafugare materiali di propaganda contro il plebiscito fascista. Le tappezzerie della torpedo sono imbottite con trentadue copie del numero 10 dei "Quaderni di Giustizia e Libertà".

Il finanziere che li ferma al valico di Ponte Tresa sospetta, però, da parte di quei giovani gagà un traffico di sigarette. Li fa scendere e intima loro di seguirlo al posto di pubblica sicurezza della stazione di confine. Mario Levi si finge remissivo poi, con uno scatto, raggiunge la sponda del lago e si tuffa nell'acqua gelida senza nemmeno togliersi il paltò. È un buon nuotatore e all'acqua gelata è abituato. In passato, durante una crociera, ha fatto un bagno nel mare del Nord in compagnia del cuoco del bastimento, sotto lo sguardo ammirato dei passeggeri che lo applaudivano dal ponte. Quando avevano saputo che Mario era italiano, gli avevano gridato: "Viva Mussolini!" Ora, però una guardia di Mussolini gli punta una pistola. Un'altra urla di non sparare e gli salva la vita.

Mario nuota verso la sponda svizzera, la sponda libera. Giunto a poche decine di metri, le forze gli mancano. Un'imbarcazione delle guardie di confine elvetiche si stacca dalla riva e gli salva la vita una seconda volta. Salvato, rimessi i piedi sulla terra ferma, Mario, dalla sponda libera, urla: "Viva la libertà! Viva l'Italia!" La propaganda fascista gli attribuirà l'urlo inverso: "A morte Mussolini! Cani d'italiani." La stampa internazionale smentirà categoricamente.

Mario, dunque, si salva (fuggirà in Francia) ma la trama oramai è sbregata. Sion Segre, interrogato a Varese, cede quasi subito. A Torino i cospiratori hanno le ore contate eppure non si mettono in salvo. È difficile immaginare che la tua vita stia per finire finché non picchiano alla porta e il plotone di esecuzione ti trascina in strada.

Già la mattina di lunedì circola la notizia dell'incidente di Ponte Tresa eppure, tranne Renzo Giua, un altro compagno di scuola di Leone, nessuno dei militanti della cellula torinese di Giustizia e Libertà fugge. Alcuni trascorrono la notte di vigilia dibattendosi nel dilemma morale se distruggere o meno quei preziosi quaderni trafugati dalla Svizzera, consapevoli del fatto che la loro lettura e diffusione è l'unica reale azione antifascista di cui sono capaci, altri addirittura non rinunciano al ricevimento del lunedì sera in casa di Barbara Allason che la scrittrice non ha voluto annullare. Sono quasi tutti intellettuali, studiosi e studenti, ingegneri, avvocati, dottori, pacifici e incensurati, persone per bene per le quali la galera è un sentito dire. Ne fanno conoscenza la prima volta all'alba del 13 marzo. Le pattuglie della polizia li sorprendono tutti nelle loro case borghesi, nel sonno, e intruppano davanti all'Ufficio matricola delle carceri Nuove quei signori sprovveduti, con "i polpastrelli imbrattati, le scarpe slacciate, i calzoni cascanti, le facce disgustate". Sono quasi tutti parenti e quasi tutti ebrei.

Quando perquisiscono casa Levi, gli sbirri non trovano niente di compromettente. Trovano, però, il professor Giuseppe Levi, istologo di fama mondiale, studioso delle degenerazioni cellulari. Poiché Mario li ha beffati tuffandosi nel lago, arrestano lui, lo scienziato. Non potendo avere il figlio, prendono il padre. E il padre, burbero, eccentrico, geniale signore di mezza età, avvolge una risma di fogli in un filo di spago e li segue. La sera il professore non tornerà a casa, e nemmeno nei giorni seguenti. Non tornerà nemmeno il figlio Gino, direttore tecnico alla Olivetti di Ivrea, fratello di Mario. La signora Lidia, moglie e madre dei detenuti, fino a quel momento totalmente ignara del mondo carcerario, si dispera: non sa nemmeno come rifornire marito e figlio della biancheria di ricambio.

Lidia Levi decide, perciò, di ricorrere alla rete familiare e confessionale che in buona parte coincide con quella cospirativa. Si medita di contattare i parenti di Sion Segre, il compagno di Mario a Ponte Tresa, ma il ragazzo è orfano e il suo unico fratello è stato a sua volta arrestato. Ci si ricorda di un cugino, Dino Segre, celebre con lo pseudonimo letterario di Pitigrilli. Lo s'interpella per sapere come far giungere in carcere biancheria pulita e libri. Pitigrilli si precipita, con la sua aria misteriosa, altera e malinconica, nella casa dei Levi dove Alberto, fratello di Mario, il figlio cospiratore, dedicava un piccolo culto ai suoi romanzi scandalosi e il professor Giuseppe ne proibiva la lettura alla figlia Natalia, non ancora in età da marito.

Alto, grosso, con le sue lunghe basette nere e grigie, Pitigrilli si accomoda gravemente in una poltrona del salotto dei Levi, correligionari e in qualche misura parenti, senza spogliarsi del suo grosso cappotto chiaro, simile a quello con cui Mario si è tuffato nel Tresa. Lì, mostrandosi addolorato, Pitigrilli istruisce la signora Lidia riguardo al carcere in cui è stato anni addietro a causa di un complotto tramato contro di lui dal terribile console fascista Piero Brandimarte, istigato dalla poetessa Amalia

Guglielminetti, per breve tempo amante del giovane scrittore mondano e in passato a lungo amante del grande poeta crepuscolare Guido Gozzano.

E così Pitigrilli spiega come si debbano sgusciare noci e nocelle, sbucciare mele, arance, tagliare il pane a fettine sottili perché in carcere non è possibile avere coltelli. Spiega ogni cosa con garbo, sempre indossando il suo grande paltò chiaro e accavallando le gambe. Poi la signora Lidia, nel mezzo di quella garbata conversazione, incoraggia Natalia, la figlia minore, a mostrare allo scrittore scandaloso e mondano il quadernetto su cui ha ricopiato in bella grafia le sue tre o quattro novelle di fanciulla perbene. L'autore di *Cocaina*, *Mammiferi di lusso* e *Dolicocefala bionda*, che ha fondato e dirige la rivista di successo "Grandi Firme", aggrotta le sopracciglia sulla fronte e, sempre con garbo, lo sfoglia un poco il quadernetto di quella ragazza cui era proibita la lettura dei suoi romanzi e cui hanno arrestato il padre e il fratello. Poi arrivano due amici di Mario, gli vengono presentati e Pitigrilli esce in mezzo a loro. Istruita da quel buon amico, la signora Lidia comincerà a visitare alle carceri il figlio e il marito con un fagotto di biancheria sotto il braccio e pacchi di arance e nocelle sbucciate.

Il problema, però, è che Pitigrilli è il fiduciario 373 dell'OVRA, la polizia politica fascista. In qualità di informatore, il rinomato autore di romanzi erotici, tanto apprezzati da un pubblico colto e spregiudicato che nei suoi giochi di parole a sfondo sessuale ricerca inutilmente la propria frivola via al grande equivoco della modernità, Pitigrilli dal 1930 percepisce cinquemila lire al mese "salvo aumento o rimborso spese straordinarie in caso di servizi effettivi e importanti". Dino Segre, insomma, è una spia. Spia della sua stessa gente, di quei professionisti rigorosi e austeri che lui, avido di denaro e di lusso, invidia e disprezza perché "fanno una vita casalinga, piccolo-borghese, che li tiene lontani dai caffè e sono tutti sposati e vivono fra la casa e il giornale", quegli ebrei tanto legati da vincoli di amicizia, da un comune lessico famigliare che lui, roso dal gusto della delazione, violerà ripetutamente. Protetto da una fama di antifascista guadagnata grazie al rancore di un'amante invecchiata e abbandonata, e dall'ebraismo per parte di padre usato come una copertura abietta, Pitigrilli ne tradirà a decine prima di essere smascherato a guerra finita. Si rifugerà, allora, in Argentina. Cercherà, poi, a lungo di rientrare in Italia, sostenuto dal mensile dei gesuiti "Civiltà Cattolica" con articoli edificanti sulla sua conversione di libertino alla fede cristiana. Dopo quest'ultimo tradimento, alla fine riuscirà a tornare da vecchio, giusto in tempo per morire, non prima di aver fatto annunciare "che aveva perdonato i suoi nemici".

Ma nel 1934, purtroppo, Pitigrilli non è nemmeno l'unico a infiltrare questa cospirazione d'intellettuali alla luce del sole, questi rispettabili borghesi, serissimi cospiratori dilettanti, incapaci del settarismo necessario a elevare il sospetto a mappatura del mondo. Quando Sion Segre, catturato a Ponte Tresa, comincia a capitolare con le sue prime ammissioni, gli inquisitori sanno già quasi tutto. Li ha tenuti costantemente e dettagliatamente informati l'ingegnere chimico francese René Odin – nome in codice "Togo", fiduciario numero 536 –, massone, antisemita furioso, impiegato presso un'azienda di cosmetici della quale vuole impadronirsi (e ci riuscirà, grazie ai soldi dell'OVRA). Odin, le cui relazioni all'OVRA grondano paranoie antisemite, espressioni di ossequio strisciante, devozioni da cane bastonato e maligno bisogno d'essere amato, riesce incredibilmente a procurarsi l'ammirazione e la fiducia incondizionata dello stato maggiore di Giustizia e Libertà a Parigi. I capi assoluti dell'antifascismo liberal-socialista in esilio, a cominciare da Carlo Rosselli in persona, affidano le vite dei migliori uomini del movimento e della cultura italiana a questo farneticante complottista da barzelletta. Ignari di tutto, lavorano gomito a gomito con un uomo che relaziona all'OVRA ossessivamente, quasi con cadenza quotidiana. Giudicano il suo arruolamento un "colpo di fortuna". Mario Levi, che poi si tufferà nel Tresa indossando il paltò, arriva a definirlo "un eroe".

Ciò che esalta e acceca uomini dell'intelligenza di Carlo Rosselli, capaci di profetizzare con assoluta precisione di argomentazioni il ritorno della guerra con anni di anticipo, è il fatto che Odin, grazie alla sua qualifica di industriale "assistito" dal denaro della polizia politica, possa fare liberamente da tramite tra Francia e Italia mentre loro tutti restano inchiodati al palo dell'esilio. A Torino Odin alloggia regolarmente all'Hotel Ligure, a Ivrea risiede all'Hotel Genova. In entrambi, introdotto da Mario Levi, incontra quasi tutti i militanti piemontesi di GL, li passa in rassegna, affida incarichi, opera reclutamenti e selezioni per conto di Rosselli.

Soprattutto, però, Odin alimenta in Rosselli la delirante convinzione che il popolo italiano sia pronto all'insurrezione armata contro il fascismo. Gli esuli hanno perduto la bruciante zona di contatto. Non sanno più niente del popolo in nome del quale lottano. Nel momento di massima popolarità del regime, mentre le folle in orgasmo acclamano il duce degli italiani su tutte le piazze d'Italia, i fuoriusciti s'illudono che un attentato sanguinoso possa scatenare la rivolta. Da Parigi complottano di introdurre dei loro uomini armati di bombe alla camera dei deputati e di farla saltare durante una seduta. Si chiedono se sia necessario esibire delle tessere. Odin promette di procurargliele. La farsa si mescola alla tragedia. Leone Ginzburg, intanto, rifiuta l'una e l'altra e continua a fare il suo lavoro.

La Giulio Einaudi Editore – lo abbiamo visto – è stata iscritta alla camera di commercio di Torino il 15 novembre 1933. La sua prima sede si trova in via Arcivescovado 7. Un ultimo piano, una soffitta dove c'è anche il magazzino, uno studio per Giulio Einaudi, un'altra stanzetta per Leone, una sala più grande per la segretaria. Ecco tutto. Come abbiamo già detto, in queste due camere e cucina nasce quella che sarà la più rilevante casa editrice italiana del dopoguerra. Per una di quelle coincidenze del destino che mettono i brividi, l'Einaudi si accasa nello stesso palazzo che pochi anni prima era stato sede dell'"Ordine Nuovo" di Antonio Gramsci, la rivista laboratorio della maggiore rivoluzione nel pensiero politico italiano del Novecento.

Nella sua stanzetta sotto i tetti, Ginzburg progetta le prime collane della nuova casa editrice. Prima fra tutte la "Biblioteca di cultura storica". L'attenzione per la storia è un principio organizzativo fondamentale per chi, come Leone, si senta imprigionato nel presente. Il suo primo obiettivo di intellettuale e di antifascista è coltivare gli studi storici per colmare il vuoto tra il passato che sta per essere seppellito e il futuro che rischia di venire abortito. L'unica speranza di questi giovani antifascisti confitti a testa in giù nell'inferno del presente fascista è che tutto il passato non li abbia dimenticati. Non si può lasciare che le camicie nere mettano le mani sul Risorgimento. E allora Leone commissiona a Luigi Salvatorelli un volume su *Il pensiero politico italiano dal 1700 al 1870*.

Parallelamente, Leone lavora al primo numero della nuova serie de "La Cultura", la rivista che avrebbe dovuto attrarre il meglio della libera intelligenza italiana di quegli anni. C'è poco tempo e Leone se lo farà bastare. Nel novembre del 1933 viene fondata la casa editrice e l'uscita del primo numero della rivista è programmata per il marzo del 1934. Quattro mesi scarsi. Si lavora anche a Natale. La nuova serie avrà anche un nuovo formato, più grande, più moderno, sarà sciolta, senza copertina. L'indice dei contributori sarà di tutto rispetto. Nessuno dice "no" a Ginzburg.

Mentre Leone lavora nel chiuso della sua soffitta, un'altra forza si prepara, però, ad attaccare alla radice la sua creazione.

Sia la nuova casa editrice sia la nuova rivista vengono battezzate dalle note informative della polizia politica fascista: "Una nuova editrice torinese la quale avrà il compito di diffondere pubblicazioni antifasciste abilmente compilate e attorno alla quale da ora in avanti si andranno raggruppando gli elementi antifascisti del mondo intellettuale." Con queste parole la segreteria particolare del duce viene allertata dagli agenti di pubblica sicurezza il 9 marzo 1934. L'Einaudi non ha ancora stampato nessun libro. A battezzare "La Cultura" negli archivi della polizia segreta ci penserà invece Pitigrilli con una metafora degna del romanziere brillante: "Un ago calamitato sul quale si raduna tutta la limatura di ferro dell'antifascismo cerebrale torinese."

Al lavoro nella sua soffitta, Leone è probabilmente ignaro del fatto che l'OVRA già lo tiene in pugno. Non esiste riparo. Da nessuna parte. Difficile immaginare, però, che questo Leone non lo sappia. Ma si va avanti comunque. Ha scelto la via difficile e adesso la percorre. Rivendicare la libertà significa comportarsi da uomini liberi. Il primo numero de "La Cultura" uscirà, come programmato, il 13 marzo 1934. Leone, però, non lo vedrà perché lo stesso giorno è "ristretto" nelle carceri Nuove di Torino. Una torpedo blu lo ha perduto.

Un interrogatorio della polizia politica è una lotta senza quartiere. Si combatte strada per strada, sotto ogni portone, nella città distrutta. L'interrogato non ha terreno alle spalle, non gli è concesso nessun passo indietro, nessun cedimento, nemmeno il minimo errore.

Insieme a Leone vengono poste in stato di fermo altre tredici persone. Viene loro chiesto di stendere dei memoriali. Si spera così di trarre elementi di reciproca accusa e quindi prove per il dibattimento. Poi si usa il vecchio trucco del poliziotto buono e di quello cattivo. Quello buono offre sigarette, quello cattivo urla, spaventa, minaccia cose terribili. Molti degli interrogati sentono che manterrà la promessa.

Sion Segre capitolerà in una richiesta di grazia a Mussolini colma di ossequio e di angoscia: “Voglio ancora esprimere il mio voto più ardente di potermi sentire degno dell’ambito perdono del duce.” Carlo Mussa Ivaldi, assillato dal senso di colpa per aver fatto il nome di Ginzburg, tenterà il suicidio. Barbara Allason, vittima di un crollo nervoso, in preda a scompensi neuropsichici, informa gli inquirenti sui cospiratori ospiti del suo salotto. Il nome di Ginzburg è pronunciato di nuovo.

Leone Ginzburg, però, resta imperturbabile. Per testimonianza unanime, si mostra fermo, irriducibile, irremovibile. Rigetta ogni addebito ma rifiuta anche di abiurare il proprio antifascismo. Si attiene alla linea della negazione assoluta. È ancora una volta un “no” quello che oppone. Ai poliziotti, che sempre lo odieranno per questo, riserva il suo sguardo sprezzante, la fierezza che ribalta i ruoli tra giudice e giudicato. Lo fa, però, con compostezza, senza perdere la grazia. Quando il 6 giugno verrà sottoposto al confronto con la Allason, incontrando l’amica ormai libera perché chiamata a testimoniare contro di lui, la abbraccia con affetto. Carlo Levi, un altro che non crollerà, scrive che quella di Leone è la compostezza “di chi conosce il male e il dolore come per eterna, antichissima esperienza” e li affronta senza sentirsene veramente offeso. Leone non fa della tragedia di un popolo una questione personale. Si mantiene casto.

Il 9 maggio 1934 il questore di Torino richiede il rinvio a giudizio dei due imputati Segre e Ginzburg per “delitti di propaganda antifascista, di costituzione, appartenenza alla setta ‘Giustizia e Libertà’ che ha per fine l’abbattimento del Fascismo con mezzi violenti”. Il caso di Mario Levi è stralciato perché latitante. Tutti gli altri sospettati vengono censurati o ammoniti ma non processati. Barbara Allason è addirittura esclusa dal novero degli imputabili.

Il processo si annuncia clamoroso. Già a marzo l'agenzia di stampa Stefani, voce ufficiale del regime, aveva lanciato la notizia con un comunicato razzista: "Ebrei antifascisti al soldo dei fuoriusciti assicurati alla giustizia dall'OVRA." Lo aveva accompagnato un commento del giornale romano "Il Tevere" nel quale si agitava lo spettro del complotto giudaico. È la prima volta in assoluto che in Italia l'agenzia di stampa del regime dipinge gli ebrei come suoi nemici. Una prova generale di antisemitismo. Un'incrinatura, per ora ancora invisibile, crepa i cristalli delle vetrine dei negozianti ebrei di Torino.

Dal canto loro, i fuoriusciti di Parigi sperano nel colpo di teatro. Si augurano che Ginzburg insceni una commedia antifascista a beneficio della stampa internazionale. Ritengono che dovrebbe attaccare frontalmente prendendo posizione di battaglia contro il tribunale e contestando l'autorità dei giudici. "Noi," dice Rosselli, "gli faremmo avere una magnifica stampa, farei mandare i corrispondenti del 'Times' e del 'Manchester Guardian'." E poi aggiunge: "Fate sapere a Ginzburg che deve parlare adagio e forte scandendo bene le sillabe, affinché i giornalisti capiscano."

Anche i delatori spergiuri non demordono. Esaltato dall'attenzione suscitata dalla vigilia del processo, Pitigrilli fa rapporto rimestando spudoratamente negli affetti: "Si dice che nella difesa di Ginzburg si sostenga che frequentava la casa del professor Levi innamorato della figlia Natalia. Non è vero. Natalia era assai innamorata di Ginzburg, ma Ginzburg era innamorato di Giuliana Segre. Poiché siamo su questo argomento, aggiungerò che Mario Levi era innamorato della signorina Pincherle di Roma – sorella dello scrittore Moravia – la quale in questi giorni deve essersi fidanzata con il pittore Paolucci, amico del pittore Carlo Levi. Grande delusione per Mario Levi."

Al principio di novembre del 1934 Ginzburg e Segre compaiono di fronte al tribunale speciale per la difesa dello stato presieduto dal console generale della Milizia Gaetano Le Metre. I clamori antisemiti, nel frattempo, si sono smorzati. La crisi fra Italia fascista e Germania nazista per garantire l'integrità dell'Austria ha consigliato a Mussolini di criticare l'antisemitismo hitleriano. Parlando alle folle osannanti dal balcone del municipio di Bari per l'inaugurazione della Fiera del Levante, il duce ridicolizza la follia nazista: "Il Mediterraneo è certo un mare meridionale," esordisce beffardo, "ma trenta secoli di storia ci permettono di guardare con sovrana pietà talune dottrine di oltre Alpe..." Soltanto quattro anni dopo sottoscriverà le stesse dottrine a cui dal municipio di Bari guardava con pietà e, senza alcuna pietà, avvierà gli ebrei italiani ai forni crematori della demenza germanica.

Leone Ginzburg, invece, rimane fedele a se stesso. Di fronte alle accuse mossegli, conferma l'atteggiamento di assoluta negazione. Ribatte punto su punto e ribadisce il proprio antifascismo. Nessun clamore, nessun teatro, non cede un solo metro di terreno. Il 6 novembre 1934 lo condannano a quattro anni di carcere duro.

L'ambiente è piccolo, stretto ma in fondo non molto diverso da uno studiolo. Bisogna solo abituarsi a dormire con la luce accesa; accordarsi al ritmo regolare del battiferro lontano che si avvicina fino a giungere alla propria cella.

Del carcere di Leone Ginzburg si sa poco. È uno spazio bianco, una giornata neutra, come lui stesso scriverà alla madre: "C'è tanta somiglianza fra una giornata e l'altra, che agevolmente si eludono le differenze e tutto si atteggia come una sola giornata che non appare neppure particolarmente lunga, e certo non è né triste né lieta, né solatia né nuvolosa: una giornata neutra, ecco [...] Inaspettatamente per me si tratta di una grande, inaspettata vacanza [...] ho chiesto che mi comprassero *I promessi sposi*: sarà la prima volta che li leggerò riposatamente e ordinatamente [...] Oltre a questo che cosa faccio? Seguito a pensare tanto tanto a te."

Sembra che quest'uomo non conosca angoscia. Gli hanno appena strappato dal petto quattro anni di vita, a lui che ne ha vissuti appena ventisei, eppure non si tormenta. Gli hanno appena tolto tutti i libri che avrebbe potuto commentare, editare, pubblicare, tutti quelli, soprattutto, che avrebbe potuto scrivere e lui si accomoda a rileggere con più cura *I promessi sposi*. È inflessibile, Leone, anche nell'infanzia. Soprattutto in quella, forse. Ha appena affrontato da solo, a mani nude, l'era fascista e un attimo dopo è di nuovo, di nuovo e ancora, il bambino di cinque anni che scrive lettere d'amore perduto alla mamma lontana.

Pare che non ci sia nulla da temere per Leone. La cella è piccola ma in fondo non molto diversa da uno studiolo. Bisogna solo accordarsi al clangore ritmico del battiferro lontano che si avvicina e abituarsi a dormire con la luce accesa. Ecco tutto. E poi ci sono la mamma e i capolavori della letteratura. Che siano *I promessi sposi* di Manzoni o la *Storia della rivoluzione russa* di Trockij. Che siano stati scritti dal nevrotico gentiluomo lombardo che metteva lo studio al pian terreno per potersi raccontare di essere uscito a passeggio quando per raggiungerlo attraversava appena il cortile di casa o dall'intellettuale russo che, messo alla prova sanguinaria di ogni tempo, organizza il più formidabile esercito popolare della storia. Il primo Leone lo rilegge con calma, del secondo rivede una traduzione in lingua italiana.

Dalle Nuove di Torino, Ginzburg è trasferito a Regina Coeli. Poi, dopo una permanenza di poco più di un mese, a dicembre lo rinchiudono nel carcere di Civitavecchia, tristemente noto come il "cimitero dei viventi". Qui, nel maggio dell'anno seguente, Leone viene raggiunto dalla notizia della nuova retata contro Giustizia e Libertà. Circa duecento arresti. Il gruppo è annientato, la rete distrutta. La delazione di Pitigrilli ha dato i suoi frutti.

Decine di amici vengono tradotti a Roma in treno, sfilano nella stazione Termini legati da un'unica catena, come una masnada di pirati. Molti di loro saranno condannati a pene severe, parecchi crollano. Massimo Mila, pur essendo uomo di coraggio, perseguitato dalle richieste dei familiari, indirizza una lettera al duce per supplicarne il paterno perdono. Norberto Bobbio, per salvare la carriera universitaria, scrive al padrone d'Italia chiedendo scusa per i suoi errori di gioventù e promettendo totale sottomissione. Tra gli arrestati c'è anche Cesare Pavese, nonostante nel luglio del 1933, su sollecitazione dei parenti, si fosse già iscritto al Fascio di Torino a fini di carriera e per quieto vivere.

Pavese lo arrestano un'ora prima che vada a sostenere l'esame per il concorso d'italiano e latino ai licei. Molti anni dopo, il professor Augusto Monti, facendo i conti con la memoria di quella sua formidabile leva di allievi estinti, scriverà che arrestandolo su quella soglia fu come se l'avessero ammazzato già nel 1935 strozzandogli la crescita, mummificandolo girino quando stava facendosi rana. Cesarito lo condannano a due anni di confino a Brancaleone Calabro e indubbiamente lui si dispera, riduce la vita a una lamentela. Scrive lettere piene di orrore per quell'inaspettato Meridione, lettere che a più riprese così si concludono: "Una bella mattina, facendo il nodo alla cravatta, stringerò un po' di più..." Pavese è talmente prostrato da riuscire a malapena a curarsi del suo primo libro, la raccolta di poesie *Lavorare stanca*, che proprio grazie a Leone sarà pubblicata nelle edizioni di Solaria l'anno seguente.

Leone, intanto, legge, studia e fa nuove amicizie. Inoltra al ministero della Giustizia richiesta perché gli sia consentito di acquistare dei libri e si lega a un gruppo di comunisti sloveni.

Anche lui, come Pavese, scrive parecchie lettere. Questa volta, però, sono lettere d'amore. Le invia a Natalia, la figlia del professor Giuseppe Levi, che è ancora una liceale ma che un giorno sarà sua moglie.

All'oscuro di tutto, la ragazza ha appena esordito pubblicando un racconto intitolato *Settembre* su "Grandi Firme", la rivista diretta da Pitigrilli, l'uomo che ha fatto incarcerare decine di suoi amici e parenti, un racconto probabilmente contenuto nel quadernetto che la signora Grazia gli diede da leggere quando il traditore si precipitò a casa loro, fingendosi amico, nel giorno in cui, anche a causa sua, furono arrestati il padre, il fratello dell'aspirante scrittrice e il suo futuro marito. Il delatore che nelle sue informative di spia dubitò del loro amore.

Ma Leone, anche lui ignaro di tutto questo, smentisce il pettegolezzo maligno del confidente di polizia: "Cara Natalia," scrive alla ragazza dal carcere, "mi sento più preparato a sentire la felicità e l'infelicità. Perciò ricordo con orgogliosa riconoscenza i momenti felici che ti debbo, e sono i più alti della mia vita." L'uomo imprigionato smentisce lo scrittore azzimato, smentisce il traditore della sua gente e alla ragazza scrive: "Vorrei dirti tante cose inutili. L'essenziale, allora, sarebbe già qualcosa di certo e di familiare. Ti ricordi i nostri lunghi silenzi?" Le scrive che rispetta "i suoi sentimenti non nati". Le scrive tante altre parole, sulle quali il pudore invita a glissare.

Ciò che conta è che Leone scriva a Natalia e che, qualunque fosse la maldicente opinione di Pitigrilli, le scriva parole d'amore. E conta che non smetterà mai di farlo, fino alla fine. Va proprio così, molto semplicemente: Natalia, divenuta donna, prenderà il posto che fu della madre nella corrispondenza epistolare del bambino ritto contro il Ventesimo secolo. Ecco un'altra verità elementare con cui, al netto di tutte le sofisticherie e i ripensamenti, non smetteremo di fare i conti. La madre, la moglie, i figli. Poi si ritorna alla terra.

L'unica differenza rispetto a tutti gli altri è che Natalia e Leone sono due scrittori, l'una in embrione l'altro impedito dagli incidenti della cospirazione. Sono due scrittori e s'innamorano per lettera. Alla fine, è questo che conta. Conta che la spia avesse torto.

GLI SCURATI
Milano 1900-1936

Antonio Scurati era nato con il secolo, il 19 aprile 1900.

Una leggenda vuole che gli Scurati discendessero da stradioti albanesi giunti in Lombardia al seguito e al soldo dei veneziani per i quali combatterono alla fine del Quattrocento a Fornovo, e che fossero cavalleggeri terribili, incursori e razziatori, a loro volta discendenti da quella stirpe di guerrieri illirici che per secoli e millenni fornì formidabili combattenti e strateghi agli eserciti di Alessandro da Samarcanda al Kafiristan, a quelli degli imperatori romani d'Occidente e d'Oriente – Diocleziano era dalmata –, fino a quelli di Kemal Atatürk – fondatore della Turchia moderna.

In effetti, in Albania, a nord dell'antica capitale Kruja, esiste un paese, Skuraj, legato all'epopea della lotta contro i turchi. E, indubbiamente, per gli albanesi il mito dell'eroe nazionale Scanderbeg è legato indissolubilmente alla famiglia Skura, signori di Skuraj. E Skuraj, incastonata tra due strapiombi, che la rendevano invulnerabile alle incursioni turche, deve verosimilmente il suo nome a questi giganteschi canyon che la circondano facendone un luogo poco soleggiato e una roccaforte di guerrieri ostinati e invincibili.

Fin qui la leggenda. Di certo c'è, però, che da generazioni gli Scurati erano contadini a mezzadria, che vivevano concentrati nella bassa Brianza (ancora oggi le mappature dei cognomi reperibili via Internet li collocano quasi tutti lì e nessuno a sud del Po) e che si erano insediati a Cusano sul Seveso provenendo dalla vicina Cormano (dove ancora oggi una piazza porta il nome di Luigi Scurati, partigiano ucciso dai fascisti).

Prima del Novecento, Cusano era un piccolo paese poco abitato ma nei primi anni del nuovo secolo si era trasformato rapidamente da borgo agricolo, che per secoli aveva mantenuto un aspetto pressoché immutato, in un centro industriale dell'area milanese. Le strade erano state illuminate con ottanta lampioni, si erano installati telefoni pubblici, costruiti edifici scolastici, scavate fognature e, in seguito, aperta un'uscita sull'autostrada Torino-Venezia.

Enrico Scurati, padre di Antonio, era nato contadino ma poi si era impiegato come operaio tessile nella ditta Gerli dove sarebbe rimasto a faticare per tutta la vita. L'arco della sua esistenza, nemmeno lunga, disegna il passaggio epocale dall'agricoltura all'industria. In lui un'intera generazione aveva cambiato le proprie mani. La Gerli, fondata all'incirca nel 1920, produceva una seta artificiale ricavata dalla cellulosa. Poiché nel 1924 il primo governo Mussolini aveva proibito l'uso del nome seta per i prodotti non derivanti dal baco, Enrico Scurati si era trovato a lavorare un tessuto artificiale ribattezzato *rayon* che, al contrario del nylon, assorbiva l'acqua rendendolo molto più confortevole. Enrico alla Gerli scioglieva con la soda caustica le fibre di cellulosa del legno o del cotone, ricavava una soluzione colloidale chiamata viscosa e la faceva passare attraverso piccoli ugelli in un bagno acido.

Nel passaggio tra Ottocento e Novecento, Enrico non era stato solo contadino e operaio. Una sera di dicembre del 1906, assieme a trentasette abitanti di Cusano sul Seveso – allora si chiamava ancora così – si era riunito al pianterreno delle scuole elementari in presenza di un notaio e aveva dato vita alla Cooperativa Edificatrice. Erano tutti socialisti e, ricalcando il modello mutualistico, in principio si erano proposti soltanto di dare una casa decente alle trentasette famiglie di contadini, operai, muratori, falegnami e facchini membri della cooperativa. Lo avevano fatto edificando un primo palazzo nel centro del paese. Poi ne avevano edificato un secondo, affiancato al primo, poi un altro un po' più lontano, e poi un altro ancora e così via. Nel giro di pochi anni sarebbero arrivati a edificare più di duecento appartamenti. Le case della cooperativa avrebbero anche ospitato nel grande cortile un circolo sociale e ricreativo – battezzato con nomi altisonanti quali "Il Risveglio" e, in seguito, "La Resistenza", ma conosciuto da tutti semplicemente come "Circolino" – sede di una cooperativa di consumo, di attività culturali e per il tempo libero: bocciofila e balera. In principio, però, quando si trattava soltanto di costruirsi con le proprie mani una casa in cui vivere, gli Scurati per partecipare al capitale sociale avevano dovuto vendere le bestie, la mucca, il bue, forse un cavallo, che tanto, comunque non servivano più a niente. La prima casa della cooperativa era sorta in una strada di cui si è perso il nome. Ora si chiama via Matteotti. All'epoca, però, il leader dei socialisti italiani e di quelli di Cusano sul Seveso non era stato ancora ammazzato dai sicari di Mussolini.

Poco prima di vendere le bestie e fondare la cooperativa edificatrice, Enrico aveva avuto due figli. Il primo, Luigi, caduto da un albero da bambino e rottasi la schiena, sarebbe cresciuto "anchilosato", fino a restare gobbo. Il secondo, Antonio, quello nato con il secolo, sarebbe invece cresciuto sano. Della madre di Luigi e Antonio Scurati, e moglie di Enrico, non si ricorda nulla perché morì giovane.

Anche il capostipite dei Recalcati, almeno in questa storia, si chiamava Enrico. A differenza degli Scurati, i Recalcati erano, però, gente di chiesa, dei *paulott*, come li chiamavano da quelle parti. Enrico Recalcati era fiduciario della parrocchia, nelle ore libere andava in chiesa, aggiustava sedie, raccoglieva elemosine e roba del genere. Si trattava di un ruolo importante perché il parroco di Bresso, il paese dei Recalcati confinante con Cusano, era un prevosto, aveva cioè diritto a indossare la mitra bianca durante le cerimonie solenni e amministrava varie proprietà ecclesiastiche. Pare, poi, che nella famiglia Recalcati ci fossero anche dei religiosi, gente che era andata suora e via dicendo. Altri membri della famiglia non si ricordano, salvo un fratello di Enrico, tale Angiolino. Un tipo bizzarro che non si era voluto sposare e di mestiere faceva il sarto. C'erano, poi, vari altri parenti ignoti a Nova Milanese.

I Recalcati, a differenza degli Scurati, erano rimasti contadini. Secondo una consuetudine antichissima, che risaliva al Medioevo, coltivavano la terra a mezzadria per conto di grandi proprietari terrieri, i più ricchi di Bresso. Loro lavoravano e poi dividevano a metà con il padrone i prodotti e i proventi del lavoro. Quasi sempre si trattava di pagamenti in natura, frutta, ortaggi, uova, galline, latte, salami, perché in quell'area, oramai affollata, la terra non rendeva più molto e perché i fattori che dirigevano le aziende coloniche per conto dei proprietari erano spesso disonesti, gente che strozzava i mezzadri angariandoli con l'accusa di frodare. In questo modo, quasi tutto il guadagno andava a loro.

Enrico aveva sposato Ambrogina, una bella donna, snella, alta più del marito, della quale nel dopoguerra, rievocandone la bellezza di ragazza, si sarebbe spesso detto che "se non fosse nata contadina avrebbe fatto l'indossatrice". Ambrogina, che portava sempre con modestia i lunghi capelli raccolti in una crocchia e pettinati con la scriminatura nel mezzo, avendo dato a Enrico numerosi figli, invece di fare l'indossatrice, oltre a lavorare nei campi e a crescere i bambini, era dovuta andare a servizio da una famiglia di commercianti pugliesi, i Moro, importatori dei celebri vini di Trani, vini spessi, di gran corpo e alta gradazione, tracannati a bicchierate dalla povera gente nelle osterie di Milano per ammazzare la fatica, osterie che, presto, proprio dalla denominazione d'origine di quei vini ispessiti dal sole del Meridione, avrebbero preso il nome. Ambrogina, pur avendo cominciato come sguattera, si era presto fatta apprezzare dai mercanti pugliesi e ne era divenuta la fiduciaria, proprio come il marito Enrico lo era del prevosto di Bresso.

Oltre a creature scampate troppo poco alla morte, il cui nome, scritto a matita all'anagrafe, è andato perduto, di Enrico e Ambrogina si ricordano cinque figli, due maschi e tre femmine. Carlo, il maggiore, si sarebbe impiegato alla Cassa di Risparmio delle Province Lombarde che spesso e volentieri assumeva ragazzi di Bresso, paese sempre guidato da sindaci del Partito popolare e abitato da gente "affidabile", non da "socialisti sovversivi" come quelli di Cusano. Paolo, il fratello minore, era stato un ragazzo del '99, uno dei coscritti negli elenchi di leva del 1917, e precettato quando ancora non aveva compiuto diciotto anni. Assieme ad alcune decine di migliaia di diciassettenni come lui, era stato mandato al fronte dopo la disfatta di Caporetto e lì, prima dei diciotto anni, era caduto ferito a una gamba, sembra da qualche parte nei pressi di Udine durante la ritirata, ma su questo punto i ricordi di famiglia si confondono e non concordano con la storia militare. Di certo, il ragazzo giaceva sanguinante su di un qualche campo desolato, disseminato dei cadaveri di altri ragazzi come lui, dove sarebbe certamente rimasto cadavere assieme a loro se il caso non avesse disposto che di lì passasse una pattuglia in ritirata di cui faceva parte un suo compagno di Bresso, amico d'infanzia nel mezzo della carneficina. Così Paolo Recalcati, puntellandosi a un bastone, poté vivere ancora a lungo e impiegarsi presso una ditta di Milano che commerciava in carbone fino a diventarne il fiduciario, come suo padre Enrico lo era della parrocchia e sua madre Ambrogina della famiglia Moro.

Oltre ai due figli maschi, i Recalcati crebbero, nei primi decenni del Novecento, anche tre figlie femmine, Pia, Maria e Angela, soprannominata "Angiolina", come lo zio scapolo, e nata pure lei con il secolo, il 21 aprile 1900.

Antonio Scurati e Angiolina Recalcati, nati entrambi a inizio primavera del 1900 a distanza di soli due giorni uno dall'altra, si incontrano nel 1925, l'anno terribile nel quale, a seguito dell'assassinio di Matteotti, i deputati dell'opposizione decidono di astenersi dai lavori parlamentari ritirandosi sull'Aventino e Benito Mussolini vara le "leggi fascistissime" con le quali svuota di fatto quel parlamento di ogni significato, proibisce la libera stampa, scioglie i partiti e i sindacati non fascisti e trasforma di fatto e di diritto l'Italia in uno stato autoritario sotto la dittatura fascista.

Il figlio degli operai socialisti e la figlia dei contadini cattolici s'incontrano grazie allo zio sarto, quello che non si è mai voluto sposare. Un giorno lo zio Angelino prende da parte suo fratello Enrico. Gli riferisce che un suo collega, sarto a Cusano, gli ha parlato di un bravo ragazzo, anche un bel ragazzo, figlio di uno della Cooperativa Edificatrice, ma un bravo ragazzo, sangue di socialisti ma brava gente. E poi Angiolina ha già venticinque anni e non è ancora maritata ed Enrico ha altre due figlie femmine e nessuna di loro è nemmeno fidanzata.

Del fidanzamento tra Antonio e Angela non sappiamo nulla. Saranno andati a ballare al Circolino? Non lo sappiamo. Sappiamo, però, che si sposano nel 1926 e che vanno a vivere a Cusano – divenuto nel frattempo Cusano Milanino – nelle case della cooperativa. Le famiglie di provenienza approvano e vanno d'accordo. Gli uni socialisti (antifascisti attivi), gli altri cattolici, *paulott* (antifascisti passivi) e tutti, comunque, brava gente. Nessun problema, quindi. I due Enrichi, lo Scurati e il Recalcati, diventano amici. Qualche volta giocano perfino insieme a carte al dopolavoro del Circolino. In fondo, la terra che Enrico coltiva nel comune di Bresso è a nord, al confine con Cusano.

Non c'è molto altro da aggiungere. È brava gente, gente che lavora. I tempi, certo, sono difficili – ma quali non lo sono? – soprattutto per gli Scurati. I fascisti, intolleranti nei confronti di qualsiasi associazionismo che non sia il loro, hanno commissariato la cooperativa e Luigi Scurati, il figlio anchilosato di Enrico, a causa del peggiorare della sua infermità, non è più nemmeno in grado di badare alla piccola attività commerciale con cui fino ad allora ha campato, una cartoleria con vendita di libri. Antonio, il figlio sano, la rileva all'atto di sposarsi e ci mette a lavorare Angiolina Recalcati, ora sposa in Scurati.

Antonio Scurati, però, lavora in fabbrica, come il padre, e come il padre lo farà per tutta la vita. A differenza del padre, però, lui non impasterà mai le mani nella terra. Antonio entra nell'industria da subito, fin dal suo primo impiego, e questa volta è la grande industria: Antonio lavora alla fabbrica di automobili Alfa Romeo di Milano. È stato assunto lì nei primi anni venti quando la produzione è cresciuta dopo il lancio del modello Alfa Romeo RL, un'innovativa auto sportiva con motore a sei cilindri in linea, la cui versione da competizione era la celebre RL Targa Florio 1923, dotata di carrozzeria spider due posti a siluro. La produzione, poi, in questi anni si estende anche a camion e autocarri, lo stabilimento cresce fino a dividersi in due unità collegate da sottopassi e il numero dei dipendenti lievita a migliaia e migliaia.

Pur lavorando in una fabbrica di automobili, come tutti i suoi compagni operai, Antonio al lavoro ci va in bicicletta. Lo stabilimento si trova lungo la strada del Portello, all'estrema periferia nord-ovest di Milano. Dista circa quindici chilometri da Cusano e Antonio tutte le mattine li percorre tagliando per i campi a Bresso, attraversando poi il bosco di Bruzzano e aggirando prima l'Ospedale Maggiore di Niguarda e poi lo scalo ferroviario di Porta Garibaldi. Mentre pedala nelle albe d'inverno immerso nei vapori brumosi delle campagne al suo settentrione, nel paesaggio urbano che lo riceve silenzioso e immobile, trafitto dalle ciminiere, le uniche creature animate sono i tram e i camion che campeggiano contro il cielo nemico come eroi di epopee dimenticate.

Antonio è giovane, svelto, ha due enormi mani da contadino che non hanno mai lavorato la terra. Lo mettono prima al tornio, poi alla fresatrice e lui impara presto a eseguire lavorazioni meccaniche complesse: intagli, incastri, stampi, ruote dentate per catene, ingranaggi a denti dritti o elicoidali. Per otto ore ogni giorno allarga fori, ottiene scanalature e profili sagomati, rifinisce camme, pezzi piani o squadrati. È uno "specializzato", uno che fa il lavoro di fino, l'aristocrazia della classe operaia. Ne va fiero e per anni, decenni, Antonio continua a tornire, a fresare, mentre Mussolini marcia su Roma, mentre redime le squadracce nella Milizia volontaria, mentre si macchia dell'assassinio di Matteotti, e poi Antonio continua a tornire e a fresare anche quando gli antifascisti cominciano a essere imprigionati e confinati, quando nasce l'Opera nazionale balilla e ovunque si tengono campi "Dux" e oramai quasi tutta l'Italia è fascista, e fresa ancora quando Mussolini firma i patti lateranensi con il papa e, il 7 giugno 1933, il patto a quattro con Francia, Inghilterra e Germania per "dare all'Europa dieci anni di pace".

Poi, finalmente, un mese dopo, il 19 luglio 1933, ad Antonio Scurati nasce il primo e unico figlio. Antonio gli dà nome Luigi, il nome del suo povero fratello caduto dall'albero. Poi, sempre con buona volontà, Antonio Scurati si rimette alla fresa e rifinisce camme quando le truppe italiane aggrediscono l'Abissinia, intaglia ruote dentate mentre il generale Badoglio si apre la via verso l'Amba Alagi spargendo gas nervino sulle popolazioni civili e ottiene dal suo mestiere profili sagomati mentre un Mussolini paonazzo, esorbitante, urla dal balcone di piazza Venezia che "l'Italia ha il suo impero".

Certo, non tutto va per il verso giusto. C'è un suo compagno di reparto, un tale Gasparro che lo prevarica. È un fascista della prim'ora, membro della Milizia, e poiché conosce le fedeltà socialiste degli Scurati provenendo anche lui da Cusano, ne approfitta per imporre ad Antonio di lavorare anche i suoi turni. Antonio, però, non ne fa una malattia o, almeno, ottant'anni più tardi, così pare. A dispetto del duce che conquista imperi e anche di un tale Gasparro che lo perseguita sul lavoro, Antonio Scurati si rimette alla macchina e continua a fresare. Poi rimonta sulla bicicletta e torna a casa dalla moglie Angiolina e dal figlio Luigi.

IV

“Sovversivo pericoloso – da sorvegliarsi attentamente.” Scritto a mano con inchiostro rosso in calce al foglio.

Ginzburg viene scarcerato il 13 marzo 1936. Gli sono stati condonati due anni per decreto regio grazie alla nascita della principessina Maria Pia di Savoia. Lui fa un fagotto dei suoi pigiami senza fettucce, torna a Torino e si rimette a lavorare.

Al momento della scarcerazione, pallido di due anni nelle celle senza sole e senz’aria del cimitero dei vivi, Leone “non necessita, però, di nessuna assistenza immediata”, stando al referto del medico carcerario. La sua statura annotata è di 1,63 centimetri, i “capelli neri, il viso lievemente allungato, le sopracciglia folte, gli occhi incavati, il naso aquilino”. La condizione fisica è buona, quella psichica normale. È sbarbato e possiede 460 lire. Torna a Torino dal penitenziario di Civitavecchia, va a vivere con sua sorella e sua madre dalle parti di corso Francia e si rimette a lavorare.

Quando giunge a Torino – ricorderà molti anni dopo Natalia – ha un paltò troppo corto, un cappello logoro. Cammina adagio, con le mani in tasca: e scruta attorno con gli occhi neri e penetranti, le labbra strette, l’aria pensierosa, gli occhiali cerchiati di tartaruga nera, piantati un po’ bassi sul suo grande naso.

A Torino, dove lo precede la fama di sovversivo pericoloso, annotata a mano in inchiostro rosso sul foglio di scarcerazione con il quale la direzione dello Stabilimento penale di Civitavecchia metteva in guardia il giudice di sorveglianza, a Torino Leone trova terra bruciata. Il sorvegliato speciale è sottoposto alle restrizioni della libertà vigilata: non può uscire dalla propria abitazione prima dell'alba, non può rincasare dopo l'Ave Maria, non può frequentare persone sospette in linea politica, non può lasciare il comune di residenza, non può andare né al cinema né a teatro, al caffè può stare soltanto in piedi. La gente lo fugge, la polizia lo sottopone a controlli costanti, nessuno lo invita più nei salotti brillanti.

Leone trascorre le serate con Pavese, tornato anche lui in quegli stessi giorni dal confino. Afflitto da una delle sue croniche delusioni amorose, Cesarito va a trovare l'amico ogni sera. Appende all'attaccapanni "la sua sciarpetta color lilla, il suo paltò a martingala e si siede a un tavolo di fianco al divano dove Leone si appoggia con il gomito alla parete".

La cellula di Giustizia e Libertà è annientata, la sua esperienza finita. "Detriti di formazioni politiche, sommerse dalla marcia travolgente del fascismo." Così si leggeva nella sentenza con cui un anno prima il tribunale speciale condannava in blocco i compagni subentrati a Ginzburg dopo il suo arresto. Un giudizio odioso ma sostanzialmente corretto. Sono i giorni in cui l'Italia si concede estasiata in ogni sua piazza a Benito Mussolini che aggredendo l'Etiopia sta per donarle l'impero. Leone beve il caffè in piedi, accostato al bancone.

Un giorno riceve la visita di Giulio Einaudi. La giovane casa editrice che ha fondato due anni prima insieme a Leone ha proseguito le sue attività sotto la protezione di Luigi, il padre di Giulio, il senatore del Regno, ma non ha ancora preso forma. L'editore propone a Leone di andare a lavorare per lui, gli offre uno stipendio di 600 lire. Per il momento saranno in tre: Ginzburg, l'editore e una segretaria, la signora Coppa. Leone, sottoposto a divieto assoluto di pubblicazione, non potrebbe firmare niente, né le traduzioni, né le prefazioni e i saggi, né i progetti editoriali. Einaudi, insomma, gli sta chiedendo di rinunciare al proprio nome dannato, di essere la mente e l'anima di un'opera anonima, il genitore di una creatura di padre ignoto, uno di quegli eroi minori che nell'epica antica venivano fugacemente citati solo negli elenchi dei morti. Leone Ginzburg accetta.

"È mio dovere informare i governi riuniti a Ginevra, in quanto responsabili della vita di milioni di uomini, donne e bambini, del mortale pericolo che li minaccia descrivendo il destino che ha colpito l'Etiopia. Il governo italiano non ha fatto la guerra soltanto contro i combattenti: esso ha attaccato soprattutto popolazioni molto lontane dal fronte, con lo scopo di sterminarle e di terrorizzarle. [...] Sugli aeroplani vennero installati degli irroratori, che potessero spargere su vasti territori una fine e mortale pioggia. Stormi di nove, quindici, diciotto aeroplani si susseguivano in modo che la nebbia che usciva da essi formasse un lenzuolo continuo. Fu così che, dalla fine di gennaio del 1936, soldati, donne, bambini, armenti, fiumi, laghi e campi furono irrorati di questa pioggia mortale. Al fine di sterminare sistematicamente tutte le creature viventi, per avere la completa sicurezza di avvelenare le acque e i pascoli, il Comando italiano fece passare i suoi aerei più e più volte [...] A parte il regno di Dio, non c'è sulla Terra nazione che sia superiore alle altre. Se un governo forte acquista consapevolezza che esso può distruggere impunemente un popolo debole, quest'ultimo ha il diritto in quel momento di appellarsi alla Lega delle nazioni per ottenere il giudizio in piena libertà. Dio e la storia ricorderanno il vostro giudizio."

È il 12 maggio 1936 quando l'imperatore d'Etiopia Hailé Selassié denuncia con queste parole all'assemblea della Società delle nazioni e al mondo l'uso da parte dell'esercito italiano di armi chimiche contro il suo popolo. Leone ha fatto ritorno a Torino da nemmeno due mesi.

La guerra è cominciata nell'ottobre dell'anno precedente quando il maresciallo d'Italia Emilio De Bono, su ordine di Mussolini, muovendo dalle basi in Eritrea, ha invaso il territorio abissino dell'impero d'Etiopia. I soldati italiani, fin dal gennaio del 1936, per aprirsi la via di fronte alla resistenza degli etiopi, hanno cominciato a spargere dal cielo nuvole di gas iprite. La convenzione di Ginevra proibisce l'uso dei gas ma i fascisti hanno provveduto, per la sola aeronautica, a una dotazione di mille tonnellate. Uomini e grandi mandrie d'animali si abbattono al suolo. Per giorni e giorni gli aerei irroratori ritornano sulle stesse zone, i cadaveri sono oramai più numerosi dei corpi piagati degli scampati. Desolazione e morte di ogni forma di vita umana, animale e selvatica sul terreno, nei fiumi e nei laghi.

Il mondo si sdegna ma Mussolini ribadisce "impiegare tutti i mezzi di guerra – dico tutti, sia dall'alto come da terra" e ancora ribadisce "autorizzo all'impiego di gas di qualunque specie e su qualunque scala".

Il 4 aprile gli etiopi tentano un'azione disperata nei pressi del lago Ascianghi ma gli aerei rovesciano su di loro quintali d'iprite in una sottilissima nube vaporosa. I pochi scampati, arsi dal bruciore alla gola, si precipitano nel lago, anche questo avvelenato. Bevono, disperati, e muoiono ancora più disperati, fra gli spasmi, uno sopra l'altro. Un'ecatombe.

Il negus, di fronte al massacro, ordina la ritirata ai pochi sopravvissuti. Centomila soldati italiani cominciano la marcia verso la capitale etiope nella piana di Harar. In patria, milioni di altri italiani cantano euforici: "Faccetta nera, bella abissina, aspetta e spera che già l'ora si avvicina..."

Il 9 maggio Mussolini conosce la propria apoteosi. Affacciato al balcone di piazza Venezia, estatico, annuncia la "rinascita dell'impero sui colli fatali di Roma". Gli italiani lo acclamano.

Il rivoluzionario socialista Arturo Labriola, che dai fascisti è stato perseguitato, picchiato, esonerato dall'università e si è poi impegnato tutta una vita nella propaganda antifascista in mezzo mondo, chiede scusa a Mussolini. Vittorio Emanuele Orlando, insigne giurista liberale e già capo del governo nel 1917 dopo la disfatta di Caporetto, si consegna al duce: "Sono a sua disposizione!" comunica perentorio. Benedetto Croce, dopo aver contribuito alla guerra con l'oro della sua medaglietta della prima comunione, unico ricordo dei genitori scampato al terremoto che glieli uccise quando era ancora bambino, anche lui applaude l'impresa del duce imperiale. Applaudono tutti. Leone Ginzburg si rimette a lavorare. Obliterato, quieto, inespugnabile, sceglie una nuova forma di clandestinità: scende nelle catacombe del lavoro editoriale.

Inizia così per Ginzburg, privato del nome, ridotto a un silenzio coatto, un periodo d'impegno totale da editore. Riprende la "Biblioteca di cultura storica", già avviata nel 1934, per non lasciare ai fascisti la terra straniera del passato. Accanto a essa, fonda nuove collane: la "Nuova raccolta di classici italiani annotati" nella convinzione che l'Italia sia una cosa troppo seria per lasciarla agli italiani, i "Narratori stranieri tradotti" per non lasciare gli italiani a se stessi, infine "I saggi" per affrontare i grandi temi inespressi, imprigionati nelle pieghe di un assoluto presente. A tutte queste edizioni applica un rigore senza tregua, una revisione accurata e minuziosa, a tutte antepone una introduzione chiara che ne favorisca la comprensione. La sua stella polare è, in ogni caso, il "rispetto per i lettori", tutti i lettori possibili. Come scrive a più riprese ai tanti collaboratori che attrae nella sua orbita, Ginzburg ambisce "a raggiungere molti lettori e non solo per ragioni commerciali", vuole un "pubblico vasto, oltre quello dei soliti raffinati" e vuole dargli il meglio, "edizioni criticamente corrette, e allo stesso tempo corredate di tutto il materiale illustrativo, storico ed estetico che ne renda agevole e proficua la lettura". "Libri per tutti, a prezzi popolari, tradotti in modo magistrale, presentati con vigilante eleganza", riassume la nota che accompagna ogni pubblicazione in quarta di copertina.

A furia di far libri, passa un anno. Il 2 marzo del 1937, il questore di Torino informa il giudice di sorveglianza che Leone Ginzburg "ha serbato regolare condotta morale, ed esercita la professione del letterato, e si dedica anche molto a traduzioni da lingue straniere", ma poi aggiunge: "È ritenuto estremamente pericoloso in linea politica e pertanto si esprime parere contrario alla revoca della libertà vigilata." Il giudice proroga la libertà vigilata di altri otto mesi. Un'altra estate e un altro autunno in piedi nei caffè. Leone ancora una volta si rimette a lavorare.

Ora Ginzburg lavora fianco a fianco con Cesare Pavese. Giulio Einaudi, infatti, ha convinto il poeta a unirsi a loro. Cesarito ha la tessera del Partito fascista dal 1933, può quindi firmare testi e edizioni, ed è un profondo conoscitore della letteratura angloamericana e un maniacale traduttore. Ha già tradotto *Moby Dick* per mille lire.

Alle riunioni editoriali adesso sono in quattro: Ginzburg che sa tutto di letteratura russa, tedesca e francese, Pavese che sa tutto di letteratura americana, l'editore che tace sempre mentre gli altri discutono per ore di traduzioni, di cui condividono la religione, e qualche volta Natalia Levi, la figlia del professore, come ospite di Leone che dal carcere le scriveva lettere d'amore.

Nelle giornate di ordinaria amministrazione, però, oltre all'editore e alla segretaria, nella soffitta di via dell'Arcivescovado ci sono solo Cesare e Leone. Sono amici dai tempi del liceo, condividono la stessa religione laica della letteratura e sono tornati a casa, dal carcere o dal confino, a distanza di due giorni uno dall'altro. Ma Leone ci è tornato dopo aver scontato interamente la pena (sebbene dimezzata in seguito all'amnistia), Cesare perché si è piegato alla domanda di grazia a Mussolini, "padre di tutti gli italiani", per sottrarsi al confino. Da laggiù, a Brancaleone Calabro, Pavese invadeva gli amici e le pagine del suo diario con notazioni dolenti, narcisismi macabri, piagnistei cosmici: "Ritorno a uno stato larvale d'infanzia, meglio d'immaturità, con tutte le rozzezze e le disperazioni del periodo [...] E poi, se mi fa piacere maledire il mare, cosa hai tu da ficcare il naso nei miei odi?"

Adesso Cesarito è di nuovo libero, ai piedi delle montagne e nella sua casa in collina ma trova comunque il modo di rendersi infelice. Per una donna se non per le spiagge ghiaiose nell'orizzonte marino del domicilio coatto. Pavese ha, infatti, appreso che Tina Pizzardo, la militante del Partito comunista clandestino della quale si è invaghito fin dal 1932, si è sposata con un altro. Cesare le scriveva poesie – "L'ho incontrata una sera: una macchia più chiara / sotto le stelle ambigue, nella foschia d'estate. / Era intorno il sentore di queste colline / più profondo dell'ombra" – ma lei, la "ragazza dalla voce rauca", le ha ignorate e Cesarito regredisce ancora una volta e volentieri allo stato larvale dell'infanzia. Il mestiere di vivere lo stanca.

Ciò nonostante il poeta infelice lavora sodo e, così, Leone e Cesare lavorano fianco a fianco, l'indomito e il piegato, il prossimo marito e l'innamorato cronico, l'uomo che non conosce angoscia e il malinconico compiaciuto. Pubblicano insieme *Nelle ombre di domani*, il libro con il quale il grande storico olandese Johan Huizinga ammonisce sui pericoli di un'Europa decadente giunta alle soglie della barbarie, barbarie che, di lì a poco, quando i nazisti invaderanno i Paesi Bassi, lo rinchiuderà per tre anni nei bunker della fortezza militare di De Steeg, presso Arnhem, dove morirà il 1° febbraio 1945, pochi giorni prima della liberazione da parte degli Alleati i cui eserciti, al momento della morte di Huizinga, si trovano a pochi chilometri dalla sua prigione con la 1ª divisione aviotrasportata britannica e la 1ª brigata paracadutisti polacca costrette ad arrendersi ai panzer SS al ponte sul Reno.

La traduzione di Huizinga, intitolata *La crisi della civiltà* in versione italiana, viene affidata a Barbara Allason, l'anziana scrittrice che con il suo crollo psichico consegnò Leone alla polizia politica di Mussolini e che fu un altro dei tanti amori tormentati di Pavese.

"Noi viviamo in un mondo ossessionato. E lo sappiamo." Con queste parole esordisce il libro profetico dello storico olandese. Valgono, in misura e modi diversi, sia per Leone che per Cesare, i quali, mentre s'infittiscono le ombre del domani, continuano a lavorare gomito a gomito nella soffitta di via Arcivescovado.

Fuori, intanto, il clangore del mondo monta fino a rendere la storia una favola raccontata da un idiota. L'Istituto nazionale fascista di cultura cambia nome in Istituto nazionale di cultura fascista e nessuno dei suoi tanti prestigiosi affiliati si dimette per questo; l'Opera nazionale balilla viene trasformata in Gioventù italiana del littorio, il suo motto è "Credere, obbedire, combattere" e consegna a Mussolini 5.561.000 giovani italiani perché tanti sono i suoi tesserati; a Roma il ministero per la Stampa e la propaganda assume il nome di ministero per la Cultura popolare e distribuisce migliaia di sovvenzioni segrete a giornalisti, artisti e intellettuali perché esaltino il regime; nelle colonie africane, prevedendo una pena fino a un anno di reclusione, una legge premonitrice vieta al cittadino italiano di tenere "relazione d'indole coniugale con persona suddita dell'Africa orientale italiana o straniera". È la prima legge razzista promulgata dallo stato fascista. Dalla Spagna, infine, dove in una prova generale della seconda guerra mondiale, repubblicani, anarchici, comunisti e libertari di tutto il mondo riuniti nelle brigate internazionali si stanno battendo contro i fascisti e i nazisti di tutta Europa, giunge a Torino la notizia della morte di Renzo Giua, il compagno di scuola di Leone che si era rifugiato in Francia scampando all'arresto nella retata del marzo 1934. Renzo è caduto combattendo in Estremadura, alla testa di un battaglione della XII brigata Garibaldi. Aveva ventiquattro anni.

Leone Ginzburg continua a condurre la sua vita appartata e dedita al lavoro, per ammissione del questore di Torino che ancora una volta ne informa il giudice del tribunale di sorveglianza allo scadere della nuova proroga della libertà vigilata. Il giudice, però, riesaminata la sua pericolosità, dispone ulteriori otto mesi di proroga, fino al luglio del 1938. Un altro inverno e un'altra primavera. Leone, ancora una volta, si rimette al lavoro, ritorna alla sua preparazione lenta, paziente, all'organizzazione meticolosa, a ritessere il suo filo esile ma tenace, senza nome, sprofondato nella massa infinita degli esseri che resteranno impercepiti.

I FERRIERI
Napoli 1930-1936

Nel 1930 Peppino Ferrieri ha da poco sposato Ida Izzo, è padre di una figlia e non ha di che mantenere la famiglia. Sua madre, Donna Grazia, a causa di quell'amore contrastato con una donna di teatro, lo ha bandito. Dall'altra parte dell'oceano Atlantico, il crollo della borsa valori ha inaugurato la Grande Depressione. A New York i broker rovinati si gettano a decine dai grattacieli di Wall Street. Molto presto anche in Europa precipiterà la produzione industriale e con essa milioni di disoccupati.

L'anno precedente, Giovanni Gentile ha inaugurato a Napoli l'Istituto fascista di cultura. Proprio a Napoli il grande pensatore, massimo esponente intellettuale del regime, ha pronunciato la sua condanna della comicità che prospera nei teatri popolari di quella città. Gentile si è proclamato "insofferente di quel facile riso che così abbondante materia diede alla letteratura italiana nei tempi più tristi". L'anatema del filosofo s'inquadra in un discorso contro le università popolari.

Né Peppino né nessun altro membro della sua famiglia ha probabilmente mai sentito nominare Giovanni Gentile e, d'altra parte, nessuno dei Ferrieri frequenterà l'università per altre due generazioni. Per passione e per sbarcare il lunario, in questi "tempi tristi" Peppino si rivolge proprio a quei teatri che tanto irritano, per ragioni diverse, il fondatore dell'*Enciclopedia italia-*

na e sua moglie Ida. A incoraggiarlo ci si mette anche il genio del popolo tanto disprezzato da Giovanni Gentile.

In quel periodo è tornato, infatti, a Napoli Antonio Clemente, l'attore comico del suo rione che da ragazzino Peppino seguiva come un'ombra nei suoi sfortunati esordi sui palcoscenici periferici della città. Il macchiettista dalle movenze snodate di burattino adesso si è guadagnato una certa fama con il nome d'arte di Totò. Ha adottato il diminutivo con il quale la mamma lo vezzeggiava da bambino prima di abbandonarlo per raggiungere il suo amante.

Totò è un guitto, a suo modo erede di quell'antica stirpe di commedianti che recitavano a soggetto, come i Guarino, parenti di Ida Ferrieri: lazzi, scherzi, sbeffeggio dei potenti, esaltazione dei bisogni e degli istinti, fame, sesso, malattia fisica e salute mentale. La sua è un'arte di mimiche facciali, piroette, doppi sensi, immancabili macchiette. In essa tutta la vita è miseria terribile e tutta è bazzecole, quisquilie, pinzillacchere. Per lui, che ha vissuto l'infanzia in povertà, la miseria è, anzi, il copione della vera comicità.

Al Teatro Nuovo di Napoli, dove è stato scritturato come vedette in alcuni spettacoli di Margini e Scarpetta dal barone Vincenzo Scala, titolare del botteghino, Totò, ignaro dell'anatema di Giovanni Gentile, fa impazzire gli spettatori improvvisando una scenetta in cui si arrampica sul sipario con movenze da scimmia e indirizza smorfie e sberleffi al pubblico pagante. È anche grazie a Totò che Peppino trasforma la sua passione per le scene in un mestiere. Al facile riso che l'amico geniale scatena nel pubblico Peppino preferisce, però, il facile pianto, suo fratello gemello, alla farsa il melodramma, alla marionetta umana i pupi di legno e stagno.

Peppino Ferrieri eccelle, infatti, nell'arte del puparo. Si esibisce in un piccolo teatro di piazza Cavour, chiamato San Carlino, dove cinque giorni a settimana va in scena l'opera dei pupi. Si arrampica su una balconata di legno sospesa sopra il palco, appoggia le braccia alla balaustra e lì, nascosto al pubblico, senza nome e senza firma, tira i fili delle marionette di legno che appaiono agli spettatori catafratte nelle loro splendenti armature di latta. Peppino infonde la vita, ancora una volta, a Orlando, Rinaldo e ai paladini di Francia. Dona loro movimento con le mani e trambusto con i piedi quando i campioni si battono: allora, infatti, batte i tacchi sull'assito della balconata per rendere sonori i loro passi concitati di guerrieri. Soprattutto, dà loro la voce.

La voce, quella è la cosa fondamentale. Solo con una bella voce calda, chiara, altisonante si riesce a conferire ardore e pathos alle imprese epiche di quelle marionette di legno. Anche perché si assomigliano un po' tutte e, nel frastuono, nella penombra della piccola sala offuscata, il pubblico le riconosce dalla voce. L'umanità cenciosa vestitasi a festa per affacciarsi alla ribalta del San Carlino non saprà mai chi è Peppino Ferrieri ma, grazie alla sua bella voce tenorile, saprà chi è Rinaldo di Chiaramonte, campione dei franchi di Carlo Magno, cugino di Orlando, suo rivale in amore, combattente arditissimo e spirito ribelle. Ogni puparo, infatti, muove e interpreta sempre lo stesso personaggio e Rinaldo è l'eroe di Peppino. Se Peppino è Rinaldo, De Simone, il capocompagnia, è Orlando. C'è poi Gano di Maganza, il cattivo, il perfido sobillatore, e c'è Angelica, la bella contesa e sdegnosa, cui dà voce una donna ma solo quella, perché i pupi sono pesanti e li manovrano i maschi.

Quando non vanno in scena Orlando, Rinaldo e i paladini di Francia, tocca ai guappi napoletani. Ma non cambia molto. I pupi si muovono sul canovaccio della sceneggiata, popolarissima in quegli anni, indossano costumi contemporanei, si esprimono in dialetto invece che in italiano aulico e brandiscono coltelli estratti dai panciotti invece di durlindane fiammeggianti snudate dai foderi. Però i temi sono gli stessi: l'amore, il tradimento, l'onore, la guerra in forma di duello. E sono sempre tutti riassunti in un trinomio di personaggi ricorrenti: *isso* ("lui"), il tenore, l'eroe positivo; *essa* ("lei"), l'eroina contesa, la prima donna di canto; *'o malamente* ("il malvagio"), l'antagonista. Ci sono parti di contorno, parti comiche, piccole varianti, di tanto in tanto s'intona una canzone ma la sostanza è quella, è eterna, non cambia. L'uomo e il teatro finiranno insieme.

Il pubblico emerso dai vicoli dei Vergini, del rione Sanità e del "corpo di Napoli", ama dello stesso amore i paladini del nobile e antico ciclo carolingio e i guappi della recente cronaca nera locale (con buona pace di Giovanni Gentile). Le loro storie vengono narrate a puntate, serializzate e ripetute allo spasimo. La sera in cui si sa che andrà in scena la vendetta, i popolani portano mazzi di fiori e li offrono ai pupi. Si commuovono alle sciagure di quei pezzi di legno, esultano delle loro riscosse, imprecano. Accade anche che qualche fanatico spari con una rivoltella di ferro al pupo dell'infame.

Peppino Ferrieri tira i fili per passione e per bisogno. Ha una famiglia da campare. Lui si esalta quando può recitare Rinaldo. È ignorante, non ha studiato, ma conosce a memoria intere parti della *Chanson de Roland* e dei poemi cavallereschi rinascimentali. Preferisce dar la voce a quella marionetta gloriosa, di solito dipinta con i baffi e la barba bionda, gli occhi chiari, che si esprime in italiano colto, con una dizione perfetta. Ma si adatta molto bene anche alla sceneggiata in dialetto e quando deve cantare, canta.

E, anzi, canta spesso e volentieri Peppino Ferrieri, giovane padre bandito dai commerci di famiglia a causa del teatro, artista per vocazione e macellaio per bisogno. Canta sulla scena, sui palcoscenici popolari all'aperto, come il Teatro all'Arena, ricavato in un grande cortile interno di un palazzo patrizio decaduto nel rione Sanità, e canta per gli amici nelle cene di famiglia o in trattoria. Un altro dei suoi cavalli di battaglia sono i melologhi dialettali tragico-sentimentali del fine dicitore. Le figlie, oggi, ne ricordano tre in particolare: *I fravecature*, monologo tragico in cui si descrive la scena di un muratore che cade dal ponteggio; la poesia melodrammatica *'O miercurì d'a Madonna 'o Carmine*, alla quale anche Peppino è devoto; il dramma di un padre che, dopo aver ostacolato con ogni altro mezzo il fidanzamento inconsapevolmente incestuoso del figlio, è costretto a rivelare alla promessa sposa i suoi amori giovanili clandestini con la madre di lei: "O' nammurato tuo è frat a te!"

Quando non muove i pupi, non recita, non canta e non affetta la carne per conto terzi in qualche macelleria che lo assolda a giornata, Peppino lavora al Teatro Partenope, un sontuoso edificio ottocentesco di fianco alla chiesa di Santa Maria delle Grazie su via Foria, poco oltre Porta San Gennaro, di cui oggi non resta più traccia. Uno dei proprietari ha sposato Fortuna, la sorella maggiore di Peppino, quella bella ed elegante che si serve da un sarto a via Chiaia.

Pochi passi separano il piccolo San Carlino, dove va in scena per il popolo basso l'opera dei pupi, dal signorile Teatro Partenope. Qui, però, Peppino Ferrieri fa la maschera. Controlla i biglietti, accompagna i signori in platea o in galleria.

Forse, mentre illumina i corridoi tappezzati di velluto rosso con la sua fioca torcia tascabile, Peppino, uomo mite e pacifico come pochi, tra sé e sé ripassa la parte di Rinaldo che nell'*Orlando furioso* di Ludovico Ariosto, facendo strage d'infedeli, mette in fuga il campo dei mori giunti alle porte di Parigi.

V

Le donne, i cavalieri, le armi, gli amori...

Nel 1937 Leone Ginzburg ha collaborato alla realizzazione di *I frammenti autografi del Furioso*, il saggio che Santorre Debenedetti, suo maestro, aveva dedicato alle molte riscritture dell'*Orlando furioso* di Ludovico Ariosto. In quel suo magistrale studio di filologia, Debenedetti aveva ricostruito il lunghissimo, tormentato percorso di revisioni cui l'incontentabile poeta rinascimentale, nei primi decenni del Cinquecento, aveva sottoposto il proprio grandioso poema cavalleresco, dai primi febbricitanti appunti fino alle copie definitive da passare alle tipografie (pagate di tasca propria).

Durante tutto il suo primo anno di libertà, Leone esplora, dunque, le mille varianti di un glorioso canto d'amore. Quel giovane uomo appena liberato dopo due anni di carcere si china sui manoscritti, sulle brutte copie incessantemente ricorrette di suo pugno da un poeta cortigiano di quattrocento anni prima che canta la follia amorosa di Orlando, il più nobile tra i paladini di Francia, il quale, impazzito per il tradimento della inafferrabile Angelica, già subito disputatagli dal cugino Rinaldo all'inizio del poema mentre i mori assediano Parigi, s'imbestialisce al punto da aggirarsi nudo per la Spagna e la Francia portando strage a chiunque incontri. Un primo anno di libertà speso a studiare gli amanti disperati, l'amore raccontato come fondo cieco e terribile della natura, forza elementare, primigenia, impersonale, sotterraneo richiamo dei sessi, che spinge il maschio a infiammarsi per la bellezza di dame impossibili con la stessa foga brutale richiesta dai massacri della guerra con armi da taglio; un anno dedicato alle peripezie di spasimanti sempre delusi che inseguono in tutta la Terra, e perfino sulla Luna, donne bellissime e crudeli, sognatori violenti, ingannati dalle apparenze scintillanti di un mondo fiabesco, intrappolati in un dramma di vanità in tumulto, schiavi dell'alternativa secca e sciocca tra la tragedia e la farsa.

L'anno seguente, il 12 febbraio 1938, Leone Ginzburg sposa Natalia Levi, la figlia del professor Levi di cui si era innamorato per corrispondenza mentre era in carcere a Civitavecchia.

"Ci sposammo, Leone e io." Così, laconica, Natalia Ginzburg, divenuta scrittrice famosa, racconterà, venticinque anni dopo, il loro matrimonio in *Lessico famigliare*, il più amato tra i suoi libri. La notizia giunge al lettore a pagina 123 dell'edizione Einaudi nella collana "Supercoralli". Fino a poche pagine prima, il futuro sposo è nominato sempre solo attraverso il cognome ("Mario chiese subito notizia di Sion Segre e di Ginzburg", "di Ginzburg parlava con stima, e tuttavia come di persona lontana" ecc. ecc.). Ancora a pagina 124 ci si riferisce a lui formalmente con nome e cognome: "Alla fine dell'inverno, Leone Ginzburg tornò a Torino..." Poi, d'improvviso, l'uomo che diverrà padre dei suoi figli viene da Natalia chiamato per nome. L'autrice si prende quella confidenza solo quando si tratta di annunciare che lo sposa: "Ci sposammo, Leone e io." Tutta la storia d'amore tra Natalia e Leone è racchiusa in questo minuscolo smottamento da un cognome a un nome di battesimo. Ed è proprio con questo incedere sobrio, ma fatidico e perentorio, che Leone Ginzburg sembra incontrare, uno dopo l'altro, i grandi episodi della vita: dall'emigrazione agli studi, alla galera, al matrimonio.

Comunque sia, si sposano Natalia e Leone. Fa loro da testimone proprio Santorre Debenedetti, maestro filologo di amori furiosi. Porta in dono di nozze i sedici volumi della *Recherche du temps perdu*, in un'edizione del 1929 splendidamente rilegata in rosso e oro, l'opera di cui Natalia aveva cominciato la traduzione in italiano quando ancora suo marito era un nome e un cognome ("Nel '37, tradotte le prime due pagine, le avevo mostrate a Leone Ginzburg e mi aveva detto che erano tradotte molto male. Dovetti ritradurle più di una volta"). Anche Benedetto Croce, l'altro maestro di Leone, regalerà dei libri, comprati a metà prezzo dall'editore Laterza, di cui il filosofo napoletano è il principale collaboratore.

Natalia e Leone si sposano grazie allo stipendio di 600 lire garantito da un altro editore, Giulio Einaudi. Nonostante quelle 600 lire, poiché a Leone è proibito di firmare qualsiasi pubblicazione con il proprio nome, gli sposi sono più poveri di quanto la figlia del professor Levi fosse nella sua famiglia d'origine. Natalia, però, si sente comunque ricca. Il fascismo non ha l'aria di finire presto e lei si accontenta di poter mangiare, una volta tanto, quando qualcuno li invita a pranzo, perfino qualcuno poco simpatico, cibi imprevisti e gratuiti. Il fascismo non ha l'aria di finire mai e, così, qualche volta Natalia e Leone si trovano a parlare di andarsene in America da uno zio ma, poi, in fondo, né lui né lei vorrebbero lasciare l'Italia, diventare dei fuoriusciti, quegli "esseri miracolosi che si aggirano liberi per il mondo oltre il baratro delle montagne azzurre che s'intravedono in fondo a corso Francia".

E poi il 18 agosto 1938 a Ginzburg viene finalmente revocata la libertà vigilata. Un mese prima, avanzando al giudice l'istanza di revoca, oltre a sottolineare che un terzo rinnovo avrebbe significato un accanimento eccessivo, Leone aveva già parlato con la modestia di chi ritenga la propria causa degna di essere difesa solo perché è la causa di qualcun altro: "Il sottoscritto si permette di richiamare alla memoria della S.V. Ill.ma che gli inconvenienti della libertà vigilata gravano adesso praticamente su due persone invece che su una, dato che egli si è ammogliato da alcuni mesi." Proprio in quei giorni, il giudice di sorveglianza era andato in ferie. Il sostituto aveva accolto l'istanza di Leone e la sua motivazione: "Il vigilato politico è oggi interamente assorbito da un'attività che non solo dà modo di vivere a lui e alla sua nuova famiglia, ma si risolve anche in un accrescimento della dignità della cultura italiana."

Il 18 agosto 1938 Leone Ginzburg è, dunque, finalmente libero. Libero, sposato alla donna che ama, dedito al lavoro che ama. Cinquantatré mesi di galera e sorveglianza speciale sono trascorsi dall'arresto nel marzo del 1934. Quattro anni e cinque mesi. Il fascismo, però, non è finito. E nemmeno i grandi episodi della vita. Il 18 agosto 1938 Leone Ginzburg è finalmente libero ma il 18 di settembre Benito Mussolini si affaccia al balcone del municipio di Trieste.

"È tempo che gli italiani si proclamino francamente razzisti." Questo si legge su "La Difesa della Razza", anno I, numero 1, 5 agosto 1938, XVI anno dell'era fascista, a pagina 2. E razzista si proclama francamente Benito Mussolini, in nome di tutti gli italiani, affacciandosi al balcone del municipio di Trieste il 18 di settembre del medesimo anno. Da quel balcone, infatti, dà per la prima volta lettura della legislazione razziale che il regime fascista si accinge a promulgare.

I presupposti teorici del proclama inanellano una serie di assurdità storiche e concettuali in maniera perentoria e apodittica: le razze umane esistono; esistono grandi razze e piccole razze; la popolazione dell'Italia è in maggioranza di origine ariana; è leggenda l'apporto di masse ingenti di migranti perché da mille anni, cioè da dopo l'invasione dei longobardi, non ci sono stati in Italia altri notevoli movimenti di popoli capaci di influenzare la fisionomia razziale della nazione. Ne deriva, dunque, che esiste una pura razza italiana e che è, dunque, tempo per gli italiani di proclamarsi francamente razzisti; gli ebrei, a corollario di ciò, non appartengono alla razza italiana. Ne consegue, infine, l'istituzione di una commissione regia per la discriminazione razziale degli ebrei italiani.

Fino a questo momento in Italia la maggioranza degli studiosi ha sempre respinto un razzismo di tipo biologico, analogo a quello tedesco, soprattutto perché incompatibile con la storia: l'estrema varietà degli italiani li ha sconsigliati di accodarsi a una concezione che fondasse l'identità di un popolo sulla purezza razziale. Perfino gli studiosi fascisti se ne sono guardati bene: "Non esiste perciò una razza, ma solo un popolo e una nazione italiana," si leggeva ancora nel 1935 alla voce "Razze umane" nella *Enciclopedia italiana.* Anche, e forse soprattutto, gli intellettuali fascisti ultranazionalisti della prima ora hanno sempre celebrato l'italianità come un tratto culturale, non certo razziale: "L'italianità è un carattere, una risata di Rosai, lo sberleffo di un ragazzo, un mercato." Perfino Mussolini, soltanto due anni prima, riservava il suo pietoso, beffardo disprezzo alle deliranti dottrine nordiche in fatto di superiorità e inferiorità razziali.

Ora, però, tutto è cambiato: nel mese di maggio, poco prima che la squadra nazionale guidata da Vittorio Pozzo vincesse il terzo campionato del mondo di calcio e che Gino Bartali trionfasse al Tour de France, Adolf Hitler, l'alleato germanico, accolto dalle proverbiali folle festanti e da scenografie di cartapesta, ha sfilato per le vie di Roma ammirando le rovine della passata grandezza. Benito Mussolini, duce degli italiani, lo ha accompagnato, passo a passo, lungo tutta la interminabile visita alle centinaia di opere d'arte attraverso cui, nei secoli, l'Italia ha espresso la sua vocazione alla grande bellezza. Pare che il duce sbadigliasse di continuo come un cammello.

E così, anche per obbedienza al potente alleato germanico, dal balcone del municipio di Trieste, Mussolini adesso invoca una "chiara, serena coscienza razziale che stabilisca non solo delle differenze ma delle superiorità nettissime" (applauso della folla in tripudio) e dichiara "l'ebraismo mondiale un nemico irreconciliabile del fascismo" (altro applauso della folla in tripudio). A conclusione del suo discorso, il padre della patria francamente razzista rassicura paterno gli ebrei che ha appena espulso dalla sua famiglia ma non dal suo dominio. Promette loro un trattamento bonario: "Alla fine il mondo dovrà forse stupirsi più della nostra generosità che del nostro rigore." I treni piombati diretti ai forni crematori manterranno la promessa.

Per il momento, la legislazione antisemita comprende: il divieto di matrimonio tra italiani ed ebrei, il divieto per gli ebrei di avere alle proprie dipendenze domestici di razza ariana, il divieto per tutte le pubbliche amministrazioni e per le società private di carattere pubblicistico – come banche e assicurazioni – di avere dipendenti ebrei, il divieto di trasferirsi in Italia a ebrei stranieri, il divieto di svolgere la professione di notaio e di giornalista e forti limitazioni per tutte le cosiddette professioni intellettuali, il divieto d'iscrizione dei ragazzi ebrei – che non siano convertiti al cattolicesimo – nelle scuole pubbliche, il divieto per le scuole medie di assumere come libri di testo opere alla cui redazione avesse partecipato in qualche modo un ebreo.

Giuseppe Bottai, ministro dell'Educazione nazionale, pur non essendosi mai dimostrato "particolarmente antisemita", si segnala per la diligenza con cui applica le misure antiebraiche. Vengono costretti ad abbandonare la cattedra novantanove professori, tra ordinari e straordinari, centotrentatré aiuti e assistenti, duecento liberi docenti, innumerevoli professori fuori ruolo e assistenti volontari. Il massimo consenso nei confronti dei provvedimenti razziali si registra proprio tra i docenti universitari. Corrono tutti a occupare le cattedre da cui sono stati cacciati i colleghi ebrei. L'Unione matematica italiana si preoccupa di chiedere che nessuna delle cattedre di matematica rimaste vacanti in seguito a provvedimenti per l'integrità della razza venga "sottratta alle discipline matematiche". Non una parola riguardo al fatto che quelle cattedre sono appena state strappate ai capiscuola della matematica italiana: Vito Volterra, Federigo Enriques, Guido Castelnuovo, Guido Fubini.

Si ha notizia di un solo uomo che rifiuta di occupare la cattedra tolta a un collega ebreo: si chiama Massimo Bontempelli, è un poeta, un accademico d'Italia, in gioventù ha ferito Giuseppe Ungaretti in un duello ed è stato tra i fondatori del Partito fascista. Tutti gli altri, trovata la cattedra vacante, vi si accomodano. Enrico Fermi, ritirato il premio Nobel per la fisica, terminata la cerimonia di consegna, salpa direttamente dal porto di Stoccolma alla volta degli Stati Uniti per mettere in salvo la moglie ebrea. Gli Stati Uniti guadagnano così la bomba atomica che farà loro vincere la seconda guerra mondiale. L'Italia perde un genio. Enrico Fermi non sarà l'unico grande fisico ad abbandonare il nostro paese: Albert Einstein si dimette per protesta dall'Accademia dei Lincei.

Il ministro dell'Educazione nazionale Giuseppe Bottai, "non particolarmente antisemita", vara anche la commissione per la "bonifica libraria". Tutti i libri di autori ebrei dovranno essere ritirati dal commercio, tutti i contenuti semiti purgati da quelli in commercio, nessun nuovo testo macchiato di ebraismo messo in commercio. Giulio Einaudi, preoccupato delle conseguenze che le leggi razziali potrebbero avere sul suo collaboratore ebreo, e sulla sua casa editrice di fatto diretta da un collaboratore ebreo, scrive al ministro Bottai chiedendogli un appuntamento allo scopo di esporgli "questioni nelle quali il vostro appoggio mi potrebbe essere prezioso per favorire un valoroso collaboratore della mia Casa editrice. Naturalmente coglierò l'occasione per prospettarvi altre questioni di carattere editoriale ben conoscendo la simpatia che nutrite per la nostra categoria". Il giovane editore emergente, figlio di papà senatore, è, naturalmente, ricevuto da Giuseppe Bottai, fine intellettuale, uomo di vasta cultura e di mondo, protettore di artisti e scrittori, estensore della Carta del lavoro e della Carta della scuola.

Giulio Einaudi intraprende così con Giuseppe Bottai un'adulterina diplomazia segreta, intessuta di omaggi, concessioni e omissioni da ambo le parti, che durerà fino a quando, nel 1944, destituito Mussolini, l'ex ministro dell'Educazione nazionale si arruolerà nella Legione straniera, dove rimarrà fino al 1948 e nelle cui file combatterà contro i tedeschi inquadrato nel 1° reggimento di cavalleria con il grado di *brigadier-chef*, dallo sbarco in Provenza fino nel cuore della Germania. "Parto per espiare le mie colpe di non aver saputo fermare in tempo la degenerazione fascista," dirà naturalmente Bottai, imbarcandosi per l'Africa Occidentale sotto il nome di Andrea Battaglia. "Io non avevo una tessera. Avevo una fede," dirà anche, a guerra finita, ripensando al suo passato di fascista.

Intanto, però, la legislazione antisemita dei fascisti proclamatisi francamente razzisti prevede anche la revoca della cittadinanza italiana concessa a ebrei stranieri in data posteriore al 1919. E così, mentre a Roma Einaudi e Bottai discutono di questioni editoriali, a Torino Leone Ginzburg, il "valoroso collaboratore", impegnato a creare la più importante casa editrice di cultura italiana, non è più cittadino italiano.

Se nel primo anno di libertà ritrovata Leone Ginzburg si cura dell'*Orlando furioso*, nel suo secondo – e ultimo – anno di piena libertà si dedica ai *Canti* di Giacomo Leopardi.

Ginzburg cura, infatti, per Laterza una nuova edizione della raccolta dei versi con i quali cento anni prima quel ragazzo favoloso, piccolo, gobbo, pallido, insonne, afflitto da una tubercolosi ossea della colonna vertebrale che, deviandogli la spina dorsale, gli procurava dolori incessanti, disturbi cardiaci e respiratori, crescita stentata, problemi neurologici alle gambe e alla vista, insensibilità nervosa, parestesie episodiche, febbri ricorrenti, stanchezza costante e disturbi disparati, tenendo una inflessibile linea unitaria di atteggiamento lirico ed esistenziale, aveva intonato, lungo l'intero arco della sua vita miserabile, uno struggente canto funebre alla materia più gioiosa – la bellezza del mondo, la tenerezza della notte, la gioventù delle ragazze – e, per converso, un inno alla vita di inaudita dolcezza variando senza sosta sui temi più cupi e risaputi: l'infelicità dell'esistenza, la vanità del tutto, la nostalgia dell'infanzia perduta.

Leone applica a questo capolavoro assoluto della poesia universale il suo abituale rigore, il suo sguardo scrutatore che inchioda e corregge l'errore, vale a dire il suo modo di amare. Decide di lavorare sulle varianti delle edizioni a stampa più che su quelle dei manoscritti autografi. La sua curatela mira a far emergere le tappe successive del gusto poetico di Leopardi, l'espressione che di volta in volta gli era parsa definitiva ma poi era stata rimessa in forse. Si dedica a questo lavoro minuzioso, a questa fatica oscura, perché il lettore della nuova edizione dei suoi canti possa rendersi conto dell'effettiva importanza che ogni mutamento ebbe per l'uomo meraviglioso che li scrisse. E così, per restituire Leopardi ai nuovi lettori, fa le pulci ai curatori delle edizioni critiche precedenti lamentando che non siano stati in grado di elencare più di dodici errori di stampa, di cui solo quattro certi, cioè poco meno della metà dei ventisei rilevabili e riuscendo alla fine a scovare altri due o tre o quattro errori oltre a quelli già accertati.

Il principale contributo di Ginzburg consiste, forse, nell'aver chiarito "una volta per sempre" l'equivoco che riguardava *Il tramonto della luna*, una delle ultime poesie di Giacomo Leopardi. I sei ultimi versi di questa lirica estrema ci sono giunti non autografi, cioè trascritti a mano sul risguardo del manoscritto della *Ginestra* – altro testamento poetico – non da Leopardi ma da Ranieri, il fedele amico che lo assistette negli ultimi anni. Una leggenda, alimentata dallo storico tedesco Heinrich Wilhelm Schulz, che aveva visitato Leopardi il 14 giugno 1837, due ore prima che morisse a trentanove anni, voleva che quei versi fossero le ultime parole create dal poeta in punto di morte. Giacomo, infatti, già allettato, le aveva tracciate su di un foglio e donate per ricordo al visitatore tedesco.

Leone stabilisce, "una volta e per sempre", che quei versi appartengono senza dubbio a Leopardi e li inserisce definitivamente nella nuova edizione dei suoi *Canti*. Rifiuta e confuta, però, l'ipotesi romantica che racchiudano l'ultima, testamentaria parola del grande poeta, pronunciata con un ultimo fiato sul letto di morte. Leopardi – sostiene Ginzburg – non compose quei sei versi in punto di morte ma nei giorni precedenti. In quel 14 giugno 1837 si limitò, più prosaicamente, a trascriverli su un pezzo di carta da regalare a un ospite che si trovava a passare di lì. Non un pronunciamento memorabile, dunque, ma un souvenir. Con il suo abituale rigore, Leone non concede nemmeno alla leggenda leopardiana che le ore precedenti la morte possano distinguersi da tutte le altre. Nessun brivido, nessuna estasi, nessuna grande epifania è lecito attendersi in fondo alla calle.

Quei sei versi, di suprema bellezza, paragonano il tramonto della luna sulla campagna notturna al buio che scende sulla vita adulta trascorsa la giovinezza, della quale intonano così la definitiva elegia: "Ma la vita mortal, poi che la bella / giovinezza sparì, non si colora / d'altra luce giammai, né d'altra aurora. / Vedova è in sino al fine; ed alla notte / che l'altre etadi oscura, / segno poser gli Dei la sepoltura."

Il paragone poetico con la campagna buia fa dell'esistenza adulta un detrito, un osso, una rimanenza, pensa la vita come ciò che, estinta la giovinezza, ci resta da vivere. Su di essa, tutta intera, si stende l'ombra della vedovanza: vedova è la vita adulta fino alla fine. Su quella di Leone, per chi non sia capace del suo integerrimo rigore antiromantico, la metafora della vedovanza allunga l'ombra di un presentimento.

I FERRIERI
Napoli 1936-1939

Napoli è porto dell'impero. Nella visione di Mussolini, alla metà degli anni trenta Napoli dovrà imporsi come epicentro dell'espansione politica ed economica dell'Italia sui mari e verso le terre d'oltremare. Dai moli della città che vive sotto il vulcano dovranno salpare non più i bastimenti carichi di milioni di miserabili emigranti diretti negli Stati Uniti e in Argentina a stracciare la vita ma navigli d'italiani trionfanti conquistatori delle colonie d'Abissinia, d'Etiopia e d'Eritrea. A questo scopo il duce fa costruire la Mostra d'Oltremare e fa perfino visitare la città a Adolf Hitler. Per l'occasione, davanti allo sguardo dell'alleato germanico abbacinato dalla luce meridiana in cui sfolgora la collina di Posillipo e sfuma, laggiù in lontananza, l'isola di Capri, si allestisce una grande parata di armate nel golfo.

Il mare, però, non bagna la Napoli in cui vivono Peppino e Ida Ferrieri. Dopo le nozze hanno dovuto affittare una stanza in famiglia a Santa Maria della Fede, nei vicoli bui alle spalle di corso Garibaldi. Non potendosi permettere una casa propria, gli sposini si sono adattati a vivere con altri pensionanti in uno di quei grandi appartamenti cadenti in cui i proprietari accolgono estranei per bisogno. In seguito i Ferrieri, anche grazie alle poche lire guadagnate da nonna Aspasia che lavora sempre in fabbrica, riescono a pagare la pigione di un'abitazione in piazzetta Settembrini. Lì, nel 1931, nasce il loro primo figlio. Gli danno nome Francesco, il nome del nonno paterno commerciante in carni al Vomero vecchio, e lo battezzano nella parrocchia di San Giovanni a Carbonara. Sempre lì, a distanza di pochi anni, verranno al mondo altri due figli maschi, Antonio nel 1934 e Salvatore nel 1935. Il primo riceve il nome di uno dei fratelli di Peppino, il secondo quello di Cristo Nostro Signore.

A dispetto della povertà, Peppino e Ida non cessano di volersi bene. Prendono la miseria e l'attaccano al muro, come ama dire Peppino nei frequenti slanci dettati dal suo sentimento generoso della vita. La loro concordia è turbata soltanto dalla gelosia di Ida ma pare che Peppino gliene dia qualche motivo. Un giorno, quando già ci sono in casa tre figli, la madre affronta in strada una rivale con una bottiglia di latte e la spedisce all'ospedale.

C'è anche la politica a frapporsi tra gli sposi. Crescendo d'età, divenendo prima moglie e poi madre, Ida si è andata rassodando in quella serietà che l'aveva contraddistinta fin da ragazzina, quando si era dovuta emancipare dalla duplice eredità di un padre dissoluto e di generazioni di teatranti. In famiglia quella serietà significa prendersi cura, anche tra gli stenti, dei suoi figli. In politica significa essere comunisti. Non è certo una militante del Partito comunista clandestino Ida – questo entrerebbe in conflitto con la serietà della madre – ma coltiva in sé le convinzioni maturate da ragazza quando lavorava in fabbrica alle Cotonerie Meridionali. Ida si lega, anzi, sempre di più alla famiglia di Adelina, una sua cugina più vecchia anche lei nipote del Pulcinella Antonio Guarino. Adelina ha sposato Pasquale Civile, un rappresentante farmaceutico di buona famiglia e i Civile, pur essendo borghesi, sono antifascisti d'ispirazione comunista. Enzo Civile, il figlio di Adelina e Pasquale, sebbene più giovane di Ida, fin da ragazzo continua ad alimentare in quella sua zia che non ha studiato ed è già madre di tre figli il suo istintivo comunismo, nato più da un senso di serietà che di giustizia.

Peppino, invece, è un ammiratore di Mussolini. Dire di lui che è fascista significherebbe fare torto alla sua natura di uomo buono come il pane e anche equivocare su mezzo secolo di storia italiana. Non ha nulla a che spartire con il fascismo Peppino ma è un sentimentale e vuole bene a quell'uomo che non dorme mai per il bene degli italiani. Per lui può saltare su una sedia e declamare versi encomiastici con lo stesso slancio con cui piange la sorte del muratore caduto dal ponteggio o intona i canti struggenti degli emigranti. A fuorviare Peppino Ferrieri sono i suoi buoni sentimenti, le grandi commozioni che stanno all'origine della civilizzazione umana. Ida, che la sa molto più lunga, non gliene fa una colpa. Ci sono tre figli da crescere.

Il 6 febbraio 1939 Mussolini viene in visita a Napoli per ispezionare le opere in costruzione: la Città Ospedaliera dello Scudillo, Fuorigrotta, il Palazzo delle Poste. È accolto dalle coperte alle finestre, come in una festa religiosa. Peppino Ferrieri si commuove alla sua vista. Ma Ida nemmeno questa volta gliene farà una colpa: il giorno avanti, il 5 febbraio 1939 ha dato alla luce la sua prima figlia femmina. L'hanno battezzata Maria, come la madre di Nostro Signore. Adesso sono quattro i figli da crescere e non c'è tempo per le sciocchezze di Peppino.

Il 15 marzo Hitler occupa la Cecoslovacchia imponendo il protettorato nazista su Boemia e Moravia, il 28 i franchisti entrano a Madrid instaurando anche in Spagna un regime fascista. Il 7 aprile truppe italiane invadono l'Albania, l'11 maggio a Napoli la flotta da guerra inscena una rivista navale nelle acque del golfo alla presenza del re e di Mussolini, il 22 a Berlino Mussolini stringe con Hitler un patto di alleanza militare, il Patto d'acciaio. È la primavera del 1939 e l'acciaio, dappertutto, comincia a fiorire.

I presunti resti di Giacomo Leopardi – il cui cadavere storto fu in realtà probabilmente gettato in una fossa comune al cimitero delle Fontanelle – vengono traslati al Parco Virgiliano.

Accompagna l'urna vuota un solenne corteo in cui spiccano i gonfaloni di tutte le università. L'accademico d'Italia Giovanni Papini tiene la sua orazione affermando che l'Italia auspicata dal grande poeta è quella di Mussolini perché il fascismo significa rivincita dei poeti. In questa tarda, falsa primavera del 1939 anche Giacomo Leopardi è diventato fascista.

GLI SCURATI
Milano 1936-1939

Il fascismo è una cosa normale. Per un bambino nato a Cusano Milanino nel 1933 il fascismo è una cosa normale. Se vedi una camicia nera per strada non ci fai caso perché le hai viste da quando hai memoria.

Ed è per questo motivo che Luigi Scurati, nato proprio a Cusano Milanino nel 1933, chiamato a ricordare i suoi primi anni di vita, sostiene di non averne nessuna memoria: perché per i bambini come lui "il fascismo era una cosa normale".

Sì, certo, ti dice che in quegli anni gli Scurati ebbero qualche problema in famiglia. Il nonno Enrico si era risposato dopo la morte precoce della prima moglie con una donna cattiva, una megera, che gli aveva dato altri due figli, Benvenuto e Angelo, che influenzati dalla cattiveria della madre, e da quella del secolo, o, forse, soltanto dalla sua normalità, erano cresciuti fascisti. Questa donna cattiva aveva cominciato a far la guerra ai figli di primo letto del marito e si era particolarmente accanita su Antonio e su Angela, la sua sposa, al punto che quando Antonio aveva rilevato per 13.000 lire la cartoleria dello zio Luigi, lo zio gobbo – oramai reso incapace di gestire il piccolo negozio dalla progressione della sua devastante scoliosi –, la megera li aveva accusati di essere degli approfittatori e, poi, li aveva perfino denunciati agli uomini della Milizia. Motivo per cui, quando dopo la Liberazione si sarebbero aperti gli archivi della polizia politica fascista, nella lista degli individui da deportare nei campi di concentramento sarebbe apparso anche il nome di Antonio Scurati.

Luigi ti racconta queste cose su suo padre quando si sforza di ricordare la propria infanzia negli anni trenta sotto il fascismo ma non sono veri ricordi. Sono memorie postume, storie che gli hanno raccontato da adulto, come lui stesso è pronto ad ammettere.

C'è anche un episodio memorabile legato alle mirabolanti campagne patriottiche scatenate dal regime. Pare che le maestre avessero chiesto al piccolo Luigi e a tutti i suoi compagni di donare lana alla patria ma che suo padre Antonio si fosse rifiutato di farlo (non era evidentemente d'accordo con l'economista Giorgio Mortara, il quale, al tempo delle sanzioni economiche per l'aggressione all'Etiopia, suggerì di rimediare alla mancanza di lana svuotando i materassi delle famiglie italiane, convinto che "l'eventuale sacrificio della morbidezza del proprio riposo non sarà grave a chi ha dato figli, l'oro e i risparmi alla Patria"). Luigi, allora, si presenta a scuola a mani vuote. Nei corridoi il bambino incrocia il mucchio di lana già raccolta e, non visto, vi affonda entrambe le braccia. Viene, così, pubblicamente encomiato per questa generosa donazione patriottica Suo padre, però, quando lo vede sfilare trionfante in prima fila tra i balilla imbracciando un moschetto-giocattolo, si contraria e bercia un rimprovero alla madre. Il piccolo Luigi concepisce in quell'istante e in questo modo la prima embrionale consapevolezza del fatto che il fascismo non fosse, poi, del tutto normale.

Ma nel 1936 Luigi era troppo piccolo per fare qualcosa del genere e il consenso verso il regime troppo forte perché suo padre potesse pubblicamente incrinarlo. Anche questo è probabilmente un falso ricordo o, meglio, mal datato. Risale verosimilmente alle raccolte di lana, di ferro, rame e di altri metalli intraprese dal regime durante la guerra mondiale.

Della sua infanzia negli anni trenta a Luigi sono rimaste, a dire il vero, soltanto poche ombre e qualche divo del calcio: l'asilo, i maschi divisi dalle femmine, i pomeriggi lisergici in cui si dormiva con la testa sul banco, suor Melania, l'enfasi patriottica, le chiome degli ippocastani alti sul cortile, il gioco del pirla, la palla avvelenata, le partite di pallone nella corte del circolo al numero 45, Borel II e la Juventus dei cinque scudetti filati, la grande Inter di Meazza, Bobbio, Ceriani e Zanterain.

Ombre confuse, anacronismi, amnesie, falsi ricordi, litanie di eroi, echi d'imprese compiute da divinità remote. Niente altro. Luigi lo sa. E lo dice: la memoria della mia vita comincia con la guerra.

VI

Il 31 agosto 1939 Adolf Hitler ordina alle truppe in stato di allerta lungo il confine di invadere la Polonia. Con quell'ordine – eseguito alle 4,45 del giorno successivo – scatena la seconda guerra mondiale.

All'alba del 1° settembre, lungo il confine polacco, la Germania schiera cinquantatré delle novantasei divisioni di cui dispone. La fanteria, armata in massima parte con il fucile Mauser Karabiner 98k, conta trentacinque divisioni, di cui quattro motorizzate, tre divisioni da montagna più altre unità minori, quali guardie di frontiera e paramilitari; in appoggio alla fanteria muove anche un'antica brigata di cavalleria. Al fianco dei soldati tedeschi combatte, però, il futuro.

I poeti di Berlino hanno coniato una nuova parola, "guerra-lampo": evoca l'uso combinato e devastante di carri armati, aerei e radiocomunicazioni, le nuove forze tecnologiche che la modernità ha messo a disposizione della violenza iperbolica. Una volta distrutte dal cielo le linee di comunicazione, i carri armati sfonderanno le linee nemiche già martoriate dall'artiglieria e dai bombardieri in picchiata. Soltanto allora, penetrata in profondità in scia ai mezzi d'assalto, giungerà la fanteria ad accerchiare le unità nemiche. A questo scopo, la mattina del 1° settembre 1939 sul fronte orientale i tedeschi lanciano all'attacco sei divisioni corazzate, ognuna composta da 288 panzer, la Luftwaffe fa levare in volo 2695 aeroplani: 771 caccia, 408 Zerstörer, 336 bombardieri da picchiata, 1180 bombardieri d'alta quota.

L'esercito polacco, comandato dal maresciallo Edward Rydz-Śmigły, al 1° settembre 1939 schiera sei armate e un corpo d'armata per un totale di 950.000 uomini. Non dispone, però, nemmeno di una divisione corazzata e si affida a poche centinaia di caccia obsoleti. In compenso, vanta ancora quattordici brigate di quei soldati a cavallo che per secoli difesero il fianco orientale dell'Occidente.

Il piano tedesco *Fall Weiß*, o "Caso bianco", ideato dal generale Franz Halder, si basa sulla nuova dottrina della "guerra mobile", o guerra di movimento: azione congiunta di forze corazzate e aeree che consentano una rapida avanzata verso la capitale, lasciandosi alle spalle il grosso dello schieramento polacco, in seguito accerchiato e distrutto dalla fanteria. Le estese pianure occidentali fanno della Polonia la perfetta cavia da laboratorio per la sperimentazione del nuovo concetto di guerra. Il piano di difesa polacco, il cosiddetto piano Zachód, o piano Ovest, prevede lo stanziamento della quasi totalità dell'esercito a ridosso dei confini con la Germania. I polacchi puntano sull'immediato intervento in loro soccorso degli alleati francesi e inglesi da occidente. Il piano tedesco riesce, quello polacco fallisce.

Alle ore 4,45, le artiglierie aprono il fuoco contro gli obiettivi prestabiliti e gli aerei si lanciano sui bersagli loro assegnati. Contemporaneamente le divisioni corazzate tedesche, seguite dalla fanteria, iniziano ad avanzare da nord e da sud. Già il 2 settembre, secondo giorno di guerra, la tenaglia alla base del corridoio si chiude sui polacchi. Due intere divisioni di fanteria e una brigata di cavalleria, appartenenti all'armata della Pomerania, vi rimangono stritolate: solo alcune unità della brigata di cavalleria Pomorska tentano di sfuggire dalla sacca, lanciandosi in un disperato contrattacco contro i carri armati del XIX corpo corazzato. Nella foresta di Tuchola, sotto i pini silvestri, i soldati a cavallo vengono annientati.

Il governo polacco lancia un appello agli Alleati affinché mantengano il loro impegno di entrare in guerra contro i tedeschi. Le potenze occidentali esitano: il loro unico atto in questo primo giorno di guerra rimarrà un "ammonimento alla Germania". L'avanzata della Wehrmacht, affiancata dai reparti delle Waffen-SS, prosegue al ritmo di settanta chilometri al giorno. Nel giro di una settimana, la capitale è sotto assedio.

Il 10 settembre la 4ª divisione corazzata e la 12ª divisione di fanteria iniziano ad avanzare all'interno del perimetro di Varsavia, muovendo attraverso i due quartieri di Wola e di Ochota. Mentre le divisioni tedesche si fanno largo nei quartieri periferici a ovest, il 12 settembre la 3ª armata, proveniente da nord, sfonda le linee difensive esterne della città sul fiume Narew. Le divisioni di cavalleria polacca, comandate dal generale Władysław Anders, chiamano la carica contro i panzer tedeschi. Di nuovo uomini a cavallo lanciati al galoppo contro i carri armati, di nuovo il loro totale annientamento.

La Polonia, baluardo dell'Occidente, è demolita da occidente. Da oriente, il nemico ancestrale fiuta il suo sangue. Dopo aver ordinato la mobilitazione generale l'11 settembre, il 17 settembre, alle ore 3,00, l'ambasciatore polacco a Mosca è convocato dal ministro degli Esteri sovietico Vjačeslav Michajlovič Molotov: lo informa che il governo polacco ha cessato di esistere. Molotov esprime preoccupazione per la sorte degli abitanti della Bielorussia e dell'Ucraina che l'Unione Sovietica intenderebbe proteggere. In quello stesso momento le truppe dell'Armata rossa stanno già oltrepassando i confini orientali della Polonia. Mentre la Polonia è sfigurata da una tempesta di colpi ricevuti in pieno volto dai tedeschi, i russi la colpiscono alla nuca per spartirsene il cadavere. Nessun intervento o dichiarazione di guerra degli Alleati nei confronti dell'Unione Sovietica.

La popolazione civile di Varsavia è massicciamente bombardata dal cielo, le colonne di profughi sono bombardate dal cielo, i reparti delle Waffen-SS fucilano in massa i prigionieri. Centocinquantamila civili polacchi sono massacrati in pochi giorni dai tedeschi, duecentocinquantamila ebrei polacchi cadono vittime, nell'orgia generale, dei pogrom scatenati da altri polacchi. Nei due anni successivi, nei territori occupati dai russi, un milione e ottocentomila ex cittadini polacchi troveranno la morte o la deportazione.

Il 27 settembre 1939 il generale Kutrzeba consegna Varsavia nelle mani del generale Blaskowitz, che la riceve in nome di Adolf Hitler, Fürher dei tedeschi. Nel ventre di quella città i tedeschi erigeranno un muro in cui rinchiuderanno il quaranta per cento della sua popolazione, quasi un abitante su due. Quando il ghetto di Varsavia insorgerà, verrà liquidato. Quando, poi, insorgerà l'intera Varsavia, Adolf Hitler ne ordinerà la distruzione. L'ottanta per cento del suo intero corpo edificato sarà deliberatamente raso al suolo. Quattro edifici su cinque.

Ecco, dunque, il catasto edilizio della seconda guerra mondiale.

Nel settembre del 1939, mentre Hitler invade la Polonia, Leone Ginzburg pubblica le *Rime* di Dante Alighieri nella nuova edizione curata da Gianfranco Contini. Dando alle stampe questo volume, inaugura la "Nuova raccolta di classici italiani annotati".

Le *Rime* sono un libro che Dante non scrisse mai. Non si tratta, infatti, di un canzoniere costruito dal poeta secondo un disegno ma di un mazzo di poesie disparate e disperse, composte da Dante lungo l'intero arco della vita, raccolte e ordinate dai critici moderni secoli dopo la sua morte. Gianfranco Contini le raccoglie e ordina seguendo un criterio e un metodo nuovi. Il grande filologo non si sofferma solo sull'opera compiuta ma analizza anche tutte le edizioni precedenti, le correzioni sui manoscritti, i ripensamenti di cui gli autori abbiano eventualmente lasciato traccia negli scartafacci. Nella sua millimetrica esplorazione il filologo non si lascia incantare da nessuna idea astratta, da nessuna sirena psicologica. Ha davanti a sé un orizzonte sgombro, aperto e chiuso allo stesso tempo, nel quale si accampa solo il testo, le sue variazioni, la sua nascita e rinascita. Di questo passo, Contini, raccogliendo e ordinando le rime di una vita, ridisegna l'intera esistenza di Dante, dalla giovinezza agli anni maturi dell'esilio, passando dallo slancio ammirato delle prime canzoni, nelle quali il poeta canta con tenerezza l'amata in un solitario sogno di purezza spirituale, fino alle ultime dove la donna si fa pietra in una terra desolata.

Rispetto alle edizioni precedenti, Contini cerca di rispettare l'ordine cronologico. Lavora per sottrazione e negazione. Accoglie solo le rime "estravaganti", quelle non incluse da Dante in altre opere con un inizio e una fine. Poi il filologo mette tutte le poesie di dubbia attribuzione in un corpo a parte. Ne risulta una raccolta di ciò che era disperso, un libro di smarrimenti. Ma è ciò che Contini vuole, la sua idea di Dante. Dante, nella sua visione, è uno sperimentatore costante, la sua discontinuità stilistica testimonia di un processo d'inquietudine permanente, la sua vita di un esilio perenne. Dante parla tutte le lingue non una soltanto, non nasce poeta ma lo diventa.

La collana cui Ginzburg tiene tanto, di cui ha affidato la direzione a Santorre Debenedetti, suo maestro e testimone di nozze, non poteva essere inaugurata in modo migliore (sebbene né lui né Debenedetti la possano firmare perché ebrei entrambi). Il piano della collana consiste, infatti, nel mettere a disposizione dei lettori del tempo presente una serie commentata, ordinata, leggibile di "testi canonici della nostra tradizione umanistica". Lo scopo ultimo di questo paziente lavoro è, insomma, piuttosto semplice: Leone Ginzburg vuole far sapere al lettore del 1939 che tutto il passato non ci ha dimenticati.

Le *Rime* di Dante, un'autentica enciclopedia di stili diversi, sono perfette per questo scopo: Dante è l'unico uomo che al momento della sua morte, avvenuta nel 1321, era stato capace di ricapitolare l'intero passato nella propria opera e, contemporaneamente, di fare in modo che non fosse mai più lo stesso. C'è tutto lì dentro: gli autori classici e i sapienti cristiani, i poeti volgari e quelli latini, le poesie d'amore e i romanzi in prosa, la Bibbia e le gesta dei paladini di Francia. Il piano di Leone Ginzburg, dunque, riesce.

Così, mentre i boschi di Polonia e d'Europa si preparano a riceverne milioni, Ginzburg e la sua gente non rinunciano a credere che si possa vivere con i morti. Che si possa stabilire una comunione con i defunti, che l'eredità lasciata dall'uomo all'uomo non sia, poi, in fondo, pari a niente. Questo il piano editoriale di Leone Ginzburg: la semplice idea secondo la quale tutto ciò che i padri, e i padri dei padri, hanno fatto di buono, di giusto e di bello non sarebbe vano perché giunge fino a noi. Un tentativo di stabilire una comunione di vita tra i vivi e i morti. E perfino tra i morti, i vivi e i non ancora nati. Un sentimento d'amicizia, di consentaneità, di fratellanza verso il lettore sconosciuto di un tempo ancora increato Questa la posta in gioco. Questo patetico, grandioso amore, non tanto per il prossimo, quanto per la vita straniera, lontana, soprattutto per la vita a venire. Il presente preso tra due fuochi, il passato e il futuro. Una manovra a tenaglia.

Sì, perché, a pensarci bene, il 1939 per Leone Ginzburg non è l'anno in cui inizia la seconda guerra mondiale. È l'anno in cui diviene padre.

Il 1° settembre Hitler invaderà pure la Polonia, ma il 15 aprile Natalia e Leone hanno cessato di essere una coppia e sono divenuti una famiglia. Hanno generato, infatti, il loro primo figlio. È nato a Torino, è nato sano e lo hanno chiamato Carlo.

Carlo ha dunque appena cinque mesi quando l'esercito tedesco invade la Polonia, ne ha tredici quando invade i Paesi Bassi, il Belgio e la Francia e quattordici quando il 10 giugno 1940 l'Italia entra in guerra.

Insieme alla comune amica Marisa Diena, nel loro appartamento di via Pallamaglio, di proprietà della famiglia Levi, Leone e Natalia hanno ricevuto dalla radio la dichiarazione di guerra.

Per quanto si sgoli, però, Mussolini, l'alleato di Hitler, non riesce a intestarsi nemmeno quell'anno. Due mesi prima, infatti, il 9 di aprile, a quasi dodici mesi esatti di distanza dal primo, Natalia e Leone hanno generato il loro secondo figlio. Si chiama Andrea, è nato anche lui a Torino ed è nato anche lui sano. Carlo e Andrea, fratelli, venuti al mondo tra l'aprile del 1939 e quello del 1940, portano la risposta senza protocolli di Leone e Natalia Ginzburg alle dichiarazioni di guerra. La sola che conti di fronte all'avvenire.

GLI SCURATI
Milano 1940

Combattenti di terra, di mare e dell'aria!

La mascella del duce ha dichiarato la guerra. E per questo motivo Luigi Scurati, sette anni fra un mese, adesso corre.

Camicie nere della rivoluzione e delle legioni! Uomini e donne d'Italia, dell'Impero e del regno d'Albania... Ascoltate!

La voce metallica di Benito Mussolini, padre di tutti gli italiani, dagli altoparlanti delle Radio Marelli conficcati nel calcestruzzo dei caseggiati popolari ha invocato anche l'attenzione di quel bambino. E Luigi lo ha ascoltato, impietrito. Per questo adesso corre.

Un'ora segnata dal destino batte nel cielo della nostra patria. L'ora delle decisioni irre-vo-ca-bi-li! La dichiarazione di guerra è già stata consegnata...

Già a questo punto Luigino si era mosso. Non ha nemmeno avuto bisogno di sapere agli ambasciatori di quali paesi la dichiarazione fosse stata consegnata. Fatto un cenno d'intesa a Franco Diani, detto "Franco-Amelia" dal nome della madre, sette anni come lui, si è andato a piazzare al centro del cortile delle case della cooperativa di via Adige 45 e ha cominciato a sciogliere i muscoli come ha visto fare ai ragazzi più grandi prima del torneo di calcio del Circolino. Adesso Luigi, sciolti i muscoli, corre.

Scendiamo in campo contro le democrazie plutocratiche e reazionarie dell'Occidente...

Luigi Scurati, figlio di Antonio, corre per farsi trovare pronto dal duce, padre di tutti gli italiani. Dopo aver guadagnato il centro del campo dei suoi giochi d'infanzia, lo ha subito abbandonato per la circonferenza, più ampia. E lì adesso corre, procede con quell'andatura umana e animale composta da una successione di piccoli balzi. Dapprima il suo piede rimane a contatto con il terreno ma poi si stacca da terra insieme a tutto il corpo. Luigi allora entra nella sua fase di volo.

... Poiché un grande popolo è veramente tale se considera sacri i suoi impegni e se non evade dalle prove supreme che determinano il corso della storia!

La voce dagli altoparlanti continua ad ammaliare i vuoti del cortile deserto e ammutolito. Non c'è nessuno con Luigi oltre a Franco-Amelia ma non importa. I boati della folla che punteggiano il discorso di guerra sono posticci ma Luigi lo ignora e corre. Le pause, le ripartenze di quella voce scandiscono la sua corsa. Luigi allena i muscoli respiratori. Gli intercostali, gli scaleni e quelli del diaframma aumentano ogni due passi il volume della sua piccola gabbia toracica di bambino. I polmoni allora si espandono. Diminuisce la pressione atmosferica al loro interno. Rispondono tutti a un bisogno primario di ossigeno.

... Poiché un popolo di quarantacinque milioni di anime non è veramente libero se non ha libero l'accesso all'Oceano!

Luigi corre, l'aria entra ed esce dai polmoni, la pressione cresce e diminuisce, l'ossigeno aumenta, l'anidride carbonica scarseggia – il volume polmonare è quello – Luigi incamera aria, inspira ed espira affannosamente.

È la lotta dei popoli poveri e numerosi di braccia contro gli affamatori...

Il corridore ha fame d'aria ma continua la sua corsa. Deve farsi trovare pronto, deve incamerare più aria, più aria, espandere il volume polmonare, superare la soglia di fatica.

È la lotta dei popoli giovani e fecondi...

È sera, l'ora in cui suo padre torna dalla fabbrica in bicicletta ma è una sera tiepida d'inizio estate. Luigi sente la canottiera impregnarsi di sudore e pure i calzoni corti da bambino che porta anche d'inverno.

La nostra volontà ha bruciato alle nostre spalle i vascelli...

Luigi accentua la respirazione, ora inspira ed espira quasi a ogni passo, ma profonde il massimo sforzo: si china in avanti, incurva le spalle, incassa la testa nel collo sperando che la pronazione gli tenga la corsa. Si spolmona.

... Secondo le leggi della morale fascista, quando si ha un amico si marcia con lui sino in fondo.

Luigi si volta verso Franco-Amelia. Anche l'amichetto sta rallentando il passo. Rallentando, entrambi avvertono una fitta sotto il costato, sulla destra. Gli fanno male la milza e il fegato, compressi. I bambini si fermano.

Questa corsa in cortile rimarrà il primo ricordo nitido dell'infanzia. Con questa tiepida sera di giugno del 1940, Luigi Scurati inaugura la memoria della propria vita.

TEMPO DI GUERRA

1940

18 maggio 1940. "Arrivederla caro Senatore. Si desidera ancora credere in un avvenire umano."

Con queste parole Leone Ginzburg conclude la sua lettera a Benedetto Croce del 18 maggio 1940.

Nel capoverso precedente, congedandosi, Leone esprime la preoccupazione per la sorte del suocero, il professor Giuseppe Levi, che si è rifugiato a Liegi dopo le leggi razziali e di cui non si hanno più notizie. Il 10 maggio, infatti, Hitler, violandone la neutralità, ha invaso il Belgio, dando il via al "Caso giallo", l'attacco a occidente.

Aggredito dalle divisioni corazzate e dai paracadutisti tedeschi che puntano alla Francia, il debole esercito belga è stato travolto in poche ore. Già il 15 maggio i belgi abbandonano la lotta. La notte precedente, la città fluviale olandese di Rotterdam, dove buona parte dell'esercito si era ritirata per tentare un'ultima resistenza, viene incenerita da novantasei tonnellate di bombe sganciate dagli aerei tedeschi. Il superfluo bombardamento si scatena nonostante il colonnello Pieter Scharroo, comandante la piazza militare di Rotterdam, stia trattando la resa.

Ginzburg saluta Croce perché si prepara a partire. La revoca della cittadinanza italiana gli era stata notificata il 4 febbraio dell'anno precedente. Il mese successivo, la prefettura di Torino aveva segnalato l'urgenza di allontanare Leone Ginzburg, considerato "persona pericolosa per la sicurezza dello Stato" e "straniero indesiderato di origine russa e antifascista". A settembre gli era stata proposta una carta d'identità che gli avrebbe consentito di fuggire negli Stati Uniti d'America. Leone la aveva rifiutata. Condannato all'internamento, ora si prepara a lasciare la sua casa assieme ad altri tredicimila confinati politici.

10 giugno 1940. Alle ore 18.00, dal balcone di piazza Venezia in Roma, di fronte a una folla attonita, Benito Mussolini, trascinato dall'alleanza con Hitler, dall'ideologia totalitaria e da smanie di potenza, pur consapevole della impreparazione dell'esercito, annuncia la "discesa in campo" dell'Italia dichiarando guerra a Inghilterra e Francia. Nel messaggio con cui comunica a Hitler l'intervento italiano, il duce esprime il desiderio "di vedere almeno una rappresentanza dell'esercito italiano combattere assieme ai vostri soldati per suggellare sul campo la fraternità d'armi e il cameratismo delle nostre rivoluzioni. Se voi accettate questa proposta vi manderò alcuni reggimenti di bersaglieri". Hitler declina l'offerta.

Galeazzo Ciano, genero del dittatore e ministro degli Esteri, annota nel suo diario: "La notizia della guerra non sorprese nessuno e non sollevò alcun particolare entusiasmo. Io sono triste, molto triste. L'avventura comincia." Franklin Delano Roosevelt, presidente degli Stati Uniti d'America, dichiara: "Oggi, 10 giugno 1940, la mano che teneva il pugnale lo ha calato nella schiena del vicino." A questa data, infatti, la Francia, che l'Italia si prepara a "pugnalare alla schiena", è già in ginocchio. In pochi giorni, il cuneo corazzato delle *Panzer-Divisionen* tedesche, guidate dai generali von Kleist e Guderian, aprendosi un varco attraverso la foresta delle Ardenne, ha sbaragliato le difese congiunte di francesi e inglesi. I francesi, abbandonata la linea Maginot, ripiegano sulla Loira.

Luigi Scurati, sette anni a luglio, travolto dall'entusiasmo, corre nel cortile delle case popolari di Cusano Milanino.

11 giugno 1940. Bombardieri inglesi modello Whitley, decollati dalle basi lungo la Manica, compiono la prima incursione aerea su Torino. Bombe di piccolo calibro provocano la morte di diciassette persone e il ferimento di altre quaranta. Prima notte di guerra, prima incursione su una città italiana. La sirena contraerea urla a bombardamento già iniziato. "La città," si legge nel diario del commando inglese, "quando arriva lo stormo a bombardarla era completamente illuminata, come in tempo di pace."

13 giugno 1940. "Cara Zia, sono qui da stamane, e dovrò rimanerci, salvo contr'ordine, sino alla fine della guerra. Il luogo è bello e accogliente, e mi ci sono sistemato assai bene. Spero che tu abbia notizie della mamma, anche dopo il bombardamento di Torino annunciato stamane." Comincia così la prima lettera dal confino di Leone Ginzburg. È indirizzata a Maria Segrè, la bambinaia che gli fece da madre durante l'infanzia e che da allora Leone chiama "zia". Il luogo "bello e accogliente" cui si riferisce è Pizzoli, un paesino di muratori perso tra le montagne abruzzesi, nei pressi dell'Aquila, dove le donne "perdono i denti a trent'anni, per le fatiche e il nutrimento cattivo, per gli strapazzi dei parti e degli allattamenti che si susseguono senza tregua". Con l'abituale autodisciplina, Leone vi si accasa accomodandosi alla solitudine, alla derelizione, all'esilio.

In una nota autobiografica, scritta di suo pugno e richiestagli al suo arrivo dalla questura dell'Aquila, si legge: "Leone Ginzburg, nato a Odessa nel 1909; residente stabilmente in Italia dal 1914; cittadino italiano per Decreto Reale dal 1932; privato della cittadinanza per la legge razziale del 1939. Escluso dall'insegnamento universitario per mancato giuramento di fedeltà al fascismo (libero docente alla facoltà di Lettere di Torino) nel 1934. Arrestato e condannato a 4 anni per antifascismo dal tribunale speciale il 6 novembre 1934. Internato allo scoppio della presente guerra (internato politico).” Nessuna omissione, nessuna concessione, nessuna divagazione. Una vita di coerenza riassunta in poche righe.

14 giugno 1940. Il giorno seguente l’arrivo di Leone a Pizzoli, alle 5,30 del mattino, passando dalla Porte de la Villette, i tedeschi entrano a Parigi. L’indomani tutti gli orologi della città vengono portati un’ora avanti per adeguarli all’ora di Berlino.

15 giugno 1940. All’1,48 della notte allarme aereo su Milano. Una squadriglia di bimotori Armstrong Whitworth Whitley del Bomber Command inglese piomba sulla città. Diversi edifici distrutti, alcuni feriti e prima vittima dei bombardamenti. A Milano, come a Torino, s’iniziano a contare i civili morti sotto le bombe eppure nessun soldato italiano ha ancora sparato un solo colpo al fianco dei tedeschi “per suggellare sul campo la fraternità d’armi e il cameratismo delle nostre rivoluzioni” come sognato da Mussolini.

16 giugno 1940. Alle 10,30, ora di Berlino, e di Parigi, i nazisti sfilano al passo dell’oca sotto l’Arc de Triomphe.

17 giugno 1940. “Desideroso di portare a compimento le revisioni dei volumi di Dostoevskij e di Thiess, che so essere urgenti per la vostra Casa, Vi comunico il mio indirizzo attuale.” Da corso Sallustio 155, in Pizzoli (L’Aquila), Leone spedisce la prima lettera alla “Spett. Direzione della Casa Editrice Einaudi di Torino”. Ne seguiranno centinaia. A distanza, tramite posta, sebbene tagliato fuori dal mondo, Leone riprende il suo lavoro. Per anni invierà senza tregua bozze corrette, traduzioni riviste, indici compilati, nuove traduzioni eseguite in prima persona, introduzioni a volumi da lui curati.

20 giugno 1940. Mentre già le diplomazie preparano il testo dell'armistizio tra Francia e Germania, le forze armate italiane sferrano un'offensiva militare sulle Alpi contro i "cugini d'Oltralpe". È la "pugnalata nella schiena". L'attacco italiano, sostanzialmente, fallisce. Due giorni dopo, il generale Charles Huntziger firma la resa della Francia alla Germania. Resa incondizionata.

29 giugno 1940. "Cara mamma, non ti preoccupare per me se adesso non puoi venirmi a trovare. Io sto bene e faccio una vita molto igienica: dormo molto e mangio cose semplici [...] Ciao, cara mamma, so che pensi sempre a me, ma non pensarci con troppa tristezza! E non dimenticare che c'è chi sta molto peggio di noi. Ti bacio forte." Primo messaggio da Pizzoli alla madre Vera. Sono trascorsi più di vent'anni e di nuovo la mamma non può andare a trovare Leone. Ancora una guerra, una separazione, una lettera.

3 luglio 1940. "Tutto questo parlare di rivoluzioni, questa smania di vedere accadere avvenimenti *storici*, questi atteggiamenti monumentali, sono la conseguenza della nostra saturazione di storicismo, per cui, avvezzi a trattare i secoli come i fogli di un libro, pretendiamo di udire in ogni raglio d'asino lo squillo dell'avvenire." Lo annota, lucido e tagliente, nel suo diario, Cesare Pavese. Scrive nella nuova sede della casa editrice Einaudi trasferitasi da via Arcivescovado in via Mario Gioda, fondatore del Fascio di Torino. La scrivania accanto alla sua è vuota.

10 luglio 1940. Prende il via la campagna aerea tedesca contro la Gran Bretagna. Nelle intenzioni di Hitler dovrebbe prepararne l'invasione via mare o la capitolazione. Hitler vuole gli inglesi fuori dalla guerra per potersi rivolgere a oriente contro i russi. Sarà la prima grande campagna di guerra combattuta interamente da forze aeree e prenderà il nome di "Battaglia d'Inghilterra" da uno dei tanti celebri discorsi di Winston Churchill, primo ministro britannico, il quale, due settimane prima, aveva dichiarato: "La battaglia di Francia è conclusa. Mi aspetto che ora cominci la battaglia d'Inghilterra."

Due anni prima, di ritorno dalla conferenza di Monaco, dove i rappresentanti di tutte le democrazie liberali avevano vergognosamente avallato l'annessione della Cecoslovacchia da parte di Hitler nell'illusione di non doverlo combattere, Churchill, favorevole a fermare subito i nazisti, di fronte al parlamento inglese, in un altro dei suoi celebri discorsi, aveva tuonato: "Dovevate scegliere tra il disonore e la guerra. Avete scelto il disonore. Avrete la guerra." Il grande statista inglese, razzista, misogino e alcolizzato, ha avuto ragione in entrambi i casi.

Luglio 1940. Mussolini mobilita altre truppe in previsione di un'offensiva in Africa. Nel cortile delle case popolari di Cusano Milanino il piccolo Luigi Scurati assiste al pianto di una recluta. Lo conosce bene – nel cortile si conoscono tutti – è un ragazzo in gamba, una delle stelle della nazionale calcistica del Circolino. La stella piange disperatamente nel seno della madre. Pochi giorni dopo, la tragedia lambisce il cortile. Un altro coscritto, vent'anni pure lui, si sottrae all'obbligo di leva. I carabinieri perquisiscono la casa dei genitori. Due giorni dopo si sparge la notizia che è stato ritrovato cadavere su di una panchina a Milano. È morto di "crepacuore", si vocifera. Luigi comincia a dubitare della guerra.

19 luglio 1940. Ennesima offerta di pace di Adolf Hitler a Winston Churchill. Churchill non dubita. Ennesimo rifiuto.

7 agosto 1940. Leone scrive all'On. Ministero dell'Interno, Direzione generale della pubblica sicurezza a Roma: "Il sottoscritto, prof. Leone Ginzburg, internato a Pizzoli (L'Aquila), fa istanza perché gli venga concesso di farsi raggiungere dalla moglie, Natalia Levi di Giuseppe e Lidia Tanzi, residente a Torino e attualmente abitante a Gignese (Novara) (domicilio: via Pallamaglio 15 – Torino). Con osservanza. Leone Ginzburg."

Agosto 1940. Anche Marussia, sorella di Leone, è inviata al confino in Abruzzo. Assieme alla madre si stabilisce a Orsogna, un paesino funestato dai terremoti tra le montagne in provincia di Chieti. Tommaso Fiore, uno dei leader dell'antifascismo meridionale, già compagno di Leone nel movimento cospirativo di Giustizia e Libertà, confinato pure lui in quella zona, riesce a farsi trasferire a Orsogna per star vicino alle due donne.

13 agosto 1940. In Africa orientale inizia l'attacco italiano contro la Somalia britannica. Mussolini mira a espandere l'impero.

7 settembre 1940. Una squadra di Heinkel He 111 bombarda per la prima volta Londra. Il mondo sbalordisce.

Fino a quel momento, a causa della valorosa opposizione della Royal Air Force britannica, che lancia dall'inizio degli scontri i suoi piloti da caccia a scompaginare ogni successiva ondata di bombardieri tedeschi e del suo formidabile sistema di avvistamento e d'intelligence, l'offensiva tedesca non è riuscita a creare i tre giorni di supremazia aerea necessari all'invasione via mare. Le difese inglesi sono, però, sul punto di cedere. Le salverà proprio il fatto che le incursioni vengano da ora dirottate sulle città.

Il primo bombardamento di Londra avviene, in realtà, per errore a opera di un paio di equipaggi fuori rotta. Hitler aveva, infatti, proibito di colpire la città. Churchill, invece, ordina subito all'aereonautica inglese di bombardare Berlino per rappresaglia, se ne vanta pubblicamente – "Noi non cerchiamo di scusarci. Al contrario, noi siamo fieri di annunciare la grande notizia: la RAF ha bombardato Berlino" – e coglie l'occasione per eliminare il divieto di bombardare i civili. La dottrina del cosiddetto *moral bombing*, volto a spezzare la volontà di resistenza del nemico colpendone l'inerme popolazione civile, si fa strada. Nelle settimane seguenti, i londinesi subiranno centinaia d'incursioni aeree. Anche la popolazione civile, però, non cederà al terrore. Il sistema di difese costiero, intanto, ha il tempo di riorganizzarsi. Il 19 settembre Hitler rinuncia a invadere l'Inghilterra.

13 settembre 1940. Dalle basi in Libia ha inizio l'offensiva militare italiana in Egitto. I soldati italiani, quasi privi di corpi motorizzati, si avviano a piedi sulle piste della Marmarica, una terra brulla, piatta, desolata, una piana uniforme e spoglia, chiazzata da depressioni sotto il livello del mare, afflitta da un clima micidiale, persa a oriente nell'immensità del deserto. Mussolini vuole un impero sconfinato, che giunga fino al canale di Suez, e forse oltre ancora.

13 ottobre 1940. Leone viene raggiunto dai familiari a Pizzoli. Natalia, Leone, i piccoli Carlo e Andrea si sistemano in una casa in paese. Alle sue spalle si aprono i campi e le colline, basse, spoglie, battute dal vento. Tutte le sere marito e moglie fanno una passeggiata tenendosi sottobraccio. Poiché a Leone è proibito addentrarsi nella campagna, ogni giorno rifanno avanti e indietro più volte lo stesso percorso attraverso le poche strade del borgo. I paesani escono sulla porta: "Con buona salute," augurano. "Quando ci ritornate alle case vostre?" chiede qualcuno di tanto in tanto. "Quando sarà finita la guerra," risponde Leone.

20 ottobre 1940. "Gli artisti interessano le donne non in quanto sono artisti, ma in quanto riescono nel mondo." Cesare Pavese, scosso dal calcio di un'ennesima delusione d'amore, ripiomba nelle sue malinconie. Le pagine del diario si riempiono di questa e altre simili sprezzature misogine. La lucidità del luglio precedente è già di nuovo perduta.

28 ottobre 1940. Nel diciottesimo anniversario della marcia su Roma, muovendo dalle basi in Albania, l'Italia aggredisce la Grecia. L'aggressione appare vigliacca e insensata. La piccola nazione greca è retta da un governo filofascista e sul piano strategico la sua invasione può solo rivelarsi controproducente perché consentirà agli inglesi di soccorrerla installandosi nel Mediterraneo settentrionale. I gerarchi del partito indossano, però, l'uniforme militare e si contendono un incarico onorifico nelle retrovie del fronte. Credendo di poter imitare l'esempio della irresistibile macchina da guerra tedesca, s'immaginano di sfilare in trionfo ad Atene nel giro di poche settimane. L'unica preoccupazione di Galeazzo Ciano è che "gli automezzi italiani disponessero del carburante necessario a raggiungere Salonicco in ventiquattro ore".

1° novembre 1940. Primo raid su Napoli. Ne seguiranno circa duecento. Colpito il porto, la zona industriale orientale, dei Granili, di San Giovanni a Teduccio e, a occidente, di Bagnoli e Pozzuoli.

La famiglia Ferrieri riceve i bombardieri inglesi inviati da Winston Churchill nella sua nuova abitazione di via Settembrini 110, nei vicoli alle spalle di via Duomo. È un ex deposito al piano terra nel cortile interno di un palazzo, un unico stanzone umido, senza servizi e senza finestre salvo la porta d'ingresso. È il tipo di alloggio che a Napoli chiamano "basso". I Ferrieri ci vivono in sette: Peppino, Ida, i quattro figli e la nonna Aspasia. C'è un letto matrimoniale in cui dormono marito e moglie ai due lati della neonata Maria, un secondo letto in cui dormono i tre fratelli maschi e una branda su cui dorme la nonna. Alla mattina la branda si ripiega, si sposta un tavolo e diventa la zona pranzo. Ci sono poi un comò, un armadio a tre ante, una credenza, quattro sedie. Per andare in bagno si attraversa il cortile. Nell'androne del palazzo un casotto, che ospita anche la guardiola del portinaio, fornisce ai Ferrieri un cesso e un lavabo. Nell'angolo un lavatoio in pietra per i panni sporchi. Su tutto, una corda e un lenzuolo stendono un velo di pudicizia. Sull'altro lato del cortile, di fianco all'ingresso del basso, una piccola fornace dove si accende un fuoco di carboni su cui nonna Aspasia cucina all'aperto.

Aspasia s'industria anche a smistare la posta, spazzare il cortile, sorvegliare l'ingresso. Riceve un piccolo stipendio da portinaia. Ma è Ida adesso che sostiene la famiglia. Ha seguito un corso da infermiera dell'Unione nazionale protezione antiaerea e gira per le case del rione somministrando iniezioni. L'hanno addestrata per ridurre la mortalità dovuta a infezioni da ferita ma lei, per ora, distribuisce rimedi soprattutto per polmoniti, broncopolmoniti, infezioni puerperali, blenorragia e sifilidi. Batteri del respiro, del parto, del sesso. Alcune cure prevedono una iniezione ogni tre ore e Ida, sebbene abbia già quattro figli, deve spesso trascorrere la notte fuori casa. Peppino si arrangia con i suoi pupi e lavora quel che trova da lavorare. La miseria, come si dice, è nera.

8 dicembre 1940. In Grecia è il disastro. Già dopo quattro giorni l'offensiva italiana si è arrestata. I greci, avanzando al suono delle trombe, sono poi partiti alla controffensiva costringendo gli alpini della Julia, poco equipaggiati, male armati e mal comandati, a indietreggiare in territorio albanese. Il 6 dicembre quel debole nemico che si sarebbe dovuto spazzare via in ventiquattr'ore ha occupato il possedimento italiano di Santi Quaranta. Due giorni dopo, l'8 dicembre, è ad Argirocastro e minaccia di ributtare in mare l'intero esercito invasore. L'illusione di poter condurre in piena autonomia una guerra parallela a quella dell'alleato tedesco è finita. Mussolini si umilia a chiedere il soccorso di Hitler. Da questo momento, anche sul piano militare, sarà completamente suo succube.

10 dicembre 1940. "Un progetto di soluzione finale." È ciò che Hitler, mentre si prepara a soccorrere Mussolini in Grecia, incarica Reinhard Heydrich di elaborare per risolvere la "questione ebraica" nell'Europa governata dalla Germania. La frase viene usata per la prima volta nelle annotazioni preparate da Eichmann per il discorso sulla "sistemazione" che Himmler deve tenere il 10 dicembre davanti ai capi del partito radunati a Berlino. Eichmann stima che le deportazioni dovranno riguardare 5.800.000 ebrei. Le stime, alla prova dei fatti, si riveleranno esatte.

11 dicembre 1940. "Caro Professore, i poeti siciliani sono sempre nel cassetto? Guardi ch'io non dimentico la sua promessa di un'esposizione chiara e sintetica dei risultati cui ella è pervenuto [...] anche io ho portato qua tutte le carte e i libri manzoniani che mi potevano occorrere, ma in due volte che ho tirato fuori quelle carte non vi ho aggiunto una frase e in quelle già scritte ho corretto qualche virgola. Ma forse qui quello che importa di più non sono gli studi, bensì il paesaggio così civile che sembra tratto da un quadro fiammingo [...] e questa gente modesta e civile che è proprio il popolo italiano di sempre." Avvicinandosi il Natale, sotto la neve e con i lupi alle porte, Leone scrive da Pizzoli a Santorre Debenedetti. È la lettera di uno studioso a un altro studioso, di un amico a un amico. Agli occhi di Himmler, alleato incubo di quella "gente italiana modesta e civile", sarebbe solo la lettera di un ebreo a un altro ebreo. Due dei 5.800.000 da deportare.

1941

3 gennaio 1941. Il secondo anno di guerra si apre per l'Italia con la controffensiva degli inglesi in Libia. Attaccano la località di Bardia. Le difese della piazzaforte sono sfondate quasi subito. Nel giro di venti giorni gli inglesi saranno a Tobruk.

In Germania si comincia ad allestire gli Afrika Korps da mandare in soccorso degli italiani. Le cinque divisioni si addestrano nei campi sabbiosi dell'Alta Slesia, simili al deserto cirenaico. Il 6 febbraio, il generale Erwin Rommel viene convocato da Hitler per ricevere l'incarico di comandante. Nello stesso giorno l'armata italiana del maresciallo Graziani è annientata da inglesi e australiani a Beda Fomm. La Cirenaica è perduta. Nel mese di febbraio cominceranno, dunque, ad affluire sul territorio italiano truppe tedesche da trasferire in Libia. Non se ne andranno fino a che non saranno scacciate con le armi.

Gennaio 1941. A Cusano Milanino, come nel resto d'Italia, la propaganda bellica del regime s'intensifica proporzionalmente alle sue sconfitte militari. Luigi Scurati vede insieme al padre e alla madre al cineforum dell'oratorio *Luciano Serra pilota*, film sulla campagna d'Africa premiato a Venezia nel 1938 con la Coppa Mussolini. Al cinema di solito il bambino si addormenta ma in questo caso rimane sveglio fino ai titoli di coda. Il piccolo Luigi viene anche condotto a vedere *Lo squadrone bianco*, una pellicola del 1936 che esalta le imprese della cavalleria italiana nei deserti della Tripolitania. Perché possa assistere alla proiezione mattutina nel teatro della ditta Gerli, dotata anche di piscina e circolo ricreativo con campi da bocce, da pallacanestro e da tennis, Luigi viene prelevato a casa. Quella mattina, infatti, non è andato a scuola a causa di un ascesso dentale. Il ricordo delle marce a tappe forzate a dorso di cammello nel deserto libico del malinconico tenente Ludovici sarà per Luigi sempre legato al mal di denti.

7 gennaio 1941. "Cara mamma, ho voluto aspettare anche la posta di oggi, nella speranza che portasse qualcosa di vostro: invece di nuovo nulla. Con l'influenza che c'è in giro, sono davvero un po' inquieto. Noi bene; a parte il fatto che i bambini sono stati un po' raffreddati, soprattutto Carlo." Leone si preoccupa per le condizioni di salute della madre perché a Natale Vera si è ammalata di polmonite. Nei giorni successivi, autorizzato dal ministero, il figlio ha potuto recarsi a Orsogna a prendersi cura di lei. Lì ha riallacciato i rapporti con Tommaso Fiore. Le montagne degli Abruzzi sono sommerse di neve.

8 gennaio 1941. A Napoli anche il secondo anno di guerra comincia con un raid aereo. Distruzioni nella zona di corso Lucci e di Borgo Loreto.

8 febbraio 1941. "Mio caro Bindi, in ritardo e da un nudo elenco dello stato civile di Torino ho saputo della morte di tuo padre. Ne sono stato profondamente rattristato, non solo per l'amicizia che ho per te, ma per le indimenticabili memorie della nostra adolescenza e della prima giovinezza [...] Vorrei sapere tante cose: se è stato malato a lungo e di che male, se tu eri a Torino, come sta la tua mamma e altri cento particolari che puoi immaginare. Invece sono così lontano, e le notizie mi giungono in ritardo e come di rimbalzo." Così scrive Leone a Norberto Bobbio quando viene informato della morte di suo padre nell'inverno del 1941. Sappiamo dalla fitta corrispondenza con la casa editrice Einaudi che è un inverno operoso. A Ginzburg Einaudi affida la revisione delle traduzioni del saggio su Erasmo da Rotterdam di Johan Huizinga, che in questo momento è prigioniero dei nazisti in Belgio, e de *Il giocatore* di Dostoevskij. Leone lavora con l'abituale, puntigliosa tenacia, non cessa di rivedere frasi, lessici e grafie, non cessa di segnalare sviste, refusi, imprecisioni da correggere. Einaudi elogia le sue qualità di traduttore ma protesta: "Vogliate comprendere che in questi momenti, in cui c'è gran penuria di manodopera, le correzioni di bozze, oltre a costare enormemente, richiedono un tempo doppio o triplo del normale." Leone dà segno di immalinconirsi.

Quando Einaudi gli chiederà di scrivere la prefazione a *I demoni*, Leone insisterà sul dato biografico presentando ai lettori italiani Dostoevskij come uno sradicato che, lontano dalla Russia, "divorato dalla nostalgia e oppresso dall'isolamento assoluto", pur lottando ogni giorno insieme alla giovane moglie "con una miseria avvilente e immedicabile", non cessa ogni giorno di leggere minuziosamente i giornali russi, "nel timore che la prolungata assenza gli impedisse oramai d'interpretare con sicurezza i mille aspetti dell'esistenza quotidiana del paese". A volte, e questo lo sappiamo dalle memorie di Natalia, la nostalgia degli esiliati per Ginzburg come per Dostoevskij "si fa acuta e amara, fino a diventare odio".

L'immobilità della campagna innevata esaspera, poi, la monotonia del confino. Tutte le mattine alle dieci Leone deve presentarsi alla caserma dei carabinieri per certificare la propria presenza, poi i Ginzburg accendono la loro stufa verde, col lungo tubo che attraversa il soffitto, si riuniscono tutti "in quella stanza riscaldata dalla stufa, lì cucinano e mangiano, lì Leone scrive ostinatamente sul grande tavolo ovale, lì i bambini cospargono di giocattoli il pavimento". La madre ogni giorno esce con i piccoli Carlo e Andrea, li conduce a passeggio per le campagne bianche e deserte. Le rare persone che incontra, abituate a riparare i figli in casa per tutto l'inverno, guardano i bambini dei confinati con pietà: "Che peccato hanno fatto queste povere creature?" le chiedono.

Febbraio 1941. In Polonia, nel grande campo di prigionia di Auschwitz, gli internati sono infestati dai parassiti. I prigionieri addetti alla pulizia indossano mutandoni e maschere antigas. Scrollano gli abiti e poi gettano sul pavimento cristalli di un potente insetticida fumigante chiamato Zyklon Blausäure. "Dopo aver gettato i cristalli uscivamo, chiudevamo la porta e sigillavamo le fessure con strisce di carta," ricorderà Andrzej Rablin, uno di loro. In questo modo ad Auschwitz, in principio, si sterminavano i pidocchi.

Marzo 1941. In tutta Italia si patisce la fame. Il paese è entrato in guerra privo di sufficienti scorte alimentari. Il regime, contando su una vittoria fulminea, si è illuso di poter far fronte al fabbisogno razionando i generi di prima necessità tramite una tessera annonaria. In realtà, fin dai primi mesi di guerra, buona parte della giornata degli italiani è dedicata alla ricerca affannosa dei generi alimentari che vanno rarefacendosi. Le merci s'imboscano, la farina per il pane va miscelata con patate bollite, il mercato nero dilaga.

A Napoli Ida Izzo viene arrestata perché nasconde salami e rotoli di pancetta sotto il letto coniugale per conto di un macellaio borsanerista che la ripaga con un etto di lardo con cui nutrire di un po' di proteina animale i suoi quattro figli. La rinchiudono nel carcere di Poggioreale. Ne esce dopo qualche giorno quando il marito Peppino si consegna al suo posto. In verità, Peppino, non solo non avrebbe mai avuto l'astuzia di osare un simile commercio ma, nella sua ingenuità, non si era nemmeno mai accorto di nulla. Ida è stata scarcerata grazie all'interessamento di sua cugina Adelina e degli altri membri della famiglia Civile.

Anche a Milano le restrizioni alimentari si fanno severe. Antonio Scurati è costretto, come tutti, a ricorrere sistematicamente alla borsa nera. Quando è in cerca di riso, monta in bicicletta e pedala verso Pavia. Quando ha bisogno di carne pedala verso la Brianza. Una sera torna a casa con un pollo in un cartoccio. Sua moglie Angela fa per eviscerarlo. Gli intestini della carcassa pullulano di vermi. Il piccolo Luigi, dopo aver assistito alla scena, non mangerà mai più il pollo in vita sua.

11 marzo 1941. F. D. Roosevelt sigla la legge sugli affitti e prestiti che consente di assegnare in prestito agli Alleati rifornimenti provenienti dall'industria bellica americana. Thomas Mann, che è il più autorevole intellettuale tedesco, espatriato in Inghilterra, invia tramite la BBC un messaggio al suo popolo. Chiarisce che da questo momento la Germania è in guerra anche con gli Stati Uniti d'America. "Che ne sarà di voi?" ammonisce. "Se sarete sconfitti, la vendetta del mondo intero si abbatterà su di voi."

6 aprile 1941. In Africa Orientale le truppe italiane che avevano invaso i possedimenti inglesi sono state facilmente travolte dalla controffensiva. Addis Abeba, capitale dell'Etiopia italiana, si arrende al maggiore Orde Wingate, comandante della leggendaria Gideon Force, che vi fa il suo ingresso in sella a un cavallo bianco. Il 31 marzo era già caduta l'Asmara. Il 7 aprile cadrà Massaua. L'impero di Mussolini è svanito.

Il 5 maggio, Hailé Selassié, negus degli etiopi, rientrerà nella sua capitale da cui era stato scacciato solo cinque anni prima grazie alle tempeste d'iprite. Troverà l'opportunità e lo spirito per tenere un discorso di pacificazione: "In questo giorno che né gli angeli del cielo né gli uomini sulla terra avrebbero potuto prevedere, io debbo una gratitudine inesprimibile al Dio dell'amore, che mi ha messo in grado di essere presente in mezzo a voi. Oggi è il principio di un'era nuova nella storia dell'Etiopia [...] Poiché è così, non rendete male per male. Non commettete nessun atto di crudeltà, come quelli che il nemico ha commesso contro di noi fino a oggi."

14 aprile 1941. "Nessuna donna fa un matrimonio d'interesse: tutte hanno l'accortezza, prima di sposare un milionario, di innamorarsene." Dal diario di Cesare Pavese.

27 aprile 1941. I tedeschi entrano in Atene. In sole cinque settimane, giunta in soccorso degli italiani, la Wehrmacht ha conquistato l'intera Grecia. La croce uncinata sventola sul Partenone.

22 maggio 1941. "Ci sono dei vestiti femminili così belli che si vorrebbe lacerarli." Einaudi pubblica *Paesi tuoi.* È l'esordio nella narrativa di Cesare Pavese. Con questo libro la critica comincia ad accorgersi di lui. Eppure nel suo diario non ce n'è traccia. Il breve romanzo narra una storia di stupro, incesto e fratricidio immersa nello sfondo tragico di una campagna ancestrale.

14 giugno 1941. "Caro Professore, le sono molto riconoscente per la *Storia d'Europa*: le confesso che l'aspettavo con molta impazienza [...] Ieri s'è compiuto un anno da che sono qui, e nonostante la gente sia molto simpatica, non mi sono abituato se non superficialmente a questa esistenza monotona e senza scambio di idee. Ho più nostalgia degli amici che della città [...] Per fortuna c'è Natalia; ma stare continuamente con i bambini la assorbe molto, e spesso la stanca; ciò non le impedisce però di vincere spesso la stanchezza e – la sera, quando i bambini sono a letto – mettersi a tavolino davanti a me che traduco e correggo bozze, e lavorare per conto suo a una novella o a una traduzione: sono, quelle, le nostre ore migliori. Certo, per tutti ci vuole una grande pazienza." Così scrive Leone, nel primo anniversario del suo internamento, a Luigi Salvatorelli, autore del volume con il quale aveva inaugurato la collana "Biblioteca di cultura storica". In poche righe la parola "pazienza" e il suo contrario, "impazienza", ricorrono due volte. In questi stessi giorni, nella corrispondenza editoriale con Einaudi si comincia a intravedere una lacerazione sottile. Una fessura, per ora appena percettibile, una di quelle incrinature che si producono anche nelle rocce per disseccamento o, magari, per raffreddamento, come nelle pietre eruttive quando il magma si consolida.

Giugno 1941. Giulio Einaudi informa Ginzburg che Mondadori, editore concorrente, prepara una nuova versione di *Guerra e pace.* Per batterlo sul tempo, propone a Ginzburg di revisionare una vecchia traduzione del capolavoro nel quale Tolstoj racconta la storia di due famiglie, i Bolkonskij e i Rostov, nei mesi in cui Napoleone invade la Russia.

22 giugno 1941. Hitler invade la Russia. Alle 4,45 viene dato l'ordine di avanzare a reparti corazzati dispiegati lungo una linea che va dal mar Baltico al mar Nero. I tedeschi lanciano all'attacco 146 divisioni (19 delle quali corazzate e 14 di fanteria motorizzata), per un totale di 3.500.000 uomini, 3300 carri armati, 600.000 veicoli motorizzati, oltre 7000 pezzi d'artiglieria, 2770 aerei e circa 625.000 cavalli. È la più vasta operazione militare di tutti i tempi. Ribalta l'aberrante alleanza tra Hitler e Stalin, porta a collisione nazismo e comunismo, Oriente e Occidente, scatena la guerra totale e deciderà il destino del mondo.

L'offensiva inizia il giorno precedente l'anniversario della data in cui, centoventinove anni prima, l'esercito di Napoleone aveva attraversato il fiume Niemen in direzione di Mosca.

5 luglio 1941. L'esercito tedesco è sul fiume Dnepr. Come già in Francia, e poi in qualsiasi altro teatro di guerra, le divisioni corazzate germaniche hanno sfondato le linee nemiche in poche ore. Entrano "come una baionetta in un panetto di burro", osserverà qualcuno. È accaduto in Polonia, in Belgio, in Francia, in Grecia, in Iugoslavia, in Africa. Ora è accaduto anche in Russia, nonostante i due milioni e mezzo di soldati schierati da Stalin a difesa del suo confine occidentale.

10 luglio 1941. Partono dall'Italia i primi contingenti di alpini per la campagna di Russia. A dispetto delle disfatte subite, Mussolini si ostina a voler condividere la gloria di Hitler. In una lettera inviata all'alleato italiano il 30 giugno, tenuto come sempre all'oscuro di ogni iniziativa fino a quel momento, Hitler aveva cercato, inutilmente, di dissuadere Mussolini dall'imbarcare gli italiani in un'ennesima impresa militare per la quale erano del tutto impreparati: "Duce [...] sono otto giorni che una brigata corazzata sovietica dopo l'altra viene attaccata, battuta, distrutta, e nonostante ciò non è rimarcata alcuna diminuzione nel numero e nella loro aggressività. Una vera sorpresa è stata un carro armato russo di cui non avevamo un'idea, un gigantesco carro armato di circa 52 tonnellate, con un'ottima corazzatura di circa 75 millimetri contro il quale è necessario l'impiego di pezzi anticarro di grandissima potenza." Mussolini non si lascia dissuadere e invia sul Don un'armata di soldati italiani quasi privi di armi anticarro.

16 luglio 1941. L'avanzata travolgente dei tedeschi non si arresta. Smolensk è occupata dalla Wehrmacht.

21 luglio 1941. “Oggi mi metto a ‘Guerra e pace’. Peccato non avere il testo. Bisognerà che vi segnali i casi dubbi che si possono presentare [...] Quanto alla correzione delle bozze, dovrà essere fatta da persona competente, altrimenti – per via dei segni diacritici – formicolerà di errori. Non capisco perché non dovreste affidarla a me.” Comunicando a Einaudi che comincia a lavorare su *Guerra e pace*, Ginzburg lamenta di non avere a disposizione l’originale. Il 14 luglio dalla casa editrice gli avevano comunicato che, non essendo riusciti a procurarsi l’opera in russo, il revisore avrebbe dovuto rinunciare al riscontro sul testo. Il revisore, dal suo confino, protesta.

25 luglio 1941. Il presidente degli Stati Uniti d’America, il democratico Franklin D. Roosevelt, scrive al primo ministro britannico Winston Churchill una delle molte lettere segrete che tengono viva la comunicazione tra i due leader del “mondo libero”: “Noi dobbiamo sottoporre la Germania e l’Italia a un incessante e sempre crescente bombardamento aereo.”

31 luglio 1941. Le SS cominciano i rastrellamenti di ebrei e le deportazioni nei campi di sterminio.

31 luglio 1941. Ginzburg cerca di salvare il nome corretto di un paesino moravo: “Vi ho spedito ierlaltro il I vol. riveduto di ‘Guerra e pace’. Ho segnato con una crocetta i passi che, sulle bozze, andranno confrontati con l’originale, e con un punto interrogativo dei nomi sulla cui ortografia Voi o io ci dovremo sincerare. Il nome di un paesino moravo, ad esempio, è scritto in tre modi diversi: Grunth, Grunt e Grünt. Evidentemente, uno solo è quello giusto.”

1° agosto 1941. L’Estonia è occupata dai tedeschi.

15 agosto 1941. Conquista tedesca dell'Ucraina.

21 agosto 1941. La Wehrmacht alle porte di Kiev.

30 agosto 1941. Ennesima cartolina di Ginzburg alla Einaudi: "Ho ricevuto ieri il testo del romanzo 'Guerra e pace', e in questo momento il primo manipolo di bozze della versione. Mi atterrò alle Vostre istruzioni per quanto riguarda questa revisione." Le istruzioni ingiungevano a Ginzburg di fare il più presto possibile. In una lettera del 26 agosto, Einaudi, comunicando di avergli inviato un assegno di 1000 lire, lo sollecitava a dedicare tutto il suo tempo a questo lavoro: "Desideriamo avere tutto qui non oltre il 15-20 settembre a un volume per volta. Questo a evitare che la composizione attivatasi venga interrotta, e tutto il piano editoriale (carta, prenotazioni librarie, gara velocità con altro editore venga a subire danni irreparabili)." Nella sua replica del 4 settembre, Leone dubita di poter consegnare il lavoro ben fatto per quella data. Evidentemente, il suo è un altro genere di gara.

8 settembre 1941. I panzer tedeschi sono sulla Neva. Inizia l'assedio di Leningrado. Durerà ventinove mesi. Costerà la vita a metà della popolazione assediata. Ciò nonostante Leningrado non cadrà.

19 settembre 1941. Kiev, principale città dell'Ucraina, è occupata dalla Wehrmacht.

20 settembre 1941. Einaudi scrive a Ginzburg una lettera stizzita. Con toni aspri, conferma "categoricamente" che la consegna della revisione completata di *Guerra e pace* dovrà avvenire entro le scadenze fissate, pena la rinuncia alla pubblicazione. Gli sollecita, inoltre, la prefazione al romanzo.

29 settembre 1941. A Kiev si compie il massacro di Babij Jar. 33.771 ebrei ucraini sono massacrati e buttati in una fossa dai nazisti. Il giorno prima, in città, un manifesto affisso sui muri recitava: "È fatto obbligo a tutti gli ebrei di dotarsi di documenti, denaro, oggetti di valore, nonché di abiti invernali, biancheria ecc. Gli ebrei che non ottemperassero a queste disposizioni e venissero trovati altrove, saranno fucilati." La mattina del 29 i perseguitati cominciano ad arrivare nel luogo convenuto quando è ancora buio. Sono per lo più poveri vecchi, malati, infermi, donne e bambini (gli uomini validi sono stati arruolati nell'Armata rossa e i ricchi sono fuggiti). Come è stato loro ordinato, portano con sé fagotti, valigie di cartone, borse in cui hanno riposto cibo per il viaggio. Gli ebrei ucraini s'illudono, infatti, che ad attenderle ci sia "solo" la deportazione. In fondo a via Melnikov, oltre il cimitero ebraico, si apre un precipizio profondo circa millecinquecento metri. Il vallone, che scende verso il fiume Dnepr, è chiamato Babij Jar. In ucraino, vuole dire la gola della nonna (*babushka*).

2 ottobre 1941. A Pizzoli, in un paesino sperduto tra le montagne dell'Abruzzo, l'ebreo ucraino-russo Leone Ginzburg non demorde. Scrive la centesima cartolina al suo editore: "Vi accludo un altro tratto del vol. IV di 'Guerra e pace'. Sono in ritardo non per mia colpa, ho avuto tutta la famiglia influenzata e io stesso non sono stato troppo bene, pur non avendo interrotto il lavoro di revisione neppure per un giorno [...] Spero, non dico di riguadagnare il tempo perduto (che è impossibile), ma di ridurre il ritardo al minimo. Il fatto di non aver più ricevuto bozze dopo quelle del primo volume mi fa supporre che la tipografia non proceda con grande celerità; ma, s'intende, non è da queste considerazioni che mi lascio guidare." La considerazione da cui, invece, Leone si lascia guidare è la fedeltà a se stesso: "Faccio quello che posso per accontentarVi," scrive a Einaudi, "ma la mia rapidità di lavoro ha un limite invalicabile, quello dell'esattezza." Da lì non si passa. Prima di licenziarla, chiede di poter rivedere un'ultima volta l'intera opera impaginata in bozza.

8 ottobre 1941. L'esercito tedesco raggiunge il mare d'Azov e cattura Mariupol.

13 ottobre 1941. Operazione Tifone. La 3ª divisione corazzata inizia l'offensiva tedesca su Mosca.

16 ottobre 1941. A Mosca comincia l'evacuazione delle persone "non idonee al combattimento". Tutti gli altri, vale a dire chiunque sia in grado di reggere un fucile, sono inquadrati in venticinque divisioni di "milizia rossa". La bara contenente le spoglie di Lenin è rimossa dal mausoleo sulla Piazza Rossa e trasportata in un luogo segreto. Il 19 viene proclamato lo stato d'assedio. La difesa della città è assunta dal generale Zukov.

24 ottobre 1941. Einaudi rimprovera apertamente a Ginzburg i ritardi nella consegna di *Guerra e pace.* Lo accusa di mettere in pericolo l'intero piano editoriale della casa editrice. Si spinge fino al sarcasmo sulla sua proverbiale precisione. "Ci arrivano inoltre le bozze deliberate del volume stesso con eccessivi Vostri mutamenti: è strano che data la Vostra ben nota precisione abbiate ancora tanti pentimenti." L'editore conclude la lettera con un ultimatum: "Si richiede l'invio di tutto l'originale di 'Guerra e pace', non oltre il 30 ottobre (in caso contrario la composizione verrà continuata su altra copia non riveduta da Voi)."

27 ottobre 1941. I tedeschi sono a un passo dalla conquista di Mosca. La 78ª divisione di fanteria, comandata dal generale Emil

Markgraf, arriva a ridosso della seconda e ultima linea difensiva esterna della capitale sovietica. La prima delle due linee difensive esterne di Mosca era già stata sfondata su tutto il fronte alla metà di ottobre. Meno di settanta chilometri dividono le croci uncinate da Mosca. Il giorno seguente, però, un violento contrattacco sovietico respinge i tedeschi e li costringe sulla difensiva.

27 ottobre 1941. "Vi invito a ripensare a quanto mi state facendo." Il tono della replica di Leone a Einaudi è drammatico. Forse è l'unico passaggio di una lettera di Ginzburg, dai tempi in cui bambino scriveva alla mamma lontana, che possa definirsi addirittura melodrammatico. La posta in gioco è per lui d'importanza capitale: "Voi vi proponete di stampare senza che io le veda delle bozze in cui ci sono, per nomi geografici o per termini tecnici, varie espressioni in sospeso; per di più, volete che io non rilegga neppure un lavoro, certo fatto con grande coscienza e migliorato considerevolmente, ma pur sempre soggetto a distrazioni (parole omesse ecc.) che Voi non potreste riparare. Voi mi minacciate di continuare la composizione su un testo non rivisto da me. La minaccia la fate a Voi stessi. Non crediate che le Vostre edizioni si vendano perché lo struzzo è simpatico alla gente: si vendono perché sono accurate e leggibili; quando ci siano libri mezzi corretti e mezzi scorretti, quando il rispetto del lettore verrà meno, il lettore Vi abbandonerà." Fino all'ultimo segno diacritico, l'ultima nota ortografica, titoli, intertitoli, risvolti e immagini di copertina, fino all'ultimo refuso o errore o svista da correggere. La dignità di ogni singolo libro diventa per Ginzburg la dignità della cultura, la difesa del testo quella dell'uomo. Di sentinella tra i monti dell'Abruzzo, aggrappato con le unghie al suo desolato caposaldo, Leone Ginzburg tiene la posizione.

18 novembre 1941. A Napoli, dopo le incursioni del 9 e dell'11 che bersagliano la ferrovia, il porto e le principali fabbriche cittadine, il 18 novembre i bombardieri inglesi colpiscono il ricovero di piazza Concordia che crolla. Muoiono a decine, i superstiti rimangono sommersi dalle macerie.

29 novembre 1941. In agosto Ginzburg ha chiesto e ottenuto una breve licenza. Tra fine novembre e inizio dicembre del 1941 può, dunque, tornare per una ventina di giorni a Torino. Lì scopre di essere oramai un uomo della "generazione di mezzo". Lo scopre specchiandosi in un'altra grande intelligenza, quella di Giaime Pintor.

Pintor, giovane erudito di origini aristocratiche, avviato alla carriera diplomatica, ottimo traduttore imbevuto di cultura della destra rivoluzionaria tedesca, è tra le menti letterarie migliori della sua generazione, una generazione che "non ha il tempo di costruire un dramma interiore: ha trovato un dramma esteriore perfettamente costruito". Nato mentre i fascisti marciavano su Roma, pur non essendo fascista Pintor lavora alla commissione di armistizio con la Francia per conto del governo fascista, viene inviato dal Gruppo universitario fascista ai Littoriali della cultura e dell'arte, collabora con articoli antifascisti alle fascistissime riviste di Bottai, apre le porte del ministero alla Einaudi e quelle della Einaudi al ministero. È convinto, d'altronde, che l'unica via d'uscita dalla trincea del presente sia il superamento dell'antitesi tra fascisti e antifascisti.

Quando nel pomeriggio del 29 novembre Leone Ginzburg può finalmente partecipare di nuovo – con Cesare Pavese, diventato, nel frattempo, amico di Pintor, Giulio Einaudi e Carlo Muscetta – a una riunione del comitato direttivo della casa editrice che ha fondato, vi trova in Giaime Pintor il nuovo ispiratore. Pintor spinge verso le inquietudini del presente, Ginzburg tiene la barra sulla grande tradizione classica europea. Soprattutto ci si guarda allo specchio dieci anni dopo. E nel mezzo di una guerra mondiale. Giaime Pintor ha, infatti, solo dieci anni in meno di Leone ma in queste circostanze bastano a fare una generazione.

Dopo l'incontro, Pintor, premesso che considera Ginzburg tra le massime intelligenze della cultura italiana, nel suo diario lo definisce un "moralista".

Leone intanto va per la sua strada. Tenta di riprendere in mano le redini della casa editrice, saluta i vecchi amici, si ammala un po', approfitta dei pochi giorni di libertà per stendere in incontri clandestini con i pochi antifascisti attivi ancora in libertà quello che sarà il "Programma in sette punti del Partito d'azione" da cui scaturirà buona parte della Resistenza. Il programma prevede che l'Italia divenga una repubblica libera, democratica e socialista. Fatto ciò, Leone torna al confino.

30 novembre 1941. Intanto, lungo la Moscova, i tedeschi hanno sferrato il secondo assalto alla capitale russa. La temperatura è scesa a 40 gradi sottozero. I soldati che non muoiono sotto il fuoco muoiono assiderati. Perfino le armi s'inceppano a causa del gelo. Ciò nonostante, reparti della 258ª divisione di fanteria riescono a occupare la cittadina di Chimki, distante solo otto chilometri dalla periferia di Mosca. Stalin, però, non si perde d'animo. Sebbene i tedeschi siano a venti chilometri dalla Piazza Rossa, si ostina a non abbandonare la città.

Dopo aver saputo da una spia che i giapponesi si preparano alla guerra contro gli Stati Uniti, con una decisione ritenuta folle, il dittatore sovietico ha sguarnito l'intera frontiera orientale trasferendo tutte le truppe in difesa di Mosca. Tre armate di soldati siberiani abituati a combattere a temperature impossibili fanno la loro apparizione sul fronte. Li seguono cavalieri cosacchi, mongoli e turchestani. La città, però, è sotto attacco da tre diverse direttrici. Risalendo da sud, il generale Heinz Guderian riesce a tagliare la ferrovia tra Tula e Serpukhov. In previsione della conquista di Mosca, Guderian, dopo aver sbaragliato francesi e inglesi, ha trasferito il proprio quartier generale nel villaggio di Jasnaja Poljana dove nacque e dov'è sepolto Leone Tolstòj.

Dicembre 1941. Tornato al confino tra le montagne dell'Abruzzo, nell'unica stanza riscaldata della canna della stufa che corre lungo il soffitto, mentre a Jasnaja Poljana si combatte a 40 gradi sottozero, Leone Ginzburg completa la prefazione a *Guerra e pace*, il capolavoro omerico che Leone Tolstòj compose nell'arco di sette anni proprio in quello sperduto villaggio a cento chilometri da Mosca, dove, dopo aver trascorso la gioventù a giocare a dadi e ad assediare Sebastopoli, si era ritirato nelle tenute di famiglia in compagnia della moglie diciassettenne, sposata a una settimana dal fidanzamento, la quale, mentre il marito componeva le sue epopee, gli avrebbe partorito tredici figli.

Per la piena comprensione di *Guerra e pace*, Ginzburg ritiene fondamentale la differenza fra "personaggi storici e personaggi umani". I personaggi umani "amano, soffrono, sbagliano, si ricredono, cioè, in una parola, vivono". I personaggi storici, invece, "sono condannati a recitare una parte che non è scritta da loro" anche se s'illudono sempre d'improvvisarla. Quando Pierre Bezuchov – uno dei personaggi principali – s'innamora, Tolstòj rende il mondo intero partecipe del suo sentimento e lo circonda di simpatia. Secondo Ginzburg, questo accade per una ragione inesorabile: "Pierre è un uomo, e fa parte del mondo umano." Napoleone, invece, dopo aver conquistato Mosca, cerca di organizzarne la vita con la sua instancabile energia ma la città non risponde a nessuna delle sue precise e opportune disposizioni, sprofondando in una sordità di caos e saccheggi. È ovvio, commenta Ginzburg: "Napoleone è un personaggio del mondo storico, la sua voce non giunge fino al mondo umano."

Poi, dopo aver scritto questa frase, forse Leone getta uno sguardo a Carlo e Andrea che hanno cosparso di giocattoli il pavimento sotto il tavolo dove lui lavora, a Natalia che corregge le ultime bozze del suo primo romanzo in uscita per Einaudi, e, pensando a Tolstòj che si ritira a Jasnaja Poljana sforzandosi di essere un buon marito per una moglie migliore di lui, un buon padre per i suoi tredici figli e un buon padrone per le sue centinaia di servi, aggiunge: "Il ritorno alla vita privata dopo questa esperienza [la guerra] non è una menomazione, ma bensì il ritrovamento dell'unica attività spontanea e creativa: quella che ognuno compie stando al posto suo, e non venendo meno – per quello che può – al suo dovere [...] Questa normalità e naturalezza di vita è lontana dal mondo della necessità e dei fenomeni elementari [...] come la pace è lontana dalla guerra. *Guerra* è il mondo storico, *pace* il mondo umano." Le simpatie di Tolstòj – conclude Leone – andavano a quest'ultimo.

7 dicembre 1941. Le forze aeronavali giapponesi attaccano a sorpresa le installazioni militari statunitensi stanziate nella base navale di Pearl Harbor, nelle isole Hawaii, distruggendo buona parte della flotta da guerra americana. L'Italia, in osservanza del patto tripartito che la lega a Giappone e Germania, dichiara guerra agli Stati Uniti d'America.

15 dicembre 1941. L'Armata rossa riconquista la cittadina di Klin. Se pur stremati, i russi hanno trovato la forza per sferrare un contrattacco vittorioso. I tedeschi si ritirano. Mosca è salva. Le perdite sono enormi.

1942

Gennaio 1942. "Ciao, non dimenticateci, voialtri cittadini, perché l'oblio aggiunto alla solitudine sarebbe una sorte troppo triste." Con queste parole Leone saluta l'amico Franco Antonicelli in una lettera del 3 gennaio. Ginzburg, dopo il breve soggiorno a Torino, è di nuovo sepolto sotto la neve di Pizzoli.

Il 10 gennaio la casa editrice Einaudi pubblica il romanzo *La strada che va in città*, dell'autrice esordiente Alessandra Tornimparte. È il terzo volume della nuova collana "Narratori contemporanei" (il primo era stato *Paesi tuoi* di Pavese). Alessandra Tornimparte è Natalia Ginzburg, costretta a occultare la propria identità all'apparire del suo primo libro perché ebrea. Il breve romanzo narra una storia familiare dal punto di vista di una povera contadina sedicenne ai cui occhi il mondo appare insondabile, grande e terribile. Il titolo è stato scelto da Leone, Tornimparte è il nome di un paese presso Pizzoli da dove i Ginzburg ricevono e spediscono i loro bauli d'internati.

Il 15 gennaio sul "Popolo d'Italia", il giornale di Mussolini, Goffredo Coppola, grecista dell'Università di Roma, attacca la casa editrice Einaudi, rea di pubblicare libri di autori nati in Russia, nazione con cui l'Italia è in guerra. Coppola se la prende con Lev Tolstòj e con il suo *Guerra e pace*, finalmente dato alle stampe dopo la lunga revisione di Ginzburg. Il grecista denuncia come caso d'intelligenza con il nemico il fatto che il nome del grande romanziere non sia stato italianizzato in Leone Tolstoi. Soprattutto, pur non comparendo ufficialmente in alcun luogo il nome di Ginzburg, Coppola, evidentemente ben informato, denuncia che l'esattezza ortografica di quello di Tolstòj sarebbe da attribuirsi alla "giudaica scrupolosità di forestiero" del curatore anonimo.

In un articolo su "Primato", la rivista diretta da Bottai, ministro della Cultura popolare fascista, Giaime Pintor difende Ginzburg sempre senza mai nominarlo: "Che cosa vuol dire 'giudaica scrupolosità di forestiero'? Il nome Tolstòj si scrive così, e il fatto che l'Italia fascista sia in guerra con la Russia bolscevica non è una buona ragione per sbagliare l'ortografia dei nomi propri." Ha gioco facile Pintor a inchiodare Coppola alla sua grettezza intellettuale. L'onore del Ginzburg traduttore è salvo. Non una parola, però, viene spesa in difesa dell'ebreo innominabile. Il violento attacco polemico di Coppola compariva in un articolo intitolato *Guerra di religione.*

22 gennaio 1942. Convocati in segreto da Göring, i più fidati alti ufficiali e burocrati nazisti vengono informati della "Soluzione finale della questione ebraica" e sollecitati ad attuarla. La conferenza si tiene in una villa sulla riva del lago Wannsee, nei pressi di Berlino, a pochi metri di distanza dal punto in cui il 21 novembre 1811, Heinrich von Kleist, il più grande scrittore romantico tedesco (tradotto, fra l'altro, in Italia proprio da Pintor), compiuti i trentaquattro anni e oramai respinto da tutti gli editori, spara con l'assenso di lei un colpo al cuore alla sua amica Henriette Vogel e, poi, rivolgendo la pistola contro di sé, si spara alla testa.

Nel corso della conferenza di Wannsee, dopo varie discussioni, i vertici nazisti decidono lo sterminio totale della "razza ebraica" in Europa. Heydrich propone l'uccisione di oltre undici milioni di ebrei, l'intera popolazione ebraica europea, compresa quella di paesi alleati come l'Italia o amici come la Spagna. Tutti approvano.

A questo punto resta solo da decidere il modo. Le fucilazioni di massa, infatti, eseguite fino a questo momento sul fronte orientale da gruppi speciali delle SS, a lungo andare stanno creando fastidi psicologici ai soldati tedeschi. Soprattutto quando chiamati a fucilare uno dopo l'altro centinaia di donne e bambini.

Marzo-aprile 1942. In una mattina di fine inverno o, forse, d'inizio primavera, a Cusano Milanino Luigi Scurati viene condotto a conoscere i tedeschi. Temuti da tutti, si sono installati in tre villette requisite per l'alloggio degli ufficiali del corpo aereo tedesco e del corpo contraereo che vanno prendendo possesso del vicino campo di volo di Bresso e della difesa del cantiere aereonautico della Breda. Ve lo conduce il barbiere del paese, la cui bottega si trova di fianco alla cartoleria degli Scurati. L'uomo è uno dei pochissimi a poter accedere alle ville del comando germanico e qualche volta si fa accompagnare da ragazzini del paese curiosi e spaventati. Durante una di queste visite nell'antro, mentre il barbiere rade gli impeccabili ufficiali germanici, il piccolo Luigi nasconde una bomba a mano sotto il cappotto. È terrorizzato ma lo fa comunque. Si tratta della granata da lancio standard, la Stielhandgranate 24, ma lui non lo sa perché tutti in paese, a causa del caratteristico lungo manico di legno, chiamano "schiacciapatate" quell'oggetto terribile e seducente. Appena Luigi mostra il trofeo a suo padre Antonio, l'uomo, senza dire una parola come suo solito, gliela sequestra, inforca la bicicletta e va a gettarla nel Seveso.

5 aprile 1942. Adolf Hitler, che dopo l'insuccesso di Mosca ha assunto personalmente il comando delle operazioni in Russia, dirama la direttiva 41. È il piano di battaglia della operazione Blu (in tedesco: *Fall Blau*), nome in codice assegnato alla nuova grande offensiva sul fronte orientale. Gli obiettivi politico-strategici di

Fall Blau sono l'invasione del Caucaso, l'occupazione dei bacini del Don e del Volga, la conquista del centro industriale di Stalingrado e dei suoi pozzi petroliferi. Il raggiungimento di questi obiettivi, stabiliti personalmente dal Führer, permetterebbe alla Germania di ottenere le risorse agricole, energetiche e petrolifere, necessarie a continuare con successo una lunga guerra aeronavale globale contro le potenze anglosassoni. La sciagurata ostinazione di Hitler predispone una condotta tattica che condurrà al sacrificio di milioni di combattenti. In questo modo, la vittoria o la sconfitta del nazismo finirà con il dipendere dalla conquista della città che porta il nome di Stalin.

Maggio-giugno 1942. A Napoli Ida Ferrieri è di nuovo incinta. La gravidanza inizia a intuirsi sotto gli abiti primaverili. Intanto, la razione base di pane è stata ridotta ancora. La si è fissata in 150 grammi, 250 per i lavoratori semplici, 350 per i lavoratori pesanti e 450 per i pesantissimi. Peppino Ferrieri, che un lavoro regolare non lo ha, ne è escluso. I pupi non danno pane.

26 maggio 1942. "Motto per i primi volumi dell'Universale: 'Will, und kann nicht'. Fate di cambiarlo." Con questo sarcasmo – il motto tedesco sta per "vorrei ma non posso" – Ginzburg conclude la lettera a Einaudi con la quale commenta i primi titoli della collana "Universale", progettata dai nuovi collaboratori della casa editrice con l'obiettivo di portare a un largo pubblico una collezione di opere fondamentali. Leone ne approva l'intento e ne loda alcuni aspetti ma subissa di critiche la sciatteria del risultato complessivo: le copertine stingono, gli errori di stampa sono "davvero orripilanti", le sviste, gli equivoci e le imprecisioni di alcune note e prefazioni "penose". La polemica a distanza con la decadenza della sua amata creatura è, dunque, riaperta. Soprattutto a Leone sembra dispiacere la scadente resa editoriale de *La sonata a Kreutzer*, un'altra opera di Tolstòj da lui tradotta al confino nei mesi precedenti: "In tutti i volumi le bozze sono mal corrette, anche in Tolstòj, dove manca una quantità di virgole." Il motto di quest'uomo esiliato e irriducibile, se ne avesse uno, sarebbe "non una virgola in meno".

20 giugno 1942. Dopo mesi di assedio, Sebastopoli cade. Le truppe d'assalto tedesche conquistano il forte Lenin. Dividendo i difensori in due sacche, la fanteria dell'Asse raggiunge il mare. Ha lasciato lungo la strada circa duecentomila cadaveri. Ora l'offensiva nel Caucaso può cominciare.

Con Sebastopoli cade la più grande fortezza del mondo, la stessa che nel 1855 Leone Tolstòj, ufficiale di artiglieria, aveva difeso dall'assedio di inglesi, francesi e turchi. Sconfitto, ne aveva, però, cavato il primo resoconto realistico e antieroico della guerra nella storia della letteratura moderna, *I racconti di Sebastopoli.* "Il mio eroe è la verità," vi si trova scritto. "Perché si fanno le guerre?" Su questo interrogativo si chiude il libro.

28 luglio 1942. Le armate di Hitler sono alle porte di Stalingrado. Durante tutto il mese precedente, un milione di soldati del Reich, armati con duemilacinquecento carri armati e supportati da seicentomila rumeni, ungheresi e italiani, hanno dilagato nella steppa assolata del Caucaso ottenendo vittorie colossali sull'Armata rossa.

In Africa, intanto, le armate italiane e tedesche, entrambe poste sotto il comando di Rommel, preceduto dalla fama di generale invincibile, hanno di nuovo ribaltato la situazione e ora minacciano Il Cairo. Tobruk è già stata riconquistata il 30 giugno insieme a trentamila prigionieri inglesi.

In questo preciso momento, mentre nel calendario astrologico tropicale lo zodiaco entra nel segno del Leone, Adolf Hitler regge il più vasto impero di ogni tempo, dall'Atlantico al Volga, dalla Norvegia all'Egitto. Se Rommel dovesse raggiungere Suez e Friedrich Paulus, che comanda la 6ª armata tedesca, dovesse entrare a Stalingrado, le due punte avanzate dell'offensiva nazista contro il mondo si potrebbero ricongiungere a Gerusalemme.

L'ordine del giorno n. 227 promulgato da Stalin il 28 luglio 1942 non contempla questa ipotesi. "Non un passo indietro!" ordina ai suoi soldati schierati in difesa di Stalingrado.

Agosto 1942. "Noi siamo entrati in guerra poco preparati eppure resistiamo da due anni. Chi lo avrebbe detto? Quando sarà finita dovrai rivedere tutte le tue idee sull'anima nazionale. Non sapevi che esisteva eppure eccola!" Nelle pagine del suo diario, nonostante la terribile sequela di disastri e sconfitte, Cesare Pavese vive momenti di intima esaltazione per la guerra di Mussolini. Subito dopo si volge, commosso, alla contemplazione della campagna: "Che dolcezza rivedere le tue colline in un mese in cui non le avevi mai viste." Finita la guerra, caduto il fascismo, queste pagine verranno strappate dal diario che sarà pubblicato da Einaudi con il titolo *Il mestiere di vivere.* Che diverrà un libro celebre e giustamente amato. Le pagine censurate arriveranno al pubblico soltanto a fine secolo, sotto il titolo di *Taccuino segreto.*

Agosto-settembre 1942. "Stalingrado non è più una città. Di giorno è un'enorme nuvola di fumo accecante. E quando arriva la notte i cani si tuffano nel Volga, perché le notti di Stalingrado li terrorizzano." Lo annota in questi giorni nel suo diario un soldato sovietico. La fase più drammatica della battaglia, dal suo punto di vista, è iniziata il 21 agosto quando la 6ª armata del generale Paulus conquista teste di ponte a est del Don e lancia le sue forze corazzate nella regione settentrionale della città. La Luftwaffe esegue il primo devastante e massiccio bombardamento a tappeto, portando strage tra la popolazione civile. Stalin, per dare un messaggio di tenacia, l'ha sacrificata proibendone l'evacuazione. La difesa contraerea è retta da un gruppo di ragazze-soldato.

Nei primi giorni di settembre la situazione dei resistenti precipita: la 6ª armata tedesca, sotto il comando del generale Paulus, attacca frontalmente la città. La battaglia si trasforma in una lotta quartiere per quartiere, palazzo per palazzo e stanza per stanza. La grande storia della guerra si sminuzza nella cronaca feroce di sbudellamenti tra il bagno e la cucina, entrambi sventrati. La popolazione civile è finalmente evacuata. Ora, però, si dà in pasto al caos: gli approdi dei battelli sono distrutti, i battelli colpiti sistematicamente dagli aerei tedeschi. Tutto intorno, la città, arata dai bombardieri, è preda degli incendi, le truppe sovietiche sono asserragliate nei palazzi in rovina o nelle fabbriche devastate, i quartier generali disposti in precari bunker sul margine del fiume, i depositi di petrolio in fiamme.

Settembre 1942. Dal diario di Cesare Pavese: "Tutte queste storie sulle atrocità naziste che spaventano i borghesi che cosa sono di diverso dalle storie sulla Rivoluzione francese, che pure ebbe la ragione sua? Se anche fossero vere, la storia non va coi guanti. Forse il vero difetto di noi italiani è che non sappiamo essere atroci."

Settembre-ottobre 1942. A Napoli la guerra aerea registra un cambio di strategia. Si passa dal bombardamento strategico a quello a tappeto. Non si mira più principalmente a obiettivi militari, a infrastrutture e impianti industriali ma all'intero corpo della città, martellato in tutta la sua estensione, indifferentemente, da bombardieri pesanti.

Settembre 1942. A Cusano Milanino il piccolo Luigi subisce quello che ricorderà come il peggior torto della sua infanzia. Rimandato agli esami di riparazione, durante l'estate va a lezione dal maestro Bellotti, insegnante molto stimato, figlio di una maestra e di un direttore didattico, allontanato dalla scuola perché omosessuale. Quando la maestra Greppi, fascistissima, lo viene a sapere, lo fa bocciare. Luigi deve ripetere la seconda elementare.

5 ottobre 1942. A Napoli, sotto i bombardamenti pesanti, Ida Ferrieri dà alla luce una bambina. La madre ha tentato tre volte di abortire con sistemi rudimentali poi, non essendoci riuscita, si è votata alla Madonna del Rosario perché la facesse nascere sana. La bambina è gracile, cianotica ma non ha infermità e, soprattutto, è viva. Le danno nome Rosaria, in onore della sua salvatrice. Adesso nel basso di via Settembrini 110 i Ferrieri ci vivono in otto.

14 ottobre 1942. A Stalingrado i tedeschi sono a un passo dalla vittoria. Grazie a un ennesimo grande attacco, sono giunti alla riva occidentale del Volga dove hanno conquistato la fabbrica dei trattori annientando la divisione siberiana del generale Zoludev. Per sfuggire al martellamento dell'aeronautica, i sovietici sono costretti a contrattaccare di notte con piccole colonne d'assalto che combattono con fucili automatici o all'arma bianca.

22 ottobre 1942. Nonostante le puntate polemiche, da Pizzoli Ginzburg continua a svolgere il suo lavoro assiduo per Einaudi. Sceglie collaboratori, affida curatele, rivede traduzioni, consiglia nuovi titoli, corregge bozze, scrive prefazioni. Di tanto in tanto, la fittissima, pragmatica corrispondenza editoriale rallenta per un attimo il passo e lascia affiorare un fondo di malinconia: "Sono contento di poter scrivere a lei stasera, perché sono gonfio di Spleen, e la sua figura, che vedo baluginare in lontananza, mi riallaccia un po' a un mondo per me più naturale. Avrei voglia di parlare dei poeti siciliani con lei," scrive Leone a Santorre Debenedetti, maestro remoto.

24 ottobre 1942. Ottantotto Lancaster inglesi, presa la rotta attraverso la Francia, giungono in formazione sopra Milano. Sganciano bombe da quattromila libbre e, soprattutto, trentamila bombe incendiarie. Impuniti – data l'inefficacia della contraerea –, i giovani piloti inglesi si abbassano addirittura a mitragliare la popolazione. Risultano colpite varie aree della città, dal Cimitero monumentale a piazzale Bacone al Palazzo di giustizia al Parco Solari. Le vittime sono centocinquanta, i feriti più di trecento. La notte successiva ritornano. I milanesi iniziano a intuire cosa li attende.

31 ottobre 1942. Ciò che li attende lo chiarisce il presidente degli Stati Uniti Roosevelt in una lettera a Churchill: "Deve essere un nostro irrinunciabile programma un sempre maggior carico di bombe da sganciare sull'Italia e sulla Germania."

18 novembre 1942. Churchill non si fa pregare. Settantasette aerei del Bomber Command inglese piombano su Torino alle 21,30 e per due ore scagliano sulla città 91 bombe dirompenti e diverse migliaia di spezzoni incendiari. Nei giorni successivi i raid si ripetono. Il 20 novembre una nuova incursione provoca 42 morti e 72 feriti. Due notti più tardi un ulteriore attacco: una forza di 232 aerei, 86 Lancaster, 54 Wellington, 47 Halifax e 45 Stirling devasta la città con 177 bombe dirompenti e decine di migliaia di spezzoni incendiari. Bilancio: 117 morti e 120 feriti. Il Bomber Command mette a verbale la propria soddisfazione: "Un altro attacco coronato da successo."

19 novembre 1942. L'inverno arresta l'offensiva tedesca a Stalingrado. I comandi sovietici decidono di tentare una disperata controffensiva. Si tratta di predisporre un'operazione di enormi dimensioni per accerchiare con una manovra a tenaglia le armate dell'Asse tra il Don e il Volga. Il nome in codice è operazione Urano.

4 dicembre 1942. Aeroplani americani volano per la prima volta nel cielo sopra Napoli. Sono venti B-24 Liberator della 9th Air Force di base in Africa. I liberatori portano il bombardamento a tappeto sulla città. Colpiscono tre incrociatori nel porto, poi planano sopra il Vesuvio, tornano indietro e devastano case, chiese, ospedali, uffici attorno a via Toledo e nella zona di Porta Nolana. Pochi giorni dopo, in un nuovo attacco distruggono completamente l'Ospedale Loreto.

Secondo fonti americane, i due attacchi disseminano la città di più di mille morti. Nella piazza antistante il Palazzo delle Poste di via Monteoliveto, una bomba centra il tram n. 9, zeppo di passeggeri e bloccato sulle rotaie contorte dal fuoco degli spezzoni incendiari. I cadaveri restano seduti e composti, come fossero vivi, in attesa della partenza.

7 dicembre 1942. Il prefetto di Napoli dispone la chiusura delle scuole di ogni ordine e grado. Pochi giorni prima, Mussolini, durante un drammatico discorso alla Camera dei fasci e delle corporazioni, aveva ammesso per la prima volta la gravità dei bombardamenti su Napoli e sulle altre città italiane: "Bisogna sfollare la città dalle donne e dai bambini. Nella città, di notte, restino solo i combattenti," conclude il duce tirando un primo desolante bilancio di due anni di guerra e di bombardamenti. Alle porte della città si ammassano folle di disgraziati in cerca di salvezza nelle campagne. Anche Ida Ferrieri, dopo l'inferno del 4 dicembre, decide di partire per mettere in salvo i suoi cinque figli. L'ultima nata, Rosaria, compie quel giorno due mesi di vita.

12 dicembre 1942. I sovietici attaccano il fronte italiano sul Don. Nei giorni precedenti, a dispetto di tutto, l'operazione Urano ha avuto successo. La tenaglia sovietica si sta chiudendo sull'armata tedesca che si va rinserrando in quella che si definisce "fortezza Stalingrado". Hitler ha proibito la resa dei suoi soldati. Ordina a Paulus di morire combattendo fino all'ultimo uomo.

Anche in Africa i tedeschi si ritirano: l'11 novembre gli inglesi hanno fermato e battuto Rommel a El Alamein. Lo sbarco degli americani in Tunisia ha chiuso la partita su quel fronte.

Sul Don per gli italiani è impossibile qualsiasi resistenza. L'intera unità alpina nella piana di Kalitva non dispone di una sola arma controcarro semovente. Travolti, privi di armi per difendersi, di cibo per nutrirsi e di mezzi per mettersi in salvo, esposti inermi agli attacchi di un nemico di cui hanno invaso la terra, sepolti in una tempesta di neve a trenta gradi sottozero e a diecimila chilometri da casa, i centocinquantamila uomini della 8ª armata italiana si sbandano. La Tridentina, l'unica divisone ancora salda, guida una colonna di disperati che si allunga con una profondità di trenta chilometri nella steppa ghiacciata. Nel giro di poche ore non sono più un esercito, sono una legione di fantasmi che vaga nel crepuscolo in cerca di una via di salvezza. A migliaia, gli sfiniti, inginocchiati lungo le piste segnate dai morti, tendono le mani congelate come se sperassero in un'elemosina.

14 dicembre 1942. "Illustre e caro senatore, Le scrivo a Napoli, sebbene ritenga che Ella difficilmente possa esserci ancora. Vorrei avere notizie sue, dei suoi, della sua biblioteca. Mi mandi due righe, per tranquillizzarmi." Leone, saputo dei tremendi bombardamenti su Napoli, è in pena per la sorte del filosofo, della sua famiglia e dei suoi libri.

Come Ginzburg aveva supposto, Croce è già sfollato a Sorrento dove è riuscito anche a mettere in salvo parte della sua preziosa collezione di manoscritti. La lettera spedita da Pizzoli non raggiungerà il filosofo. In ogni caso, porta anche buone notizie: "Noi stiamo bene. Avremo un figlio (abruzzese) verso il principio della primavera. Gli altri due crescono bene."

I libri, i figli, le case abitate o evacuate. La vita privata, nonostante tutto, ancora si attiene a quest'epica primitiva. Le bombe non ne spezzano la trama elementare. Un nome proprio, una data di nascita e una di morte, la sequenza che troviamo sui documenti anagrafici o sulle tombe.

A Napoli, il 16 dicembre, mentre Ida Izzo si prepara a partire per mettere in salvo i figli, riceve la visita di suo nipote. Enzo Civile, vent'anni compiuti da poco, le annuncia che, a dispetto di tutto, ha deciso di sposarsi in primavera.

1943

18 gennaio 1943. A Varsavia venticinquemila ebrei sono incolonnati in attesa di essere deportati fuori dal ghetto. Quindicimila sono destinati alla fabbrica di munizioni di Lublino, diecimila ai campi di sterminio.

Da quando, all'inizio del 1940, i nazisti hanno cominciato a concentrare in Polonia oltre tre milioni di ebrei, a Varsavia sono stati stipati mezzo milione d'individui. La loro frequenza di mortalità per fame o per malattie ha raggiunto presto la cifra di duemila persone ogni mese. Poi, dopo la conferenza di Wannsee, durante la quale è stata pianificata la "Soluzione finale", sono cominciati i "trasferimenti".

Il 18 gennaio 1943, mentre la colonna percorre la via Kiska in direzione della Umschlagplatz, all'incrocio con via Zamenhof, alcuni membri della Organizzazione ebraica di combattimento, infiltrati tra i deportati e comandati da Mordechaj Anielewicz, aprono il fuoco contro i tedeschi e le guardie ucraine. È la prima ribellione armata dall'inizio della guerra.

Gennaio 1943. Per sfuggire ai continui bombardamenti su Napoli, Ida Ferrieri si rifugia a Cerreto Sannita con i cinque figli, la più piccola dei quali, Rosaria, ha appena tre mesi di vita. I più grandi, Franco e Tonino, di dodici e dieci anni, battono le campagne in cerca di cibo. Durante una di queste sortite, un bimotore inglese si abbassa a mitragliare i due ragazzini che trasportano un sacco di patate. Franco e Tonino si salvano gettandosi in un fosso. Peppino Ferrieri, loro padre, è rimasto a Napoli per volontà del duce che ha proibito ai maschi adulti abili al combattimento di abbandonare le città. Appena può, Peppino raggiunge i familiari nel Sannio con qualche tocco di carne nascosto sotto la giacca.

23 gennaio 1943. "Il sottoscritto, Leone Ginzburg, internato a Pizzoli (L'Aquila), chiede l'autorizzazione di trascorrere a proprie spese a L'Aquila il periodo, presumibilmente di una quindicina di giorni, in cui la moglie Natalia Levi, con lui convivente a Pizzoli, si recherà in quella città, per partorire (a proprie spese), alla Clinica di Sant'Anna." Nella sua lettera alla Direzione generale della pubblica sicurezza di Roma, Leone ricorda di aver chiesto in precedenza l'autorizzazione ad accompagnare Natalia a Torino in occasione del parto e di esser poi stato costretto a modificare la richiesta a causa dei gravi danni subiti dal loro alloggio durante gli ultimi bombardamenti.

31 gennaio 1943. Con ciò che resta della 6ª Armata, accerchiata oramai da due mesi, disobbedendo agli ordini di Hitler, il generale Paulus si arrende ai sovietici. La battaglia di Stalingrado è finita. La vittoria sui nazisti è costata ai russi mezzo milione di morti. Dei 320.000 soldati tedeschi che hanno assalito Stalingrado, 150.000 sono cadaveri sepolti dalla neve. I superstiti, circa 90.000, vengono deportati in Siberia. Ne torneranno a casa solo 5000. Quasi uno su venti.

7 febbraio 1943. A Napoli una squadriglia di Liberator devasta via Marina. Dall'inizio di gennaio le incursioni sono divenute quasi quotidiane. La popolazione regredisce a una forma di vita catacombale. Scende quotidianamente nel sottosuolo della città dove centinaia di cavità scavate in profondità nel sostrato tufaceo offrono riparo sotto strati di materiali vulcanici e di detriti. In via Salvator Rosa, grande pittore di battaglie, s'inaugurano i cimiteri provvisori. Dove i vigili del fuoco non riescono a portare soccorso, un velo di calce e una bandiera testimoniano fra le macerie la presenza di salme in attesa di escavazione.

16 febbraio 1943. Luigi Scurati accompagna suo padre Antonio a Milano dove l'uomo, con pazienza imbattibile, continua a cercare forniture per la cartoleria. La gente ha il colore delle macerie, i palazzi sventrati si mostrano in spaccato, come nei modellini di architettura per le scuole. Gli si contano le vertebre. Alzando la testa dalla strada, nell'interno degli appartamenti sconciati, si vedono pareti adorne di quadri e letti di ferro in bilico sulla voragine.

Mentre Antonio e Luigi transitano in bicicletta da via Disciplini, nei pressi della basilica di San Lorenzo, si sentono delle urla. La folla accorre. Antonio ferma la corsa, affida la bicicletta al figlio e gli ordina di aspettarlo su quel lato della strada. Luigi guarda di lontano il padre scavare a mani nude tra le macerie. Pare sia stata individuata una famiglia di cadaveri. Luigi alza di nuovo lo sguardo. Sul muro di fronte, una scritta colossale a vernice nera: "Colpa degli anglo-assassini." Le lettere si allungano in colature verticali.

Marzo 1943. Ondata di scioperi nelle fabbriche del Nord Italia. È la prima aperta manifestazione di dissenso di massa nei confronti del regime fascista.

5 marzo. A Napoli bombardata piazza Cavour. Crollano i palazzi adiacenti il Teatro Partenope e il San Carlino, dove Peppino Ferrieri ha da poco terminato uno spettacolo dei suoi paladini di Francia. Peppino si salva rifugiandosi nella stazione sotterranea della metropolitana. Sui muri campeggia la scritta "Non correre, non gridare, non agitarsi" e le norme dell'Unione nazionale protezione antiaerea che prevedono per i ricoveri provviste d'acqua, di cloruro di calce, sabbia, pale, picconi, torce elettriche, pronto soccorso, viveri. Ma nella sotterranea non c'è nemmeno una di queste cose. Non ci sono neanche l'iposolfito di sodio per impermeabilizzare gli ingressi, il feltro, il grasso, lo stucco per isolarli, le cimose per turare le fessure. Il rifugio è una fungaia brulicante di gente terrorizzata. Mentre le sirene urlano un nuovo allarme aereo, dietro un telo una donna partorisce una bambina. Peppino capisce.

13 marzo 1943. Per ordine dello Sturmbannführer Willi Haase, i nazisti liquidano il ghetto di Cracovia. Ottomila ebrei reputati abili al lavoro sono deportati al campo di concentramento di Kraków-Płaszów, gli altri nel campo di sterminio di Birkenau. Circa duemila persone, considerate inabili, soprattutto bambini e anziani, vengono fucilate seduta stante nelle strade del ghetto davanti alle porte delle case dove avevano vissuto e giocato.

20 marzo 1943. Nella clinica Sant'Anna all'Aquila, Natalia partorisce una bambina. Le danno nome Alessandra. A Giovanni Albano, il medico che ha portato alla luce la sua prima figlia femmina, Leone dona una copia de *La sonata a Kreutzer* di Tolstòj nella traduzione eseguita interamente a Pizzoli: "Al prof. Giovanni Albano, cordiale e riconoscente omaggio del traduttore – Leone Ginzburg – L'Aquila 28 marzo 1943," recita la dedica scritta da Leone di suo pugno. È l'unica copia di questa edizione in cui compaia il nome di Ginzburg, assente da tutte le altre a causa delle leggi razziali.

Rientrato a Pizzoli, come sempre, Leone si rimette al lavoro sui suoi libri: "Lavoro in condizioni difficili con pochi libri e molti bambini attorno," scrive all'amico Franco Antonicelli, anche lui editore, e, mentre lo scrive, sorride (o, almeno, così ci piace immaginarlo).

4 aprile 1943. Bombe su Napoli. Colpite le zone di corso Garibaldi e via Depretis. Duecentoventuno morti accertati e 387 feriti.

15 aprile 1943. Altre bombe su Napoli. Colpite le zone di piazza Amedeo e via Medina. Cento morti accertati.

19 aprile 1943. Il ghetto di Varsavia insorge. Gli ebrei vi combattono contro il più potente esercito del mondo armati di pistole e di qualche fucile.

24 aprile 1943. Ancora bombe su Napoli. Colpito il Parco Margherita e via Morghen. Cinquanta morti accertati.

13 maggio 1943. Gli Afrika Korps si arrendono agli americani dopo averli sempre e sistematicamente battuti sul campo. La sproporzione dei mezzi a disposizione è invincibile. La guerra in Nord Africa è terminata. Realizzando a rovescio il sogno di Mussolini, i soldati italiani e tedeschi marciano fianco a fianco diretti ai campi di prigionia.

12 maggio 1943. Da una lettera inviata al ministero apprendiamo che Natalia non è in buona salute: le è stata diagnosticata "una punta di nefrite". Leone, che chiede il trasferimento in un paese in provincia di Aosta dove Natalia sarebbe assistita dalla madre, fa presente le difficili condizioni della moglie: reduce da una malattia tubercolare, priva di aiuto nelle faccende domestiche, affaticata dall'allattamento e con altri due bambini in tenera età cui badare. In tutto questo, la Ginzburg è riuscita a completare il suo primo romanzo.

16 maggio 1943. L'insurrezione del ghetto di Varsavia è soffocata. Dopo quattro settimane di combattimenti anche le ultime sacche di resistenza sono eliminate. Il Brigadeführer Stroop annuncia che "il ghetto di Varsavia ha cessato di esistere".

30 maggio 1943. Sessantesima incursione aerea su Napoli. Enzo Civile, il nipote comunista di Ida Ferrieri, si vede costretto a rimandare ancora la data del suo matrimonio.

Giugno 1943. A Cusano Milanino Luigi e i suoi due amichetti Franco-Amelia e Franco-Lina giocano in strada. Il rombo dell'aeroplano che li sorvola nemmeno li distoglie dal far girare la trottola, talmente ci sono abituati. Da una villetta adiacente, però, esce sulla veranda un uomo a torso nudo. Indossa solo i pantaloni del pigiama, impreca e imbraccia un fucile. Lo punta contro l'aeroplano e apre il fuoco. Il pilota vira, scende a bassa quota e mitraglia l'imbecille. I bambini, che hanno oramai sviluppato tra la milza e il fegato un radar per il pericolo, si gettano per tempo nei rovi di more.

15 giugno 1943. Leone scrive a Santorre Debenedetti: "Qui c'è un tempo bellissimo. Io lavoro con passione, i bambini crescono. Sono qui da tre anni (l'anniversario era ierlaltro), ma mi sembrano tre secoli; eppure io non mi sento ancora vecchio di trecentotrentaquattro anni. Non so dirle neppure io se sono di buono o di cattivo umore." Noi invece non sappiamo dire con certezza con quale disposizione d'animo Leone stesse lavorando nel terzo anniversario del suo confino. La parola che compare nella prima riga dopo "lavoro" ("Io lavoro con passione") è, infatti, scarsamente decifrabile perché coperta dal timbro con cui la censura fascista marchia tutte le lettere in questo periodo. Il timbro recita: "Vinceremo!"

4 luglio 1943. A Kursk termina la più grande battaglia di mezzi corazzati della storia. La vittoria sovietica pone fine alla terza e ultima offensiva tedesca sul fronte orientale. Da questo momento in avanti i tedeschi combatteranno quasi solo ritirandosi verso la Germania. Inizia la cavalcata che condurrà l'Armata rossa a Berlino.

10 luglio 1943. Con l'operazione Husky americani e inglesi prendono d'assalto la "fortezza Europa". La breccia è la Sicilia. La 7ª armata del generale Patton sbarca fra Licata e Gela, mentre l'8ª armata, comandata dal generale Montgomery, sbarca fra Pachino e Siracusa. Gli Alleati portano al largo delle coste sicule 1375 navi, 1124 mezzi da sbarco, 4000 aerei e circa 160.000 uomini con 600 carri armati e 800 camion. È di gran lunga la più grande flotta che abbia mai navigato le acque del Mediterraneo nella sua storia millenaria.

Nei giorni precedenti, in previsione dell'attacco, Benito Mussolini aveva regalato un nuovo vocabolo al lessico della cultura balneare italiana: "Li inchioderemo sul 'bagnasciuga'", aveva proclamato. Gli italiani, invece, dimostrano di non avere più volontà né motivo di combattere. Le roccaforti di Pantelleria e di Augusta, ben munite e ben difese, consegnano le proprie batterie al nemico senza opporre alcuna resistenza. La marina da guerra italiana rimane all'ancora nel porto di La Spezia perché apparentemente priva di carburante. Lo troverà poche settimane più tardi quando salperà per Malta dove si arrenderà agli inglesi.

13 luglio 1943. Si susseguono i bombardamenti su Torino. Nella notte tra il 12 e il 13 luglio gli spezzoni incendiari colpiscono anche la sede della Einaudi in via Mario Gioda. Gli "einaudiani", però, non sembrano perdersi d'animo. Massimo Mila, germanista, musicologo e compagno di scuola di Ginzburg al D'Azeglio, scrive a Cesare Pavese che si trova a Roma: "L'organizzazione Einaudi ha funzionato splendidamente, e a meno di otto giorni dal sinistro i vari uffici hanno già ripreso il lavoro nei vari locali opportunamente decentrati e a pianterre no." Poi aggiunge: "Questi aviatori inglesi dell'ultima incursione dovevano essere dell'Esercito della salvezza o della Christian Science o che so io. Fatto sta che hanno dimostrato le più feroci intenzioni contro i, diciamo, luoghi di piacere. Il 43 è stato conciato per le feste e il 42 è salvo per miracolo. Purtroppo non ho potuto raccogliere particolari sullo sgombero e l'evacuazione delle inquiline, benché mi sia recato appena ho potuto in devoto pellegrinaggio sui luoghi [...] Fortuna che ci sono le biciclette, il Po e la piscina, se no non si saprebbe più dove vedere un paio di gambe."

Di tutt'altro umore Pitigrilli che scriverà personalmente a Mussolini implorando, con toni lacrimevoli e in nome dei suoi servigi di spia, un risarcimento per la sua abitazione danneggiata dalle bombe. Accluderà foto dell'immobile sinistrato.

19 luglio 1943. Cinquecento B-17 decollano dagli aeroporti dell'Africa settentrionale alle 7 del mattino e giungono indisturbati su Roma quattro ore più tardi. In sei ondate successive, le "fortezze volanti" degli americani bombardano la capitale della cristianità e la storia dell'umanità. Il mondo, non solo quello cattolico, trattiene il fiato.

Vittorio Emanuele III, re d'Italia, recatosi in visita ai sinistrati, è costretto alla fuga dalla reazione della folla. Papa Pio XII, invece, si pianta nel mezzo del popoloso quartiere di San Lorenzo dilaniato dalle bombe e spalanca le braccia come un angelo che stia per spiccare il volo sulle tremila vittime civili. Recita il *De profundis* mentre la folla urla: "Vogliamo la pace."

Mussolini è raggiunto dalla notizia a Feltre, dove si trova a colloquio con Hitler. Lo ha incontrato con l'intenzione di sganciarsi dall'alleanza ma il Führer, come suo solito, ha sproloquiato ininterrottamente per due ore senza che il duce osasse interromperlo per prendere la parola. L'unica interruzione si ha quando un attendente entra nella sala dell'incontro per far sapere che Roma è sotto bombardamento. In una circolare diramata da Mussolini pochi giorni prima si leggeva: "Su Roma se noi vogliamo non volerà neppure una rondine."

25 luglio 1943. Il Gran consiglio del fascismo sfiducia Benito Mussolini. Quando il giorno dopo il duce si reca in visita a Villa Savoia, il re fa arrestare l'uomo nelle cui mani ha consegnato il paese negli ultimi vent'anni. Lo sostituisce con Pietro Badoglio. È la caduta del fascismo.

26 luglio 1943. Rientrato a Torino, Cesare Pavese scrive il suo primo biglietto a Fernanda Pivano, giovane amica e collaboratrice della casa editrice: "Cara Fern, sono arrivato a Torino e sono occupatissimo in quanto il mondo è tutto cambiato. La nuova sede è corso Galileo Ferraris 77, telefono 40810. Si faccia viva."

28 luglio 1943. Operazione Gomorra. Il Bomber Command e la Royal Air Force danno il via ai bombardamenti sistematici sulle città tedesche. Cominciano da Amburgo. L'intensità dell'attacco del 28 luglio è tale da generare una tempesta di fuoco lungo le vie cittadine facendo decine di migliaia di vittime.

28 luglio 1943. A Bari l'esercito apre il fuoco ad altezza d'uomo su un pacifico corteo di studenti e insegnanti antifascisti che muovono verso il carcere chiedendo la liberazione dei prigionieri politici. Sparano sugli inermi anche i fascisti dai balconi della Casa del Fascio. Venti morti e cinquanta feriti. Tra le vittime c'è anche Graziano, il figlio di Tommaso Fiore, anche lui in attesa di essere liberato dal confino in Abruzzo.

29 luglio 1943. Leone, da Pizzoli, scrive alla madre: "Spero di essere liberato presto."

30 luglio 1943. Si rifà vivo anche Roosevelt. Non pago dei risultati raggiunti, scrive a Churchill: "Bombardare, bombardare, bombardare... Io non credo che ai tedeschi piaccia tale medicina e agli italiani ancor meno."

Agosto 1943. Contrariamente ai desideri di Roosevelt, gli "intrusi tedeschi", prevedendo il tradimento degli italiani, cominciano ad affluire in Italia sempre più numerosi in vista di una occupazione militare del paese.

1° agosto 1943. Commentando la caduta del fascismo, Ginzburg scrive a Benedetto Croce: "Illustre e caro senatore, non era neppure cartapesta, dunque, ma carta velina. Ma quasi non c'è posto per la gioia, di fronte alla tragica situazione del Paese. Avevo intenzione di scriverle a lungo dopo la mia liberazione, senonché questa va per le lunghe, giacché la Questura di Aquila mi considera tuttora straniero, avendo perso io la cittadinanza per le leggi razziali [...] Le lascio immaginare, poi, il senso di malinconia e di rabbia che mi dà il continuare a essere considerato straniero nel mio paese."

4 agosto 1943. Uno stormo di quattrocento B-17 sbuca da dietro il Vesuvio. Seguendo quella rotta inusuale, vengono a esaudire i desideri di Roosevelt. Sganciano migliaia di bombe incendiarie, poi scendono a bassa quota a mitragliare la popolazione che fugge. Si accaniscono in particolare sul "corpo di Napoli", un'area del centro storico completamente priva d'interesse militare. L'attacco dura un'ora e un quarto ma distrugge secoli di storia. Ventenni cresciuti nel Kentucky nella più piena ignoranza del mondo radono al suolo la chiesa di Santa Chiara, la più grande basilica gotica della città, edificata per volere di Roberto d'Angiò e della regina Sancha d'Aragona tra il 1310 e il 1340 su un complesso termale romano del I secolo a.C.

7-8 agosto 1943. Riprendono i bombardamenti su Milano. Gli aerei operano ad alta quota. Sganciano, dunque, a caso sul centro cittadino. Attorno a Porta Venezia si disegna un cerchio di fuoco. In corso Buenos Aires i fuggiaschi passano sotto un arco di fiamme creatosi tra le sommità delle fiancate di due palazzi. I sobborghi della città cominciano a popolarsi di sfollati.

Il piccolo Luigi Scurati li vede dormire a centinaia all'aperto tra le campagne attorno a Milanino nelle tiepide notti estive. In una di queste notti, da Cusano si scorgono pire d'incendi levarsi dal lembo estremo di Bresso. "È la casa dei nonni, è la casa dei nonni," urla il bambino. "No, è più in là," lo rassicura la madre e lo rimette a letto. Il giorno dopo Luigi viene condotto a vedere le stalle incenerite della cascina dove abitano i Recalcati, suoi nonni materni. Le carcasse dei pochi animali ancora impiegati nel lavoro dei campi giacciono in terra carbonizzate. "Tanto oramai non servivano più a niente," cerca di consolarlo suo padre.

Ancora bombe anche su Torino. Distrutta anche la nuova sede della Einaudi in corso Galileo Ferraris nella quale la casa editrice si era trasferita dopo la distruzione della sede di via Gioda. L'indomani Cesare Pavese si presenta come ogni mattina tra le macerie dell'ufficio, sgombra la scrivania dai calcinacci e si mette a correggere bozze.

11 agosto 1943. "Cara mamma, sono tornato a Torino ieri. Ho trovato la casa editrice nuovamente distrutta, donde il nuovo trasloco (questa è la casa del senatore, evacuata da lui e dall'inquilino al pianterreno). Sono qui che lavoro in una grande camera al pianterreno, che dà sul giardino. Alla mia destra c'è il tavolo di Pavese, che sta tormentandosi i capelli. Tutto è così normale, così pacifico qui; e invece c'è la guerra, ci sono i bombardamenti e la situazione è piena d'incognite."

La prima lettera da uomo libero Leone Ginzburg la indirizza alla madre, la donna cui non ha mai smesso di scrivere fin da quando era bambino.

13-14-15 agosto 1943. Come una mareggiata, i Lancaster inglesi tornano su Milano a decine di ondate successive per tre giorni consecutivi. I morti sono migliaia, la città cambia volto per sempre. Il giorno 13 agosto i bombardieri colpiscono, tra gli altri, il Palazzo Reale e il museo Poldi Pezzoli; il giorno 14 Santa Maria delle Grazie e la Biblioteca Braidense; il giorno 15 le bombe sfondano il tetto del Teatro alla Scala, danneggiano il Duomo e distruggono alcuni chiostri dell'Ospedale Maggiore in via Festa del Perdono.

Costruito alla metà del Quattrocento, questo era il luogo in cui culminavano i riti dell'Annunciazione nei giorni solenni e penitenziali dedicati alla celebrazione liturgica del perdono durante la quale i fedeli pesavano le azioni compiute, pesavano le opere, i pensieri, le omissioni, chiedevano indulgenza a coloro che si erano offesi e poi, in letizia, si aprivano a nuove possibilità dopo aver chiuso i vecchi conti con la vita.

Ma in questo ferragosto i cadaveri scuri, spiaccicati, inconoscibili si mescolano ai laterizi nella frettolosa opera di smassamento, gli incendi si esauriscono solo per autocombustione e attorno ai giardini pubblici di Porta Venezia, sfuggite alle sbarre divelte dello zoo, le scimmie si rincorrono urlanti sui davanzali dei palazzi in fiamme.

GLI ADDII

Tiriamo le somme. Quando nella prima settimana di agosto del 1943 Leone Ginzburg torna a essere un uomo libero, ha da sei mesi compiuto trentaquattro anni. Due di questi li ha trascorsi in galera, due e mezzo sotto regime di sorveglianza speciale, tre al confino e cinque da bambino in esilio da sua madre. Fanno una dozzina d'anni abbondanti che guerre, rivoluzioni e dittature hanno sottratto alla sua vita, libertà e infanzia.

Nonostante questa menomazione Leone è riuscito a dotarsi di una cultura eccellente, a costruirsi la reputazione di uomo integerrimo e d'intellettuale formidabile, a fondare una prestigiosa casa editrice, a combattere ostinatamente il fascismo e a dar vita a una famiglia. Ha tre figli bambini, due maschi e una femmina, rispettivamente di cinque, quattro e due anni, e una moglie amatissima da cui è teneramente riamato, una donna ammirevole che si cura della famiglia, traduce Proust e manifesta segni inequivocabili di un grande talento letterario.

Il dilemma che Ginzburg si trova davanti mentre guarda scorrere ai suoi piedi, oltre il finestrino del treno, l'Italia ridotta in macerie, è quello di sempre: vivere tra gli uomini, agire direttamente sulle loro coscienze o vivere tra i libri, inviare lettere ad amici ignoti e lontani che un giorno, forse, in un incerto avvenire le riceveranno? Scendere ancora una volta nella mischia o contemplarne l'immagine in trasparenza, come il guizzo di una carpa osservata sul fondo di uno stagno alpino? Insomma, la scrittura o la vita? Entrambe, sarebbe consolante e facile rispondere. Ma i dilemmi non sono mai né così facili né consolanti. Qualcosa è andato perduto.

Salutato come la mente letteraria più brillante della sua generazione, Leone Ginzburg avrebbe potuto essere un grande romanziere ma ha smesso prima dei vent'anni di scrivere novelle, sarebbe potuto diventare uno storico insigne ma i suoi studi storici si limitano a poche decine di pagine, prometteva di diventare uno straordinario studioso di letteratura, russa, francese o italiana che fosse, ma sin qui la persecuzione fascista lo ha inchiodato alle promesse degli esordi. Nei due anni di carcere ha scritto a lungo su Manzoni e su molto altro ma quei quaderni sono andati perduti; nei tre anni di confino ha scritto ancora su Manzoni, sulla tradizione del Risorgimento e su molto altro ancora ma anche buona parte di quei quaderni andranno perduti nello sconquasso dei tempi. In tutto questo, certo, Ginzburg non ha mai desistito dal suo amatissimo lavoro editoriale e questo, indubbiamente, ha dato frutti straordinari. Ma che farà adesso che, come scriveva Pavese alla sua giovane amica, "il mondo è tutto cambiato"?

Non appena libero, il 5 agosto Ginzburg va a Roma. Su indicazione di Einaudi riprende il coordinamento della sede romana della casa editrice. Sin dalle prime riunioni, si manifesta il dissenso con Pintor. Nulla di personale, solo un contrasto di posizioni nel massimo rispetto reciproco. Eppure il contrasto c'è. Pintor spinge perché la nuova linea editoriale fuoriesca dalle vecchie collezioni tracciando una via d'uscita dal fascismo e dalle sue contraddizioni. Vuole una collana di orientamento nell'attualità che raccolga scritti capaci di illuminare il pubblico sulle reali condizioni dell'Italia e dell'Europa indicando una prospettiva di ricostruzione. Vuole portare l'Einaudi nella zona di bruciante contatto con il presente. Sente di doverlo alla propria "generazione diseredata, senza maestri e soprattutto senza modelli, costretta a cavare quasi tutte da sé le risorse per la bancarotta avuta in eredità dai padri" (Massimo Mila). Sa di non poter contare su altro, essendo gli italiani un "popolo fiacco, profondamente corrotto dalla propria storia recente".

Ginzburg, invece, nato russo e volutosi italiano, ha sempre creduto di doversi fare erede di quei padri non suoi, contendendone l'eredità ai fascisti. Anche lui, come Pintor, è consapevole che, dopo vent'anni di fascismo, gli italiani sono un popolo moralmente fiacco, profondamente "corrotto dalla sua storia recente" ma crede di poter risalire indietro nella catena dei padri. La tradizione, per lui, non si è interrotta. Il passato può ancora venire in nostro soccorso. Per questo stesso motivo, Ginzburg è anche propenso a impegnare la casa editrice con ciò che resta dei partiti politici d'ispirazione liberale e socialista. Vuole, dunque, rifondare una rivista militante d'intervento culturale e politico. È la sua linea di sempre: con la città in fiamme alle spalle, Leone lotta per portare in salvo tutto ciò di cui riesce a farsi personalmente carico, ciò che riesce a caricarsi sulle spalle. Sono due diverse risposte, entrambe degne, alla medesima domanda: cosa faremo quando tutto brucia?

Il 10 agosto Leone è a Torino. Ci torna anche per accertarsi delle condizioni di sicurezza per poi decidere se farsi raggiungere dalla famiglia che per ora è rimasta in Abruzzo. Proprio mentre è in viaggio, un nuovo bombardamento colpisce la sede provvisoria della Einaudi in corso Galileo Ferraris, inaugurata da soli venti giorni.

L'undici agosto Leone scrive alla madre. Oltre all'espressione di quella tenerezza che non ha mai perso nei suoi confronti, la informa del profondo smarrimento in cui vagola la città. "Tutto è preferibile al fascismo," conclude poi. Riprende, quindi, subito il lavoro accanto a Einaudi e a Pavese, riprende i contatti con i vecchi amici. Alcuni ricorderanno di averlo trovato "in piena forma: chiaro, lucido, preciso e, soprattutto, perfettamente orientato, presago dell'avvenire, con un senso incrollabile della realtà" (Mila). Ad altri, invece, nel ricordo di quei giorni in cui ci si affretta "a scambiarsi pensieri, a creare luoghi dell'azione comune, nella fretta di avvenimenti che incalzano, tra il rumore di scoppi e la polvere della rovina, sotto il cielo ardente dell'estate", Leone tornerà in mente allettato dal morbillo, divertito e impedito da quella malattia infantile che aveva portato con sé dall'Abruzzo dove aveva lasciato i suoi bambini convalescenti.

Comunque sia, Ginzburg è al lavoro. Sono giorni in cui la convivenza quotidiana con le bombe, l'imminenza della crisi politico-militare, la frenetica ricerca di una prospettiva oltre il nulla, conferiscono alla vita, come scrive Pavese a Pintor citando Shakespeare, il suono di "una storia narrata da un idiota, piena di strepito e di furia, senza alcun significato". La gente, concorda Ginzburg, "è disorientata perché non sa quello che deve volere". Il suo programma, però, non cambia: "Incivilire la gente," questo si deve fare.

E così il 27 e 28 di agosto Ginzburg è a Milano. Con i tedeschi che oramai controllano la città apocalittica, Leone partecipa a un convegno clandestino in via Poerio, a casa di Mario Alberto Rollier, dove insieme ad Altiero Spinelli, Ernesto Rossi, a Vittorio Foa, Eugenio Colorni e a tanti altri, mentre l'Europa è ancora un campo di battaglia su cui gli europei si scannano a vicenda, dà vita al Movimento federalista europeo il cui sogno di un continente unito nella pace dei popoli si realizzerà cinquant'anni più tardi.

Il 2 settembre Ginzburg è di nuovo a Roma dove assume l'incarico di direttore della sede romana conferitogli da Einaudi. Scrive a Giulio Einaudi quella che rimarrà la sua ultima lettera editoriale, ultima di una miriade. È una comunicazione asciutta, precisa, piena di propositi, iniziative, fitta di programmi rivolti al futuro. Si chiude come tra amici, con un "ciao".

Prima della riunione del direttivo, Leone ha un lungo colloquio a quattrocchi con Pintor. I due si chiariscono. Giaime ne esce esultante: "È un rivoluzionario," commenta entusiasta. Lavoreranno insieme, fianco a fianco. Nella sua ultima lettera a Torino, prevedendo che presto le comunicazioni si sarebbero interrotte, Giaime si congeda affettuosamente dal "gruppo torinese" nella speranza "di poterlo presto salutare nel 'brave new world'". Vivono tutti sotto il vulcano, e lo sanno.

Poi arriva l'8 settembre. Un proclama del maresciallo Badoglio, diffuso via radio, rende noto l'armistizio siglato in gran segreto con gli americani cinque giorni prima. Il re, tutta la corte, tutto il governo e tutto lo Stato maggiore dell'esercito fuggono vergognosamente da Roma abbandonando gli italiani, soldati e civili, alla mercé dei tedeschi e del destino. Di fatto, l'Italia ora è in guerra con la Germania fino a ieri sua alleata. Gli americani, sbarcando a Salerno, la invadono, i tedeschi la occupano come si occupa un paese nemico.

Forse non c'è nessun dilemma. Ognuno fa quello che la sua libertà gli impone di fare. Cesare Pavese si nasconde in una villa sulla collina di Serralunga d'Alba, dove prolunga la "solita storia di macerazione e di rabbia" e dove da quella storia caverà un bel romanzo. Leone Ginzburg scende di nuovo in clandestinità. Giaime Pintor pure.

"Carissimo,

Parto in questi giorni per un'impresa di esito incerto: raggiungere gruppi di rifugiati nei dintorni di Roma, portare loro le armi e le istruzioni. Ti lascio questa lettera per salutarti nel caso che non dovessi tornare e per spiegarti lo stato d'animo in cui affronto questa missione. I casi particolari che l'hanno preceduta sono di un certo interesse biografico, ma sono troppo complicati da riferire: qualcuno degli amici che è da questa parte vi potrà raccontare come nella mia fuga da Roma sia arrivato nei territori controllati da Badoglio, come abbia passato a Brindisi dieci pessimi giorni presso il Comando Supremo e come, dopo essermi convinto che nulla era cambiato fra i militari, sia riuscito con una nuova fuga a raggiungere Napoli.

Qui mi è stato facile tra gli amici politici e i reduci dalla emigrazione trovare un ambiente congeniale e ho contribuito a costituire un Centro Italiano di Propaganda che potrebbe avere una funzione utile e che mi ha riportato provvisoriamente alle mie attività normali e a un ritmo di vita pacifico. Ma in tutto questo periodo è rimasta in sospeso la necessità di partecipare più da vicino a un ordine di cose che non giustifica i comodi metodi della guerra psicologica; e l'attuale irrigidirsi della situazione militare, la prospettiva che la miseria in cui vive la maggior parte degli italiani debba ancor peggiorare hanno reso più urgente la decisione. Così dopo il fallimento, per ragioni indipendenti dalla nostra volontà, di altri progetti più ambiziosi ma non irragionevoli, ho accettato di organizzare una spedizione con un gruppo di amici. È la conclusione naturale di quest'ultima avventura, ma soprattutto il punto d'arrivo di un'esperienza che coinvolge tutta la nostra giovinezza.

In realtà la guerra, ultima fase del fascismo trionfante, ha agito su di noi più profondamente di quanto risulti a prima vista. La guerra ha distolto materialmente gli uomini dalle loro abitudini, li ha costretti a prendere atto con le mani e con gli occhi dei pericoli che minacciano i presupposti di ogni vita individuale, li ha persuasi che non c'è possibilità di salvezza nella neutralità e nell'isolamento [...]

Senza la guerra io sarei rimasto un intellettuale con interessi prevalentemente letterari, avrei discusso i problemi dell'ordine politico, ma soprattutto avrei cercato nella storia dell'uomo solo le ragioni di un profondo interesse, e l'incontro con una ragazza o un impulso qualunque alla fantasia avrebbero contato per me più di ogni partito o dottrina. Altri amici, meglio disposti a sentire immediatamente il fatto politico, si erano dedicati da anni alla lotta contro il fascismo. Pur sentendomi sempre più vicino a loro, non so se mi sarei deciso a impegnarmi totalmente su quella strada: c'era in me un fondo troppo forte di gusti individuali, d'indifferenza e di spirito critico per sacrificare tutto questo a una fede collettiva. Soltanto la guerra ha risolto la situazione, travolgendo certi ostacoli, sgombrando il terreno da molti comodi ripari e mettendomi brutalmente a contatto con un mondo inconciliabile.

[...] Una società moderna si basa su una grande varietà di specificazioni, ma può sussistere soltanto se conserva la possibilità di abolirle a un certo momento per sacrificare tutto a un'unica esigenza rivoluzionaria. È questo il senso morale, non tecnico, della mobilitazione: una gioventù che non si conserva 'disponibile', che si perde completamente nelle varie tecniche, è compromessa. A un certo momento gli intellettuali devono essere capaci di trasferire la

loro esperienza sul terreno dell'utilità comune, ciascuno deve sapere prendere il suo posto in una organizzazione di combattimento."

Così scrive, colto dal presentimento della morte, Giaime Pintor a suo fratello minore Luigi alla vigilia della partenza per la sua missione di guerra. Gli è stato affidato il comando di un piccolo gruppo di volontari italiani – saranno solo in cinque a partire – che dovrebbero raggiungere i partigiani nel basso Lazio oltre le linee nemiche. Il fiume Volturno che i combattenti si apprestano ad attraversare è, infatti, nel momento in cui Giaime scrive, l'estremo limite delle posizioni alleate. Al di là, i tedeschi. I sentieri che conducono nella terra dei morti sono disseminati di mine. Ma quelli che stanno per imboccarli lo ignorano. Giaime, la sera prima di mettersi in cammino, scrive da Napoli, in viale Calascione 37, a Monte di Dio.

Da Napoli passa nel settembre del 1943 la linea del fronte nella guerra del mondo.

In quattro anni la città ha subito centinaia di bombardamenti, decine di migliaia di vittime civili. A fine agosto i B-17 hanno sganciato il loro carico sugli scavi archeologici di Pompei. Fori romani sepolti dal vulcano sotto strati di pomice eruttiva nel 79 a.C., e riportati alla luce diciannove secoli dopo, ritornano alla polvere sotto le bombe americane. La rovina definitiva.

Poi, in settembre, dopo l'armistizio, dopo lo sbarco degli americani a Salerno, la città ha sperato. Ma la controffensiva tedesca ha inchiodato i liberatori sul litorale, la nazione italiana si è sfasciata, i suoi alti ufficiali hanno disertato in abiti borghesi, i suoi soldati si sono sbandati. La città è stata consegnata ai nazisti. Hitler, memore del vulcano, ha ordinato di ridurla a "fango e cenere". I bravi soldati del Reich sono autorizzati a sparare sulla folla in caso di assembramento, sono comandati alla rapina, al saccheggio, all'incendio. Già il 12 settembre appiccano il fuoco alla Biblioteca nazionale e poi abbattono la gente corsa a spegnerlo.

Lo stesso giorno il colonnello Walter Schöll proclama il coprifuoco e dichiara lo stato d'assedio: "Chiunque agisca apertamente o subdolamente contro le forze armate germaniche sarà passato per le armi. Inoltre il luogo del fatto e i dintorni immediati del nascondiglio dell'autore verranno distrutti e ridotti a rovine. Ogni soldato germanico ferito o trucidato sarà vendicato cento volte. Esiste lo stato d'assedio."

Da questa brutale sgrammaticatura scaturiscono il saccheggio, il dominio e il sabotaggio. Guastatori tedeschi fanno saltare banche, edifici pubblici, depositi di carburante, centrali elettriche, depositi alimentari, acquedotti, gasometri, banchine portuali, binari e materiali ferroviari. I soldati allupati saccheggiano negozi, case, chiese, grandi magazzini. Da tutto questo discende il servaggio: il 23 settembre Schöll ordina lo sgombero di centomila napoletani residenti nella fascia costiera, poi, subito dopo, esercitando ancora la lingua erronea del razziatore, proclama rauco un bando di leva obbligatoria al lavoro forzato in Germania per tutti i maschi di età tra i diciotto e i trentatré anni: "Coloro che non presentandosi sono contravvenuti agli ordini pubblicati, saranno dalle ronde senza indugio fucilati. Il comandante di Napoli, Schöll."

L'anagrafe civile conta trentamila uomini soggetti alla leva. Se ne presentano centocinquanta. Il popolo ha scelto. Già il 26 settembre una folla disarmata e urlante si scatena contro i rastrellamenti nazisti. Il giorno dopo, mentre alcune migliaia di deportati vengono incolonnati dai tedeschi, alcune centinaia di uomini aprono i combattimenti. I portoni vengono serrati, i tiratori armati di moschetti collocati alle finestre, le poche mitragliatrici ai crocicchi. Napoli insorge. In decine di rioni contemporaneamente, cittadini armati attaccano i guastatori tedeschi che distruggono la loro città, sparano sui razziatori che la saccheggiano, corrono scalzi sui tetti per sbarrare la strada armi in pugno agli invasori che li deportano.

Napoli insorge ma non è nemmeno un'insurrezione. Non c'è un piano, non una strategia, nessun obiettivo prestabilito, nessun comando, forse nemmeno una prospettiva di lotta nella vittoria o nella sconfitta. È meno di un'insurrezione ed è più di essa. È il momento nella storia di millenarie sofferenze mediterranee in cui le armi sparano da sole. È un incendio, un cataclisma, una gioia meridiana. Dodicenni scalzi si lanciano contro le autoblindo, settantenni professori trockisti in pensione si ergono a comandanti. Per quattro giorni dal mare sale verso la collina del Vomero un'ininterrotta ondata di combattimento a viso aperto.

Via Foria è un rosario continuo di gruppi armati, una maglia che si chiude su motociclette, camion, autoblindo e soldati. I combattenti sono appostati all'angolo di ogni vicolo, sulle scale dell'Orto botanico, dentro i giardini di piazza Cavour, dietro le mitragliatrici piazzate al Mercato dei fiori all'angolo di via Duomo. A Porta San Gennaro si è perfino eretta una barricata.

Peppino Ferrieri, pure lui, è sui tetti. Si è appostato sul tetto bombardato del Teatro Partenope, nel cui foyer stacca i biglietti e sogna il palcoscenico. Dalla sua postazione di combattimento vede, poco più sotto, il lastrico del San Carlino, la piccola ribalta dove dà vita alle marionette. Forse è lì proprio a difendere quelle. Lui, uomo mite, sentimentale, pezzo di pane, quasi sicuramente non ucciderà nessun tedesco, probabilmente non sparerà nemmeno un colpo. Intanto, però, le mani con cui di solito, impugnato il ferro di manovra, fa sgambettare il pupo a forza di brevi torsioni del polso, sono strette attorno al calcio del fucile.

Per tutta la vita Leone Ginzburg ha tenuto il suo posto di combattimento e lo ha tenuto senza mai, in tutta la vita, impugnare un'arma.

L'Italia libera. Così s'intitola lo strumento di lotta al quale Leone, di nuovo in prima linea dopo l'8 settembre, di nuovo sacrifica tutto se stesso, compresa l'amatissima attività di editore. "L'Italia libera" è il giornale clandestino del Partito d'azione. I suoi dirigenti gliene hanno affidata la condirezione durante il convegno svoltosi a Firenze nei giorni precedenti, primo convegno di un partito antifascista a essere organizzato da vent'anni in Italia.

Già il 9 settembre, mentre al ponte della Magliana e a Porta San Paolo alcuni reparti dell'esercito sostenuti dai popolani ingaggiano battaglia contro i tedeschi nonostante i vertici militari abbiano vigliaccamente abbandonato la città a se stessa, e mentre in via Carlo Poma nasce il Comitato di liberazione nazionale segnando l'inizio ufficiale della Resistenza, già il 9 settembre Leone lavora a un'edizione del giornale che possa informare gli italiani su quello che sta accadendo. Sappiamo della "febbre" di quei giorni dalle memorie di Carlo Muscetta, condirettore della testata insieme a Ginzburg.

Mentre i nazisti premono alle porte di Roma, Leone e Carlo vagano come forsennati di tipografia in tipografia cercando qualcuno disposto a stampare. Alle due del pomeriggio, uscendo dall'antro di una stamperia, trovano la città sospesa in una "vacanza angosciosa". I soldati italiani, avviliti dagli ordini dei loro comandanti fascisti, fuggono dalle caserme come disertori, quelli che tornano impolverati o feriti dai combattimenti nelle periferie portano "negli occhi una rabbia di pianto". Nel pomeriggio le bombe dei tedeschi già cominciano a seminare il panico nel quartiere Prati. Leone e Carlo scansano di pochi metri l'esplosione di un chiosco di giornali in piazza Cola di Rienzo, vagano "come fantasmi" per le vie del centro mentre il panico le spopola. Rincasano a sera. Sul foglio che sono finalmente riusciti a stampare si legge: "I tedeschi sono in ritirata su tutti i fronti. Dovranno ritirarsi anche sul fronte del popolo italiano."

Oramai, però, quella frase è già lettera morta. Una colonna di autocarri tedeschi sbarra il passo ai redattori sulla strada di casa. Trasportano carri armati italiani catturati. Carlo e Leone non si perdono d'animo nemmeno allora. Li rianima proprio quella "nuda aria di guerra". La stampa di quei pochi fogli grigiastri diventerà la loro ragione di vita nei due mesi successivi. Non sono mai stati così liberi come nella Roma occupata dai nazisti.

Leone si procura un documento falso. Ora si chiama Leonida Gianturco. Porta il nome del comandante spartano che marciò contro l'esercito di Serse al passo delle Termopili. Dalle colonne del n. 11 de "L'Italia libera", diffuso il 17 ottobre in migliaia di esemplari anche nel centro di Roma occupata dai tedeschi, inneggia alla guerra di popolo: "La guerra del popolo italiano contro la Germania nazista è la guerra di un popolo che aspira a una compiuta libertà [...] Ed è questa dichiarazione di guerra, senza protocolli, ma sottoscritta col sangue di eroi che ogni giorno si immolano, che conta dinanzi all'avvenire, che pesa sulla bilancia della storia." Leone scrive queste parole alla macchia in un appartamento nei pressi di piazza Bologna. In Piemonte i partigiani salutano le fidanzate e salgono sulle montagne.

Il 16 ottobre la Gestapo rastrella il ghetto di Roma. Di milleventitré deportati ad Auschwitz soltanto sedici torneranno indietro. Leone scrive a Natalia perché lo raggiunga con i figli. A Pizzoli tutti li conoscono come ebrei e sono in grave pericolo. Nel numero 12 de "L'Italia libera", datato 30 ottobre, commentando la notizia della costituzione di un corpo di volontari italiani che combatterà i tedeschi sotto il comando degli Alleati angloamericani, Ginzburg distingue tra tedeschi e nazisti dimostrando che l'asma della guerra non ha offuscato in lui il discernimento intellettuale nemmeno in questo momento apocalittico: "Il nostro nemico è sì il tedesco, ma il tedesco in quanto nazista, antesignano cioè di una ideologia e di una politica fascista, negatrice di ogni libertà." Il primo di novembre Natalia giunge a Roma. Sfuggendo ai rastrellamenti, i Ginzburg sono riusciti a lasciare Pizzoli proprio a bordo di un camion tedesco. Pia Fabrizi, una popolana abruzzese che dirige l'Hotel Vittoria, l'ha spacciata per una sua cugina sfollata che ha perso i documenti nei bombardamenti di Napoli. I tre bambini stanno bene. Leone, Natalia e i figli si rintanano nell'appartamento di viale XXI Aprile. Vivono insieme i giorni di un breve futuro.

Il 13 novembre Ginzburg riesce a far uscire il tredicesimo numero de "L'Italia libera". Lo si diffonde in decine di migliaia di copie. Vi si commenta la situazione internazionale in seguito alla conferenza di Mosca dove i ministri degli Esteri americani, inglesi e sovietici hanno discusso il futuro dell'Europa. La guerra di Hitler è perduta, oramai la cosa è certa. Roma respira nella prospettiva della liberazione. Ma i tedeschi, abbandonata la linea difensiva sul fiume Volturno, ne costituiscono una seconda sul fiume Garigliano. Hitler ha deciso di tenere la capitale. L'avanzata degli americani è bloccata. Si combatte ancora.

La mattina del 20 novembre Leone non è di turno al giornale. Inoltre è circolata la voce che tutte le tipografie siano oramai sorvegliate dalla questura. Il giorno prima un collaboratore è stato fermato. Eppure Leone esce dal suo nascondiglio per andarci lo stesso. Se rimane in casa rischia di perdere in un solo giorno tutta la rete resistenziale costruita faticosamente. Non ha scelta perché ha già scelto. È stato tremendamente libero nelle massime cose, perciò adesso non gli rimane da decidere se attraversare Villa Torlonia e poi risalire via Arno, oppure se imboccare via dei Villini e poi prendere per la Salaria. La stamperia clandestina si trova in via Basento 55, in uno dei quartieri più ricchi di Roma, circondata da pini domestici e da rosai. Lo arrestano appena discende l'ultimo gradino.

A Milano è la vigilia di Natale. Sono i giorni in cui ammazzano per strada Aldo Resega, federale del Partito fascista, invalido di guerra, cinque volte decorato al valor militare, padre di famiglia e, tutto sommato, un moderato. Lo ammazzano i Gruppi di azione patriottica, piccole formazioni di resistenti che vivono alla macchia nelle città occupate dai nazisti compiendo azioni di sabotaggio ed esecuzioni sommarie. Resega è un abitudinario, fa la spola quattro volte al giorno tra casa, lavoro e federazione sempre allo stesso orario. Ci va in tram, gira senza scorta e disarmato. I gappisti gli sparano sulla soglia di casa e poi aprono il fuoco anche sulla folla al suo funerale.

Si vive così alla vigilia di Natale del 1943 a Milano, nella città occupata dalla 1ª divisione granatieri corazzati Leibstandarte "Adolf Hitler" delle Waffen SS, nella vera capitale della Repubblica sociale italiana, lo stato fantoccio voluto dal Führer per amministrare quel pezzo d'Italia sotto il controllo militare tedesco.

A Cusano Milanino Luigi Scurati sta andando a scuola. Oramai ha undici anni e a scuola ci va da solo. Sullo stradone attraversato dalla linea tramviaria che collega Cusano a Milano passando per Bresso e Niguarda, sente due piccole esplosioni. Sono le otto del mattino, c'è la nebbia e alle esplosioni i ragazzini del 1943 ci sono abituati. Luigino tira dritto.

Qualcosa, però, non va. La maestra Greppi, quella che ancora punisce i bambini quando parlano male di Mussolini, è agitata. Passa forse un'ora e i genitori cominciano ad arrivare a scuola. Prendono i figli e se li portano via. La classe si svuota. Luigi resta tra gli ultimi: sua madre è al negozio e suo padre quel giorno è andato a Milano in bicicletta a rifornirsi di regali di Natale per la cartoleria. Quando già la scuola è quasi deserta e si sentono i tacchi dei miliziani in camicia nera che percuotono i corridoi, un uomo lo nota:

"Non ti vengono a prendere i tuoi genitori?" È un signore alto, di bell'aspetto, con i capelli rossicci e la carnagione chiara tipica dei rossi di capelli. Il piccolo Luigi lo conosce. È il padre di una sua compagna e abita in una stradina secondaria a poca distanza dalle case della cooperativa. È un comunista – lo ha sempre sentito dire a sua madre che poi, però, subito aggiungeva "ma è una brava persona" – e si chiama Abele Merli.

"Metti il paltò, ti porto a casa io," gli sussurra il comunista.

Appena usciti da scuola, Abele Merli lascia la strada maestra e svicola in quelle secondarie. Tiene una mano sulla spalla alla figlia e l'altra su quella di Luigi. Senza dire una parola, esercitando una lieve pressione della sua mano di adulto e di padre, indirizza i bambini.

In via Filippo Corridoni trovano un assembramento. Militi delle squadre d'azione Ettore Muti con i baschi sulla testa, i calzoni al ginocchio e il mitra spianato rastrellano la strada. Sono i fascisti più tremendi, lo sanno anche i bambini. Ci sono degli uomini faccia al muro. Tengono le mani alzate. Sono in molti. Stanno in silenzio.

Luigi si sgancia dalla guida della mano di Abele Merli. Gli uomini al muro lo attraggono come in forza di un magnetismo terrestre. Luigi ha riconosciuto suo padre Antonio.

Il figlio riesce a vedere suo padre solo di spalle perché l'uomo si appoggia al muro con entrambe le mani a palmi aperti come se volesse impedire al palazzo di crollare. Ma il bambino sa riconoscere suo padre anche faccia al muro, suo padre e la sua bicicletta Bianchi che giace gettata in terra poco più in là carica di pacchi.

"Vieni via." Abele Merli lo ha riagguantato. Con delicatezza lo indirizza dall'altra parte. "Ti porto a casa," gli ripete passandogli una carezza sulla testa.

Tagliano per i campi. Luigi rintraccia facilmente tra l'erba alta i sentieri che batte ogni pomeriggio con i suoi amichetti.

Giunti al negozio da sua madre Angela, il bambino si tormenta. Non sa se dirle di aver visto suo padre faccia al muro. Si affida a quel signore gentile che sembra sapere cosa fare. La madre lo sta ringraziando, anche se è un comunista. Lo ha visto di sicuro anche lui, si conoscono da anni, sono vicini di casa ma Abele Merli non dice nulla ad Angiolina Recalcati sul fatto che suo marito, Antonio Scurati, aveva i mitra della Muti contro la schiena. Abele Merli saluta, prende per mano sua figlia e gira sui tacchi. Luigi va a giocare nel retrobottega. Poi scoppia il finimondo.

"Mi faccia scappare, sciura Scurati, mi faccia scappare!" Luigino sente urlare nel negozio. Un attimo dopo sua madre fa strada a un uomo che si precipita nel bugigattolo ed esce dalla porta che dà sui campi. Luigino lo riconosce: è il Pedretti, abita dietro l'angolo, alla *court dei spin*, il cortile dei roveti. Non ha preso, però, la strada di casa.

Luigino lo rivede di lì a poco tra due legionari della Muti che lo trascinano per le braccia. Uno del drappello che precede il prigioniero affronta sua madre:

"Lei, signora, mi dica: è questo Pedretti?!" Il capo della squadra avrà forse vent'anni, gli altri pure meno.

"No, l'conossi no. L'è minga el Pedretti questo qui." Luigi, di fronte alla menzogna della madre, abbassa gli occhi, per non tradirla.

"Sgomberare! Sgomberare! Qui bisogna sgomberareeee!"

I legionari si sono scatenati. Sparpagliano la merce, ribaltano tutto, irrompono nei negozi. Un colpo di pistola esplode nella bottega di fianco, il negozio del barbiere che portava i bambini nelle ville dei tedeschi. Angela soccorre l'uomo svenuto dalla paura. Un ragazzino con il basco urla con sdegno che "lì si discute di politica!" Sarà per questo che ha mandato in frantumi la specchiera. Luigi allora vede sua madre che urla di vergognarsi al ragazzo con il mitra. Il barbiere potrebbe essere suo padre, gli ricorda la donna infuriata. Poi gli intima di deporre il mitra e di aiutarla a mettere via i giocattoli.

A metà pomeriggio, all'orizzonte del cortile Luigi vede stagliarsi la figura per lui inconfondibile di suo padre. Antonio Scurati posa la bicicletta e si mette a inventariare la poca merce che è riuscito a procurare. Qualche bambola, delle cerbottane. Non dice una parola, come sempre.

La sera a cena Antonio rompe il silenzio per informare la moglie. Quella mattina i gappisti hanno sparato all'ingegnere della Breda che viveva a Milanino nella villetta dietro la pesa del bestiame. Quello fascista, quello che denunciava gli operai. Lui lo hanno lasciato andare perché, sebbene antifascista, dopo l'8 settembre non si è affrettato a cancellare il fascio dalla carta d'identità come avevano fatto in tanti che si erano proclamati fascisti fino al giorno prima. Un gesto troppo teatrale. La serietà lo ha salvato. La Muti ha preso il Pedretti e Abele Merli. Li hanno portati nel cortile della scuola.

La mattina seguente, quando Luigino arriva a scuola con i suoi compagni, il paesaggio non è più lo stesso. È inverno, l'erba è alta e le impronte lasciate dai due cadaveri rimarranno impresse nel terreno fino alla primavera.

Il terzo braccio di Regina Coeli è un "carcere allegro". Le porte delle celle – stando ai ricordi di Carlo Muscetta – scardinate durante una rivolta seguita alla proclamazione dell'armistizio, non sono mai state riparate. I detenuti vi circolano liberamente e i detenuti sono il mondo intero: italiani, stranieri, famiglie al completo, dissidenti, preti, borsari neri, donne, prostitute, bambini, militari e civili, militanti di tutti i partiti, fittavoli della Sabina che hanno combattuto già l'altra guerra e si trovano per la seconda volta prigionieri dei tedeschi, borsaioli in attesa di processo che si aggirano in pigiama, fungendo da barbieri, e insegnano la tecnica del borseggio a futuri presidenti della repubblica. Di questi, in quei giorni, nel terzo braccio zeppo di antifascisti, ce ne sono addirittura due. Una delle guardie carcerarie che, sentendo prossima la fine, lasciano i prigionieri addirittura liberi di sgattaiolare da una cella all'altra anche di sera, una volta, accompagnandoli all'ora d'aria, dice: "Voi sarete i futuri ministri." Non si sbaglia.

Gli uomini, come sempre in tutte le carceri, si raggruppano per bande. Al secondo piano sono alloggiati i liberali, al primo gli azionisti e i comunisti che sdegnano di giocare a poker con gli altri. Si organizzano lezioni su vari argomenti, nei quali gli intellettuali insegnano ai popolani. Leone tiene corsi di letteratura russa, su Manzoni e sul Risorgimento. Svuota il bugliolo, lo rovescia, ci si siede e trasforma, così, in cattedra il secchio usato per orinare e defecare. Nelle celle da tre si dorme in sei ma non si sta male. Le avanguardie della 5° armata americana fronteggiano le postazioni di montagna della linea d'inverno tedesca. Non può essere lontana, oramai, la primavera.

Un pomeriggio d'inizio dicembre, però, le guardie italiane improvvisamente s'inquietano. Costringono tutti a entrare nelle celle con assoluto divieto di uscire e perfino di guardare dallo spioncino.

I tedeschi irrompono. In testa portano l'elmo d'acciaio a catino, attorno al petto nastri di mitragliatrici d'ottone luccicante, granate da lancio infilate nella cintura e mitragliatrici spianate. Il capoguardia urla un nome. Un unico nome. Dopo poco Leone Ginzburg è consegnato. Si avvia, gracile, tra i suoi nuovi carcerieri con il suo vestito blu strapazzato che spicca tra le pesanti uniformi verdognole.

Qualcuno da una cella comincia a fischiare l'inno del Piave. È un fischio limpido e sicuro. Gli italiani si commuovono. Una voce urla: "Coraggio!" I tedeschi ignorano. Leone è portato via.

Il sesto braccio è quello esposto peggio, illuminato peggio, lurido. Niente lenzuola, poca acqua, poca aria, pagliericcio, cimici. In cortile solo due volta la settimana.

La vera identità di Leone Ginzburg è stata scoperta confrontando i documenti di Leonida Gianturco con la scheda segnaletica risalente alla carcerazione di nove anni prima. I tedeschi lo sottopongono a interrogatori continui. È un capo, vogliono nomi, delazioni. Lo colpiscono a sangue. Ripetutamente. Lui oppone il suo ultimo "no".

Uno degli amici che lo incontrano in quei giorni, testimonia di un cuore indebolito, di un corpo consunto. Leone gli confessa la paura di dover morire, una sincera, sicura paura di finire.

Un altro, che lo vede tra gli ultimi mentre i carcerieri nazisti lo trascinano a braccia dopo avergli fratturato la mascella, testimonia di averlo udito bisbigliare: "Guai a noi se in futuro non riusciremo a non odiare l'intero popolo tedesco." È incredibile, quasi sovrumano ma dobbiamo credergli perché il testimone è Sandro Pertini.

A inizio gennaio Leone è di nuovo trasferito. In qualche luogo ancora più tetro. Ci si accanisce sull'ebreo.

Al principio di febbraio i compagni riescono a farlo ricoverare in infermeria. Si spera, da lì, di riuscire a farlo fuggire. Gli americani sono sbarcati ad Anzio, sul litorale romano, ma lì dove Leone si trova, non li può sentire.

Il 4 febbraio sta male tutto il giorno. Verso sera un infermiere gli pratica un'iniezione di canfora. Leone sembra trarne giovamento. Chiede carta e penna e scrive. Scrive a Natalia, sua moglie. Poi muore durante la notte.

Natalia cara, amore mio

Ogni volta spero che non sia l'ultima lettera che ti scrivo, prima della partenza o in genere; e così è anche oggi. Continua in me, dopo quasi una intera giornata trascorsa, il lieto eccitamento suscitatomi dalle tue notizie e dalla prova tangibile che mi vuoi così bene [...] Gli auspici, dunque, non sono lieti; ma pazienza. Comunque, se mi facessero partire non venirmi dietro in nessun caso. Sei molto più necessaria ai bambini, e soprattutto alla piccola. E io non avrei un'ora di pace se ti sapessi esposta chissà per quanto tempo a dei pericoli, che dovrebbero presto cessare per te, e non accrescersi a dismisura. So di quale conforto mi privo a questo modo; ma sarebbe un conforto avvelenato dal timore per te e dal rimorso verso i bambini. Del resto, bisogna continuare a sperare che finiremo col rivederci, e tante emozioni si comporranno e si smorzeranno nel ricordo, formando di sé un tutto diventato sopportabile e coerente.

Ma parliamo d'altro. Una delle cose che più mi addolora è la facilità con cui le persone intorno a me (e qualche volta io stesso) perdono il gusto dei problemi generali dinanzi al pericolo personale. Cercherò di conseguenza di non parlarti di me, ma di te. La mia aspirazione è che tu normalizzi, appena ti sia possibile, la tua esistenza; che tu lavori e scriva e sia utile agli altri. Questi consigli ti parranno facili e irritanti; invece sono il miglior frutto della mia tenerezza e del mio senso di responsabilità. Attraverso la creazio-

ne artistica ti libererai delle troppe lacrime che ti fanno groppo dentro; attraverso l'attività sociale, qualunque essa sia, rimarrai vicina al mondo delle altre persone, per il quale io ti ero così spesso l'unico ponte di passaggio. A ogni modo, avere i bambini significherà per te avere una grande riserva di forza a tua disposizione. Vorrei che anche Andrea si ricordasse di me, se non dovesse più rivedermi. Io li penso di continuo, ma cerco di non attardarmi mai sul pensiero di loro, per non infiacchirmi nella malinconia. Il pensiero di te invece non lo scaccio, e ha quasi sempre un effetto corroborante su di me. Rivedere facce amiche, in questi giorni, mi ha grandemente eccitato in principio, come puoi immaginare. Adesso l'esistenza si viene di nuovo normalizzando, in attesa che muti più radicalmente.

Devo smettere, perché mi sono messo a scrivere troppo tardi fidando nella luce della mia lampadina, la quale invece stasera è particolarmente fioca, oltre a essere altissima. Ti continuerò a scrivere alla cieca, senza la speranza di rileggere. Con tutto il Tommaseo che ho tra le mani, sorge spontaneo il raffronto con la pagina di diario di lui che diventa cieco. Io, per fortuna, sono cieco solo fino a domattina. Ciao, amore mio, tenerezza mia. Fra pochi giorni sarà il sesto anniversario del nostro matrimonio. Come e dove mi troverò quel giorno? Di che umore sarai tu allora?

Ho ripensato, in questi ultimi tempi, alla nostra vita comune. L'unico nostro nemico (ho concluso) era la mia paura. Le volte che io, per qualche ragione, ero assalito dalla paura, concentravo talmente tutte le mie facoltà a vincerla e non venir meno al mio dovere, che non rimaneva nessun'altra forma di vitalità in me. Non è così? Se e quando ci ritroveremo, io sarò liberato dalla paura, e neppure queste zone opache esisteranno più nella nostra vita comune. Come ti voglio bene, cara. Se ti perdessi, morirei volentieri. (Anche questa è una conclusione alla quale sono giunto negli ultimi tempi).

Ma non voglio perderti, e non voglio che tu ti perda nemmeno se, per qualche caso, mi perderò io. Saluta e ringrazia tutti coloro che sono buoni e affettuosi con te: debbono essere molti. Chiedi scusa a tua madre, e in genere ai tuoi, di tutto il fastidio che arreca questa nostra troppo numerosa famiglia. Bacia i bambini. Vi benedico tutti e quattro, e vi ringrazio di essere al mondo. Ti amo, ti bacio, amore mio. Ti amo con tutte le fibre dell'essere mio. Non ti preoccupare troppo per me. Immagina che io sia un prigioniero di guerra; ce ne sono tanti, soprattutto in questa guerra; e nella stragrande maggioranza torneranno. Auguriamoci di essere nel maggior numero, non è vero, Natalia?

Ti bacio ancora e ancora e ancora. Sii coraggiosa.

Leone

"Ciao amore mio, tenerezza mia. Fra pochi giorni sarà il sesto anniversario del nostro matrimonio. Come e dove mi troverò quel giorno? Di che umore sarai tu allora?"

Ora lo sappiamo: Leone Ginzburg quel giorno non lo vide mai. Aveva sposato Natalia Levi il 12 febbraio 1938 ma sarebbe morto nell'infermeria del carcere di Regina Coeli nella notte del 4 febbraio 1944, poche ore dopo aver scritto quelle parole alla moglie. E sarebbe morto solo.

La mia rievocazione di questo straziante, intimo addio deve trovare una giustificazione. La si trova, credo, in questo: la nobile tragicità della sua morte impedisce che Leone Ginzburg possa mai essere soltanto e definitivamente morto. Leone Ginzburg, mentre scrive quelle parole, sarà sempre per noi già morto e, al tempo stesso, sul punto di morire. Sarà, cioè, viandante eterno in quella terra di mezzo tra il mondo dei vivi e quello dei morti che, come ci insegnerà in seguito proprio suo figlio Carlo, è, per ogni popolo e in ogni epoca, il crisma del "narratore", nel significato più alto del termine: "Raccontare significa parlare qui e ora con un'autorità che deriva dall'essere stati (letteralmente o metaforicamente) là e allora." Poter abitare la terra di mezzo tra la radura dei vivi e la selva dei morti, la sfera visibile e quella invisibile, ecco cosa ci rende umani. Lo diventiamo grazie a testimonianze come quella affidata da Leone Ginzburg alla sua ultima lettera. Esseri capaci di raccontarsi l'un l'altro la propria storia, e a vicenda la storia degli altri. Dall'al di là a chi è ancora qua. Chi è andato a chi rimarrà.

Il lascito di questo addio va oltre la commozione. Con questo liberissimo testamento involontario, estorto dal destino eppure pienamente sovrano, Ginzburg insegna le ragioni profonde del suo morire e ci riconcilia con il nostro. Sono parole ultime, scritte nell'imminenza della fine, grazie alle quali la fine non estingue ma compie. Sono parole ultime nelle quali le ragioni prime di un'esistenza, e di una militanza, si ricapitolano in uno sguardo retrospettivo, equanime e onnicomprensivo, gettato indietro, sopra le spalle, un attimo prima di andare. Nella lettera di Leone a Natalia non è in gioco solo l'affetto di un marito per sua moglie, di un padre per i suoi figli, ma anche la riaffermazione di valori per i quali si è vissuto, di diritti fondamentali per i quali si è combattuto, la soddisfazione per una vita ben spesa.

Perfino in questo frangente, affacciandosi al versante abissale, Ginzburg rifiuta di abbandonarsi all'intimismo se inteso come ripiego su di sé, come un privatizzarsi della vita sotto la pressione della tragedia. Dopo aver esordito all'insegna del presentimento della morte – ("Natalia cara, amore mio, ogni volta spero che non sia l'ultima lettera che ti scrivo, prima della partenza o in genere") – e aver dedicato solo pochi, brevi cenni alla propria condizione e sofferenza, Leone scarta, va in fuga: "Ma parliamo d'altro. Una delle cose che più mi addolora è la facilità con cui le persone intorno a me (e qualche volta io stesso), perdono il gusto dei problemi generali dinanzi al pericolo imminente." Con queste poche parole, grazie al loro guizzo, Leone, sebbene incarcerato, si libera. Ciò da cui fuoriesce è l'io, io minimo, ciò verso cui erompe è la vastità del "tu" ("Cercherò di conseguenza, di non parlarti di me, ma di te"), poi quella ancora più vasta del "voi" ("Avere i bambini significherà per te avere una grande forza di riserva a tua disposizione. Vorrei che Andrea si ricordasse di me, se non dovesse più rivedermi"), infine è il "noi", è il luogo del ritorno: "Se e quando ci ritroveremo, io sarò liberato dalla paura, e neppure queste zone opache esisteranno più nella nostra vita comune."

Così, ripreso il largo, nella coscienza di aver assolto il proprio, il morituro può assegnare il compito a chi resta ("La mia aspirazione è che tu normalizzi, appena ti sia possibile, la tua esistenza; che tu lavori e scriva e sia utile agli altri"); nell'imminenza della propria morte può rivolgere il pensiero al futuro invocando la felicità per i cari superstiti ("Bacia i bambini. Vi benedico tutti e quattro, e vi ringrazio di essere al mondo"); infine, Leone, sempre più liberato – la libertà è nella gabbia non fuori di essa – può perfino salutare, rendere grazie e chiedere perdono per interposta persona ("Saluta e ringrazia tutti coloro che sono affettuosi con te: debbono essere molti. Chiedi scusa a tua madre, e in genere ai tuoi, di tutto il fastidio che arreca questa nostra troppo numerosa famiglia"). Abbracciando i propri cari, in virtù di queste poche parole, Leone Ginzburg si sta, molto semplicemente, e del tutto radicalmente, congedando dal mondo e, congedandosi dal mondo, si sta riconciliando con esso. Il gesto ha la "gravità e semplicità di un rito ancestrale". Non si può immaginare gesto letterario più alto, più possente. La parola si eleva qui, infatti, alla sua massima potenza. Vale per essa ciò che un tempo si era soliti dire della figura paterna: si erge tra la vita indifesa e la morte.

"Leone è morto senza dire la sua ultima parola, senza dire addio a nessuno, senza concludere la sua opera, senza lasciarci un messaggio. Per questo non possiamo rassegnarci; né perdonare." Lo ha scritto molti anni dopo uno che era stato compagno di Leone da ragazzo, Norberto Bobbio, quando era diventato oramai un celebre filosofo e un'alta autorità morale. Ma non è vero. Il filosofo si sbaglia. Anche l'autorità morale qui si sbaglia. È questo addio che il morto non cessa di inviare a noi vivi l'ultima parola di Leone Ginzburg. Questa sublime, stremata, fervente ultima lettera a sua moglie e, tramite lei, ai suoi figli, questa è l'opera di Leone. Non c'è altro messaggio che questo.

UN AVVENIRE FACILE E LIETO

NATALIA GINZBURG

“Era il dopoguerra, un tempo in cui tutti pensavamo d’essere poeti.”

Natalia è salva. I suoi bambini, Carlo, Andrea, Alessandra, si sono salvati. Tenendoli per mano, Natalia entra nel dopoguerra. Fa il suo ingresso in un mondo che le appare “enorme, inconoscibile e senza confini”. Si fa un dovere di “abitarlo con lietezza”, di “guardare senza lacrime allo sfacelo del passato”. Allo sfacelo del passato dedica, però, la sua prima poesia pubblica. È un ricordo di Leone: “Gli uomini vanno e vengono per le strade delle città. / Comprano cibi e giornali, muovono a imprese diverse [...] / Non è tua la città illuminata: la città illuminata è degli altri, / degli uomini che vanno e vengono, comprando cibi e giornali. [...] / Ma il cancello che a sera s’apriva resterà chiuso per sempre; / e deserta è la tua giovinezza, spento il fuoco, vuota la casa.” Questa poesia è anche il primo testo che Natalia firmerà con il suo vero nome, non più costretta a nascondersi sotto pseudonimi dalle leggi razziali. Il nome che sceglie per sé è quello di Leone: si firma Natalia Ginzburg e tale rimarrà durante tutta la sua lunga carriera di scrittrice.

Non è la sola, Natalia, in questo dopoguerra immenso a costernarsi per la fine di Leone: “Mi è impossibile pensare alla morte di Ginzburg con la pace con cui un uomo saggio deve sempre considerare la morte,” scriverà, tra i tanti, Pietro Pancrazi. Ma la vendemmia dei vivi è allegra, generale ed è doveroso, in questi primi tempi, per i vivi parteciparvi. Soprattutto i più giovani, pur avendo vissuto la guerra da vinti – scriverà Italo Calvino – non se ne sentono schiacciati ma vincitori, "spinti dalla carica propulsiva della battaglia appena conclusa, depositari esclusivi di una sua eredità". Per tutti, giovani e vecchi, vincitori e vinti, la vita diventa una cosa sola con la smania di raccontarla. Nei treni che riprendono a funzionare, gremiti di farina e bidoni d'olio "ogni passeggero racconta agli sconosciuti le vicissitudini che gli sono occorse, e così ogni avventore ai tavoli delle 'mense del popolo', ogni donna nelle code ai negozi". Su tutto si mette una "spavalda allegria". Il grigiore della vita quotidiana sembra "cosa d'altre epoche". "Il senso della vita come qualcosa che può ricominciare da zero", questa l'eredità che la guerra lascia all'immensità del dopoguerra.

Dopo un breve soggiorno a Roma, già nel 1945 Natalia si trasferisce a Torino in casa dei suoi genitori che le cedono alcune stanze del loro appartamento. Giulio Einaudi le offre un impiego alla casa editrice e lei comincia, come aveva fatto per un decennio Leone, a valutare i libri da pubblicare, a correggerne le bozze, a stabilire contatti con i loro autori, a tradurli per i lettori italiani. Lavora "con furia e vertigine, immersa in un totale isolamento", si sente "come gli elefanti che si nascondono per morire". Attorno a lei, però, ci sono gli amici che avevano conosciuto e amato suo marito. Alla scrivania di fianco alla sua lavora, sempre tormentandosi i capelli, Cesare Pavese, divenuto direttore editoriale. Di tanto in tanto, per rilassarsi, Cesarito declama ancora a voce alta versi dell'*Iliade*, proprio come ai tempi in cui sedeva di fianco a Leone.

Natalia si sveglia prima dell'alba per potersi dedicare, finché dura il silenzio, anche ai suoi racconti e romanzi brevi. Narrano tutti di giovani donne che, estenuate dal dolore, si uccidono per amore o, traviate dall'amante, uccidono il proprio marito per disamore. Einaudi pubblica anche la sua traduzione de *La ricerca del tempo perduto* di Marcel Proust. Quando i figli le chiedono di cosa parli quel lunghissimo libro che la impegna tanto, Natalia risponde: "Parla di un bambino piccolo che non riusciva a addormentarsi se non arrivava sua madre a dargli il bacio della buonanotte."

Oltre le finestre della casa editrice, l'Italia è allo stremo: l'italiano sopravvissuto alla guerra consuma solo quattro chili di carne bovina l'anno, la sua produzione agricola è diminuita del 60 per cento, di ogni quattro animali che lo nutrivano prima della guerra tre sono andati distrutti sotto le bombe. A Pontedera, però, la ditta Piaggio deposita un brevetto per una "motocicletta a complesso razionale di organi con telaio combinato con parafanghi e cofano ricoprenti tutta la parte meccanica". È nata la Vespa.

Il 2 giugno 1946 si svolgono le prime elezioni libere da venticinque anni. Si vota per scegliere tra repubblica o monarchia e per l'assemblea costituente. L'affluenza è eccezionale. Per la prima volta nella storia d'Italia votano anche le donne. Vince la repubblica.

Per pochi, formidabili mesi, democristiani, comunisti e socialisti governano il paese insieme. Poi, presto, il vento cambia. Molti fascisti imputati di crimini anche gravi vengono scarcerati a seguito di un'amnistia generale, si forma il primo governo monocolore democristiano dal quale sono estromessi i comunisti e le elezioni politiche del 1948 si svolgono in un clima di inimicizia tra gli italiani che hanno combattuto il fascismo sognando la rivoluzione e quelli che ora vivono nel suo incubo.

Natalia, come molti altri scrittori e intellettuali, prende la tessera del Partito comunista e, timidamente, parla in pubblico in suo sostegno. Ma il Fronte popolare perde le elezioni, la Democrazia cristiana si avvia a governare l'Italia per i successivi quarant'anni, gli americani la sostengono varando un piano di aiuti finanziari e alimentari ai paesi anticomunisti dell'Europa occidentale, il Sant'Uffizio scomunica i comunisti, l'Italia entra nella NATO, l'economista liberale Luigi Einaudi – padre di Giulio – viene eletto presidente della repubblica, l'Ente nazionale idrocarburi scopre un enorme giacimento di metano a Cortemaggiore, in provincia di Piacenza, il 1° agosto 1949 termina il razionamento di pasta e pane. La rivoluzione, insomma, non si farà più.

Nel settembre del 1949 a un convegno del Pen-Club a Venezia Natalia rivede Gabriele Baldini, uno studioso di letteratura inglese, appassionato di cinema e di opera lirica, che aveva già conosciuto a Roma nel 1944. Lo sposa a Torino nella primavera dell'anno successivo. Decide, però, di mantenere il cognome del primo marito.

Due mesi dopo, a inizio estate del 1950, Cesare Pavese viene insignito del premio Strega per il romanzo *La bella estate*. Lo Strega, assegnato a seguito d'intrighi, macchinazioni, accordi sottobanco e scambi di voti tra le varie fazioni della società letteraria italiana, è già il più rappresentativo e importante riconoscimento del nostro paese. Quando Giulio Einaudi, sulla base d'indiscrezioni, anticipa a Pavese la notizia della sua vittoria, lui si limita a commentare: "Lo sapevo già da cinque anni."

La serata della premiazione, nonostante sia reduce dell'ennesima delusione amorosa, Pavese si mostra, però, sorridente. Due mesi ancora e la notte del 27 agosto, in una camera dell'albergo Roma di piazza Carlo Felice di una Torino ancora deserta, ingerendo dieci bustine di sonnifero, Cesare Pavese si arrende a togliersi volontariamente la vita. Raggiunge da suicida l'amico Leone lasciando una breve frase di commiato annotata a matita sulla pagina di riguardo di una copia dei *Dialoghi con Leucò*, il libro con il quale aveva dato voce allo struggimento degli dèi immortali, dolenti di non poter morire come gli uomini.

Nel 1952 Natalia si trasferisce con i bambini a Roma, dove a Gabriele Baldini è stata assegnata una cattedra di letteratura inglese. Vanno a vivere in un appartamento ai Parioli, non distante dalla casa in cui Leone aveva vissuto gli ultimi giorni della sua vita da clandestino in compagnia della sua famiglia. Natalia continua a collaborare con l'Einaudi dalla sede romana. Nel corso dell'anno pubblica un nuovo romanzo, s'intitola *Tutti i nostri ieri* e racconta senza reticenze, sempre dal punto di vista di una giovane donna orfana, angosciata e smarrita e sempre attraverso una saga familiare, l'Italia fascista, la guerra, le persecuzioni, la Resistenza. A favore della reticenza si pronuncia, invece, Giulio Andreotti che sarà, sempre all'insegna dell'omissione e della reticenza, il più potente e longevo politico italiano dei successivi quarant'anni. Al momento Andreotti è un giovane sottosegretario alla presidenza del consiglio e in un articolo pubblicato su "Il Popolo" accusa il cinema neorealista di infamare l'Italia raccontandone le miserie. L'8 di aprile, sugli schermi di tutta Italia, si proietta *Totò a colori*. L'epoca del bianco e nero si avvia a tramontare. Fausto Coppi trionfa al Tour de France.

La famiglia Ginzburg-Baldini trasloca a Trastevere. I figli maggiori oramai frequentano il liceo. Il 4 settembre Natalia dà alla luce una bambina, Susanna, gravemente inferma. I genitori la portano in Danimarca per farla operare. Sopravvivrà. Poco dopo, Natalia legge in francese il *Diario* di Anna Frank e ne consiglia la pubblicazione a Einaudi, convinta della necessità di far conoscere la persecuzione subita dagli ebrei d'Europa. Anna, stando al ritratto che ne fa la Ginzburg, è "la sola che in qualche modo si disponga a morire: la sola che cerchi nel pensiero della morte qualcosa che non sia puramente orrore e pena". Nei mesi successivi in Russia scompare Stalin, in Italia la Democrazia cristiana di Giulio Andreotti vince di nuovo le elezioni, la RAI avvia il servizio televisivo pubblico, a Roma viene inaugurata la prima linea metropolitana, a Ginevra viene presentata la Fiat 600, prima automobile a prezzi popolari, arriva a Milano il primo juke-box. Nel giro di un anno saranno già cinquecento.

Nel 1957 Natalia pubblica *Sagittario*, un nuovo romanzo breve. Narra, sempre dal punto di vista di una giovane donna, la storia di una vedova annoiata che si trasferisce in città per aprire una galleria d'arte e lì viene circuita da una truffatrice. Il libro vince il premio Viareggio. A ottobre, muore all'età di settantanove anni Lidia Levi, la madre di Natalia. La figlia, forse anche per elaborare quel lutto, pubblica un saggio su Cesare Pavese, *Ritratto di un amico*, probabilmente lo scritto più bello che sia mai stato dedicato alla memoria del grande scrittore di Santo Stefano Belbo. La RAI trasmette *Carosello*, primo programma di promozione pubblicitaria; a Los Angeles Fellini vince l'Oscar con *La strada*; a Milano, in viale Regina Giovanna, si apre il primo supermarket italiano. Nel corso dell'anno, per la prima volta il numero degli impiegati nell'industria supera quello dei lavoratori nel settore agricolo. Renato Carosone canta *Tu vuo' fa' l'americano*.

Nel gennaio del 1959 nasce il secondo figlio di Natalia e Gabriele Baldini. Lo chiamano Antonio. Purtroppo, anche questo bambino ha gravi malformazioni, alle quali non sopravvivrà. La crescita del paese, intanto, è entrata nella sua fase esplosiva. Il quotidiano "Daily Mail" di Londra conia l'espressione "miracolo italiano" per definire il nostro straordinario sviluppo economico. In luglio s'inaugura il primo tronco dell'Autostrada del sole, sempre in luglio s'istituisce il ministero del Turismo e dello spettacolo, a settembre con la vittoria del Leone d'oro al festival di Venezia de *La grande guerra* di Mario Monicelli si consacra ufficialmente l'effervescenza della commedia all'italiana, a dicembre a Stoccolma Emilio Segrè, allievo di Enrico Fermi, emigrato in America dopo le leggi razziali fasciste, vince il premio Nobel per la fisica e Salvatore Quasimodo quello per la letteratura. Il 1960 si apre con l'assegnazione alla lira – definita una delle più forti valute al mondo – dell'oscar delle monete. Quello stesso anno, il film campione d'incassi è *La dolce vita* di Federico Fellini. Al secondo posto figura *Rocco e i suoi fratelli* di Luchino Visconti. Milioni d'italiani canticchiano *Nel blu dipinto di blu*, travolgente successo planetario di Domenico Modugno: "Penso che un sogno così non ritorni mai più: / mi dipingevo le mani e la faccia di blu, / poi d'improvviso venivo dal vento rapito / e incominciavo a volare nel cielo infinito..."

Natalia, intanto, ha seguito il marito a Londra, dove Baldini è stato nominato direttore dell'Istituto italiano di cultura. Lì, dalla lontananza, dopo un lungo silenzio, la Ginzburg ritrova il desiderio di scrivere. Rinasce in lei attraverso la rievocazione dei luoghi e delle persone della sua infanzia. L'abbandonarsi senza più remore né filtri alla memoria le procura una gioia limpida, cristallina, una "gioia matta". Ne scaturisce il romanzo *Le voci della sera*, prova ulteriore del suo talento per l'intrecciarsi di storie familiari. Curva sulla propria infanzia, la donna adulta la custodisce scrivendola. Prosegue la sua opera di custodia anche quando, rientrata a Roma, la sua casa di madre si svuota.

Nel febbraio del 1962 Natalia, infatti, diventa nonna. Nasce Silvia, la primogenita del figlio Carlo che aveva sposato Anna Rossi Doria, figlia di Manlio, compagno di carcere di Leone e portatore della notizia della sua morte. Anche Andrea, secondogenito di Leone e Natalia, vive da tempo fuori casa e anche lui sposerà una figlia di Manlio Rossi Doria, Marina, sorella di Anna, sua cognata. A ottobre si sposa, poi, anche Alessandra, terzogenita dei Ginzburg, e nella casa romana di piazza Campo Marzio Natalia e Gabriele Baldini rimangono soli.

Il giorno seguente le nozze della figlia, il 16 ottobre, Natalia comincia a scrivere un testo nel quale si propone di rievocare l'ambiente familiare della sua infanzia attraverso le parole e le espressioni consuete. Ne vorrebbe fare un breve saggio ma il libro le prende la mano, viene fuori "un mucchio di roba", si sente "come posseduta dal demonio" e temendo che le succeda qualcosa per cui dovrà smettere di scrivere, lavora giorno e notte. Prima di Natale il libro è fatto. Ha scritto la storia della sua famiglia.

Ci sono tutti, padre, madre, fratelli, amici, parenti e conoscenti, con i loro nomi e cognomi. Ci sono le tragedie d'Italia durante il fascismo, la guerra, la Resistenza, espresse in modo memorabile proprio attraverso "il riserbo che li tace". "Un libro unico, dunque, affollato come un gruppo fotografico," lo definisce Italo Calvino nel risvolto editoriale. Leone vi viene rievocato così – con quell'oltranza del riserbo che è lo stile di tutto il libro – come uno tra gli altri, nella folla del gruppo fotografico.

O, forse, può darsi che Leone sia – come ha sostenuto un critico letterario – proprio la vera voce di questo romanzo in cui si fanno parlare i morti, una voce che s'irradia su tutto l'universo familiare sgorgando, per contraccolpo, da un centro vuoto, scavato dalla sua scomparsa.

Il libro, che s'intitola *Lessico famigliare*, avrà un enorme successo. Venderà nei decenni centinaia di migliaia di copie, avvicinerà Natalia Ginzburg a milioni di lettori e verrà letto da due generazioni di italiani sui banchi di scuola. Nel giugno del 1963 il libro vince anche il premio Strega. Le foto della cerimonia di premiazione, svoltasi il 4 di luglio al Ninfeo di Villa Giulia e divenuta nell'Italia del boom un grande evento mondano, ritraggono Natalia sorridente nella sua perpetua tristezza accanto a divi del cinema.

Passano gli anni. Nel 1964 Natalia interpreta il ruolo di Maria Maddalena nel *Vangelo secondo Matteo* di Pier Paolo Pasolini, l'anno seguente comincia a scrivere commedie teatrali, nello stesso anno all'età di novantuno anni muore suo padre, il professor Giuseppe Levi, dopo aver previsto con esattezza il giorno del proprio decesso ("fra quindici giorni sarò morto", aveva detto a Rita Levi Montalcini, sua allieva e futuro premio Nobel, che lo aveva visitato in ospedale), i figli danno alla Ginzburg altri nipoti e lei nel 1967 viaggia negli Stati Uniti assieme al marito per vedere uno di questi, Simone, figlio di Andrea, nato in America.

Nel 1968 la Ginzburg comincia a collaborare con "La Stampa", il quotidiano di Torino di proprietà della famiglia Agnelli. Il suo primo articolo s'intitola *Noi e i nostri figli*. All'atto di scriverlo Natalia ha cinquantadue anni e sente di essere entrata nella vecchiaia. Vi traccia un bilancio dell'esistenza più che della storia: "Ora noi stiamo diventando quello che non abbiamo mai desiderato diventare, cioè dei vecchi [...] Il mondo che ruota e si trasforma intorno a noi conserva solo qualche pallida traccia del mondo che è stato il nostro [...] Il mondo che abbiamo davanti e che ci appare inabitabile, sarà tuttavia abitato e forse amato da alcune delle creature che amiamo [...] E una cosa ancora ci stupisce, noi che siamo oramai sempre più raramente colpiti da meraviglia: guardare come i nostri figli riescano ad abitare e a decifrare il presente."

Gli anni, intanto, passano anche per l'Italia. Anche il paese si avvia a invecchiare. Già nel 1964 il boom comincia a guaire. Nel giro di pochi anni, la Ferrero lancia sul mercato la Nutella, muore Palmiro Togliatti, il capo dei comunisti che dava del tu a Stalin, per la prima volta dei libri vengono venduti in edicola, trentamila spettatori adoranti accolgono i Beatles a Milano, all'Università di Roma il giovane militante socialista Paolo Rossi viene ucciso da picchiatori neofascisti, Adriano Celentano canta *Il ragazzo della via Gluck*, Francesco Guccini *Dio è morto*, in tutta Italia gli studenti occupano le università, il PCI condanna l'invasione della Cecoslovacchia da parte dei carri armati sovietici, a Milano apre il Club dei sempre in forma, prima palestra di body building.

Commentando con suo figlio Carlo le notizie della rivolta studentesca che ha provocato scontri con centinaia di feriti a Valle Giulia nei dintorni della facoltà di Architettura di Roma, la Ginzburg si mostra scettica: "Non trovi strano anche tu che siano tutti figli di ricchi?" Carlo ha pubblicato da poco *I beneandanti*, una ricerca sui culti pagano-sciamanici diffusi tra i contadini friulani tra Sedicesimo e Diciassettesimo secolo. È uno studio originalissimo che riesce a penetrare nel profondo della storia umana chinandosi su fatti minuti, sui vissuti quotidiani di piccoli personaggi nati, cresciuti e morti in piccole comunità, lontane e mai battute dai "grandi eventi". Con la pubblicazione di questo libro, Carlo Ginzburg si avvia a diventare quello storico insigne che, quarant'anni prima, molti giurarono suo padre, Leone, un giorno sarebbe stato.

LUIGI SCURATI

"Tu lunedì prossimo cominci a lavorare," gli dice suo padre senza preamboli, mettendogli in mano un biglietto con un indirizzo: Messaggerie Italiane, via Broletto 22, Milano.

"E con la scuola come faccio? Mi manca ancora un anno," risponde il ragazzo. Ma non è un'obiezione.

"Mi hanno detto che ci si può andare anche la sera. Studierai di sera." L'uomo si alza sfregandosi dalle mani enormi il grasso della bicicletta. Il discorso è chiuso.

È la fine di agosto del 1950 quando suo padre Antonio, tornato da Milano, lo prende in disparte perché "gli deve parlare". Luigi Scurati ha diciassette anni e per lui, in quel momento, finisce il dopoguerra. Cominciano a svanire in quell'istante l'impronta lasciata dai cadaveri insanguinati di Merli e Pedretti nell'erba incolta del cortile dietro alla scuola e con essa il ricordo dell'unico figlio maschio di Abele Merli trascinato dai partigiani nell'aprile del 1945, all'età di dodici anni, in quello stesso cortile perché sparasse, con un fuciletto che gli tremava tra le mani, il primo colpo dell'esecuzione sommaria del fascista che nel dicembre del 1943 aveva ucciso suo padre in un'altra esecuzione sommaria.

Nel momento in cui viene informato che comincerà a lavorare, il dopoguerra svapora dalla fronte di Luigi diciassettenne, come per essudazione, assieme alle code per il razionamento del pane e all'impressione prodotta da *Ladri di biciclette*, il film di Vittorio De Sica visto l'anno precedente al cinema del Circolino. Comincia un'altra cosa, cui ancora non saprebbe dare un nome.

Le Messaggerie Italiane distribuiscono libri. Cercano fattorini. Poche ore prima di riferire a suo figlio, ad Antonio Scurati, che si rifornisce da loro di qualche titolo popolare per la sua cartoleria, il dottor Tonelli, direttore della succursale di via Broletto, ha chiesto a bruciapelo: "Ma lu ga minga un fieu?" Ricevuta la conferma, ha concluso: "Me lo mandi lunedì." E così Luigi ha avuto il suo primo impiego. Non c'è bisogno di colloqui di lavoro nella Milano del 1950. Lavoro ce n'è e la serietà del padre basta a garantire quella del figlio.

Fin dal lunedì successivo Luigi inizia, dunque, a spacchettare, a sistemare i libri sugli scaffali, a consegnarli ai commessi. Bisogna fare in fretta, ricordarsi di titoli e editori, rifornire i librai battendo la concorrenza, la gente comincia ad avere due lire da spendere, il numero di quelli che imparano a leggere aumenta. Le Messaggerie hanno l'esclusiva di alcuni tra gli editori del momento, Bompiani e, soprattutto, Einaudi. Quando Luigi impara il mestiere a inizio settembre del 1950, vanno per la maggiore i libri di Cesare Pavese, un autore piemontese che racconta storie della sua terra, la povera Langa contadina e partigiana tra le valli del Tanaro e della Bormida. Quell'anno Einaudi ha pubblicato *La luna e i falò*, poi in giugno *La bella estate*, il titolo dell'anno precedente, ha ricevuto il premio Strega, e poi ad agosto il Pavese si è ammazzato. C'è grande richiesta.

Luigi impara in fretta, il commercio gli è sempre piaciuto. Tempo qualche mese e inizia a fare gli ordini, a girare le librerie del centro. Quelli della Einaudi gli offrono di andare a lavorare per loro ma lui rifiuta. Comincia, invece, a consigliare qualche titolo a suo padre per la cartoleria. Nuovi romanzi americani – Steinbeck, Cronin, Faulkner – non i soliti rosa della Sonzogno. Il padre è scettico ma poi li prende e si vendono bene.

Alle sette Luigi è già sul tram che dalla bassa Brianza scende verso Milano. Alle sei di sera, finita la giornata di lavoro, va a scuola all'istituto tecnico per ragionieri ospitato nell'edificio del liceo Parini in via Goito. Torna a casa alle dieci. Tempo per studiare ne ha poco ma si diploma lo stesso e ottiene il rinvio del servizio militare perché, primo della sua gente, si è iscritto all'università. Ci resta, però, meno di un anno e poi decide di partire soldato. Lavora già da parecchio tempo e non gli sembra sensato rimandare. Lo spediscono al centro di addestramento reclute di Avellino e poi a un corso per radiotelegrafista a San Giorgio a Cremano, un paese vesuviano in provincia di Napoli. Stabilisce, così, facilmente, un altro primato: è il primo della sua gente a scendere a sud del Po.

Quando il figlio parte, sua madre Angela piange per l'emozione. Per i Recalcati, per gli Scurati, per quei contadini che vivono da secoli attaccati alla terra della bassa Brianza, pensare Napoli vuol dire essere sopraffatti da uno sconfinamento africano. E non c'è nessun disprezzo, nessun razzismo, non ancora. È solo questione della vita che hai fatto. Molti di loro, molti dei Recalcati, degli Scurati di questa generazione di metà Novecento, tranne quelli partiti magari per la guerra, nati e cresciuti nel mezzo della grande pianura, moriranno senza aver mai visto il mare.

Il giorno in cui Luigi parte, suo padre Antonio non può accompagnarlo alla stazione perché è di turno in fabbrica. È una mattina di novembre del 1953, forse del 1954. Luigi parte da Milano con la nebbia, si addormenta, ma già a Fondi l'aroma dei mandarini lo sorprende. Alla stazione di Napoli uno spettacolo di "femminielli" su di un palco improvvisato sbalordisce i ragazzi venuti dal Nord. Lì, sotto il vulcano, il dopoguerra non è ancora finito. Qualcuno sosterrà che non possa finire mai.

L'incontro di Luigi con il Sud è breve. Dopo il CAR, lo mandano nel Genova Cavalleria, di stanza a Palmanova del Friuli. Congedato, torna a Milano e "si dà da fare". Cerca lavoro e lo trova. Subito. S'impiega alle Assicurazioni italiane, ramo liquidazioni e sinistri. Poi un giorno legge sul giornale i commenti allarmati riguardo al primo campionato di rock and roll svoltosi la sera prima al Palazzo del ghiaccio. Due battaglioni della Celere hanno dovuto disperdere la folla che si ammassava per entrare. I commentatori temono gli effetti perversi della "droga a 33 giri". C'era anche Luigi in via Piranesi, calzoni di tela blu e camicia a scacchi, come tutti. Nella pagina successiva campeggia un annuncio enorme: la Rinascente cerca "OTTANTA FUTURI DIRIGENTI".

Luigi si presenta insieme ad altre centinaia di giovani, proprio come davanti al Palaghiaccio. Alla Rinascente ne cercano ottanta ma ne assumono novanta. Tutti sotto i trent'anni. Lui è tra questi. È il 1957 o, forse, il 1958 e a Milano si diventa dirigenti a venticinque anni rispondendo a un annuncio. A Roma, intanto, il concistoro dei vescovi elegge al soglio pontificio Angelo Roncalli, il "papa buono", masse di contadini migrano da sud a nord per trovare pane nelle fabbriche, la ragazza Carla passa tutte le domeniche e le feste comandate a dormire per riposarsi dalla fatica di quel lavoro sempre uguale e Domenico Modugno vende ventidue milioni di dischi raccontando a tutti che si può pure volare.

La Rinascente è il più rinomato e scintillante grande magazzino d'Italia. Lo ha tenuto a battesimo Gabriele d'Annunzio nel 1919 e, adesso, nel 1958, i suoi scaffali zeppi di abiti, elettrodomestici, cosmetici e giocattoli sono l'epicentro del boom economico. Dai portici di piazza del Duomo, cuore geometrico della città piantata nel mezzo della grande pianura, le merci esplodono come granate.

Tutte le mattine Luigi cala su Milano in tram da Cusano Milanino, oramai attratta nell'orbita della metropoli nascente. Assieme a lui sciamano centinaia di migliaia di nuovi abitanti, inurbati in pochi mesi, immigrati dal Meridione, dal Veneto miserabile, da paesi spopolati di montagna e di collina. Si muovono all'unisono verso il sagrato del Duomo, come limatura di ferro calamitata dal magnete, liberati dopo secoli da soggezioni arcaiche, da sudditanze intollerabili, costruiscono nelle periferie nord le loro case nella notte, poi di mattina s'incolonnano in un esercito operaio. Ogni mattina, sul tram che punta verso il grande ombrello della Torre Velasca, sorta in una zona devastata dai bombardamenti a consolare la città del suo straniamento e a proteggerla dal suo futuro, lì dove il corso torrentizio del fiume Seveso viene tombinato per scorrere sotterraneo sotto Milano, Luigi sente attorno a sé il consenso di tutto un popolo che marcia compatto.

L'apprendistato del giovane dirigente prevede la conoscenza di tutta la filiera: il processo produttivo tessile nelle fabbriche di viscosa, un periodo in amministrazione, uno in vendita a contatto con la clientela del reparto attrezzo sportivo sotto Natale. Luigi diventa presto allievo capopiano.

Poi, un giorno, il responsabile della comunicazione lo convoca per un colloquio. Il dottor Bordoli è un pezzo grosso, è stato prigioniero in India insieme al cavalier Borletti, il padrone. Poco tempo dopo, il dottor Longodente comunica a Scurati che si è deciso di nominarlo vicedirettore di filiale. Guadagnerà 220.000 lire al mese. È il 1959, forse il 1960. Luigi ha ventisei o ventisette anni. Lo mandano a Napoli a occuparsi della prima e unica filiale del Meridione. Laggiù, a dire il vero, i fratelli Mele, imitando la Francia, avevano aperto già a fine Ottocento i primi grandi magazzini della storia d'Italia. Erano sontuosi, si racconta. Li si pubblicizzava, addirittura, con carri trainati da elefanti. Ma ora, dopo la guerra, di quella storia sembra non essere rimasto più niente.

Mentre milioni di contadini risalgono la penisola verso le fabbriche del Nord, Luigi riprende il treno verso sud. Adesso, però, la ferrovia costeggia i cantieri dell'Autostrada del sole. Presto lungo i suoi fianchi asfaltati si snoderà un'unica città profonda ottocento chilometri, con motel, parcheggi, ristoranti.

A giugno a Cannes Georges Simenon, presidente della giuria, assegna la palma d'oro a *La dolce vita* di Federico Fellini. A settembre, a Venezia, suscita scandalo e clamore la proiezione di *Rocco e i suoi fratelli* di Luchino Visconti. Nella scena finale gli operai in tuta blu scorrono verso i cancelli dell'Alfa Romeo del Portello, lo stabilimento dove il padre di Luigi, Antonio, oramai prossimo alla pensione, ha lavorato per trent'anni.

Nella Napoli d'inizio anni sessanta, il cui ricordo amerà per tutta la vita, Luigi vive una stagione d'entusiasmo. Il negozio della Rinascente si trova in via Toledo e lui dapprima prende casa nei vicoli bui, addensati di vita, dei Quartieri Spagnoli che salgono verso San Martino. Poi si trasferisce in collina, in piazzale Michelangelo e da lì, tutte le mattine, scende a piedi verso via Toledo passando dalla salita Cacciottoli e dalle rampe della Pedamentina. Sono quartieri ancora in parte agricoli, punteggiati da stalle e masserie divorate, giorno dopo giorno, dalla ferocia della speculazione edilizia. Tutte le mattine, Luigi vede la città mutante salire dal mare fino a perdita d'occhio, sollevata da un turbine di bellezza convulsa, in un paesaggio di lacerazione e speranza, violenza e dolcezza. Dopo pochi giorni, abituatasi alla sua presenza, la gente miserrima dei Cacciottoli esce dalle spelonche per offrirgli il caffè

Luigi rimane sei anni alla Rinascente. Si avvicendano, intanto, tre direttori. Lui lo soprannominano "l'allenatore" perché ogni volta deve addestrarli a quella città splendida e rovinosa.

La politica aziendale censura i rapporti tra dirigenti e sottoposte ma Luigi è giovane, scapolo, forestiero. S'incontra di nascosto con Susi, una bella ragazza del reparto dischi. Finché un giorno si rende vacante un posto da caporeparto. Si provano un paio di candidate ma non sono all'altezza. La signora Ferrari, caporeparto uscente, gli raccomanda una ragazza giovane e brillante. È magra, mora, porta i capelli corti e indossa abiti di foggia maschile. È la ragazza della Max Factor, la ditta che inventò il make-up e truccò Marlene Dietrich. La assumono e la mandano a Milano a formarsi. Quando la neoassunta ritorna, ogni volta che Luigi scende sulla scala mobile dagli uffici della direzione verso l'atrio al piano terra, avverte i suoi occhi puntati addosso.

Durante una manifestazione di promozione dei fondotinta, un dépliant cade in terra dal banco della ragazza Max Factor. Il vicedirettore lo raccoglie e glielo porge. Lei, però, stranamente, glielo rende. Ci ha scritto un numero di telefono con una matita per gli occhi.

ROSARIA FERRIERI

Rosaria Ferrieri è nata nell'ottobre del 1942 in un terraneo senza acqua corrente né riscaldamento né finestre sotto le bombe degli americani. Pochi mesi dopo l'hanno bombardata anche gli Junkers con la svastica sulla fusoliera. I suoi primi passi nel mondo li ha mossi in quelli che Curzio Malaparte definì i giorni della "peste" di Napoli, quando dopo tre anni di fame, di epidemie, di feroci bombardamenti, i napoletani, primi fra tutti i popoli d'Europa a essere "liberati", accettarono "di recitare la parte di un popolo vinto, di cantare, battere le mani, saltare di gioia fra le rovine delle loro case". Eppure, il dopoguerra di Rosaria Ferrieri è un ricordo allegro. Anche lei, come i napoletani di Malaparte, non si arrogava il diritto di sentirsi parte di un popolo vinto.

Rosaria ricorda che a Napoli nel 1946 la sera si ballava a casa delle cugine grandi. Si ballava con i soldati americani in casa di Anna Crescenti, la cugina bella. L'atmosfera era allegra e nessuno sembrava voler rammentare che quei "giovanotti" venuti dal Kansas o dal Missouri fino a poco prima scendevano in picchiata per mitragliare in strada le donne che adesso gli cucinavano gli spaghetti. Loro, gli americani, "elargivano": distribuivano cioccolata ai bambini, rotoli di lardo alle massaie, calze di nylon alle cugine grandi e tutti li intrattenevano, tutti erano giovani e tutti volevano divertirsi. Le ragazze bisbigliavano e cominciavano a darsi il rossetto alle labbra. Le bambine erano piccole e capivano anche quello che non dovevano capire.

Poi, però, un giorno del 1947 sua madre Ida prende da parte la piccola Rosaria e le comunica che sta per partire per una terra che non ha mai sentito nominare. Sua zia è venuta a prenderla dalla Sicilia e la porterà via con sé. Non è per sempre, solo per un poco, finché le cose non si sistemeranno, poi Rosaria potrà tornare. La bambina sa che suo padre Peppino non ha lavoro, che suo fratello Franco è in fin di vita in un letto d'ospedale perché un compagno lo ha accoltellato sette volte alle spalle durante una partita di pallone, che suo fratello Salvatore è in un altro letto dello stesso ospedale investito da un camion americano e capisce che sua madre se la strappa dal grembo per metterla in salvo. Rosaria dice: "Va bene, mamma," e trattiene il pianto.

Alla stazione di Piazza Garibaldi la accompagna Enzo Civile, il nipote comunista di sua mamma. Rosaria è molto affezionata a quel giovane uomo gentile. Lungo la strada Enzo Civile si ferma a comprarle un sacchetto di quelle caramelle rosse che tingono le labbra. Sa che alle bambine piacciono soprattutto perché, dopo averle succhiate a lungo, sono libere d'immaginare di aver messo il rossetto come le sorelle maggiori. Più di una volta, e fin sul binario, Enzo si china sulla bambina, le sorride e le chiede: "Sei sicura, nenne'? Se hai cambiato idea me lo puoi dire e ti riporto indietro."

Rosaria sa che tre anni prima quell'uomo gentile ha perso tutta la sua famiglia in un rifugio dietro via dei Tribunali. Enzo aveva una fidanzata, Angela, con cui da anni rimandava le nozze a causa della guerra. Nel marzo del 1944, quando tutto sembrava oramai finito, avevano fissato la data e Enzo aveva fatto venire Angela dalla campagna con la sua famiglia. Un aereo con la svastica, a guerra perduta, lì aveva colti tutti vestiti a festa, seduti uno accanto all'altro sulla stessa panca: Adele Rossi Civile di anni 44, Giovanni Civile di anni 19, Eugenio Civile di anni 11, Angela Ciardiello di anni 20, Giuseppe Civile di 2 anni. Enzo e suo padre Pasquale, ricoverati in ospedali diversi, ignari l'uno dell'altro, dopo la strage per giorni e giorni avevano entrambi temuto di essere l'unico superstite dell'intera famiglia. Rosaria, che ha solo cinque anni ma sa già tutto questo, stringe il pugno sul sacchetto delle caramelle e, per non deludere Enzo e tutti i suoi morti, dice: "Va bene, zio, vado."

I parenti siciliani, benestanti, la colmano di attenzioni e di affetto: le comprano un cagnolino, le comprano una bicicletta, tutte cose che a Napoli non avrebbe mai potuto avere. Sono, in fondo, due anni felici quelli che la bambina trascorre in Sicilia lontana dalla madre, dal padre, da suo fratello maggiore Franco che giace in fin di vita in un letto d'ospedale con la pleura lesionata da sette coltellate nella schiena, e Rosaria conserverà per sempre un ricordo ammaliante da Africa in giardino dei grandi eucalipti sul lungomare di Messina. Soltanto, qualche volta, viene travolta da uno struggimento invincibile per sua madre, suo padre, i suoi fratelli. Allora, per non offendere i suoi ospiti, si chiude per qualche minuto a piangere in bagno. Un'altra eredità dell'infanzia che si porterà appresso per tutta la vita.

La Napoli in cui Rosaria torna alla fine degli anni quaranta è una città esplosiva e già esplosa, violentata e violenta, irredimibile e per sempre redenta. Una città affamata e famelica, in cui si vende la carne per strada, avvolta in cartocci sanguinolenti, di bestie macellate in cantina per aggirare i controlli, i dazi, le imposte, i timbri del razionamento. La miseria è faraonica, la promiscuità nel terraneo quotidiana. Rosaria vi si aggira sfrenata. La madre deve spesso andare a ripescarla nei bassifondi dove gioca ad *azzeccamuro* con gli scugnizzi maschi. E allora sono mazzate. Spesso la ragazzina sfugge al controllo di Ida, sempre severa e inflessibilmente nemica di ogni teatro, anche per nascondersi nel buio immaginoso del San Carlino ad ammirare le gesta di

Orlando e Rinaldo cui è devota al pari di suo padre Peppino il quale, complice e bonario, copre le sue fughe nel mito.

Peppino Ferrieri ha ricominciato, infatti, a far battagliare i suoi pupi. Nonostante la diffusione del cinematografo, la fine della guerra ha portato un nuovo pubblico per le interminabili epopee dei paladini di Francia: i soldati americani sembrano interessarsi a tutto ciò che è "napoletano autentico". Ma è l'ultimo stadio dell'agonia di una cultura popolare, si chiama folklore. Peppino, ignaro di essere diventato il pupo di se stesso, tutte le sere per trecentoquaranta recite l'anno, continua a mantenere generosamente in vita i poemi cavallereschi nel suo piccolo teatro per i soldati americani che si divertono a osservare gli usi e i costumi esotici dei napoletani. Orlando e Rinaldo continuano a compiere le loro epiche gesta e ad azzuffarsi per la bella Angelica, Carlo Magno – fatto nascere, chi sa perché, nel 1014 – continua a vivere sulla scena fino all'età di centoquattro anni, i guappi continuano a sparare a bruciapelo alla marionetta dell'infame Gano di Maganza. Ora, però, mentre fanno fuoco per davvero con rivoltelle autentiche, recitano, consapevolmente o meno, la parte del guappo agli occhi dei soldati americani venuti a osservare i riti ancestrali degli indigeni vesuviani.

Ma Peppino tutto questo non lo sa o, forse, non lo vuole sapere. Ciò che vuole, come sempre e da sempre, è il teatro, vuole cantare, recitare, declamare versi struggenti di muratori che muoiono cadendo dal ponteggio e di amanti innocenti e incestuosi. Non si rassegna a trascorrere la vita arrotando coltelli e pesando fettine di manzo sulla bilancia.

Nel 1954 la storia della sua vita di artista mancato lo viene a scovare. Totò, il grande Totò, torna al rione Sanità, dove è cresciuto nella miseria assieme a Peppino, per girare l'episodio del "pazzariello" del film *L'oro di Napoli*. Tutti in famiglia spingono Peppino ad andarlo a salutare. Lui recalcitra. Totò è oramai un divo, una celebrità nazionale, forse l'uomo più popolare d'Italia.

In più, da quando il marchese De Curtis, suo padre naturale, lo ha riconosciuto e un altro marchese lo ha adottato, il figlio di Annina Clemente è diventato un principe.

Alla fine Peppino si decide. Esce dal basso in via Settembrini, attraversa via Foria, risale via Vergini ed è sul set. In tutto dieci minuti di strada. Appena Totò lo riconosce, sospende le riprese e ordina allo chauffeur di portarli a girare per la città. Dopo circa un'ora, i due amici scendono dall'auto, Totò ritorna sul set e Peppino alla sua vita.

Nei mesi successivi Peppino si piegherà a fare il macellaio per miseria. Continuerà la sera a dare spettacolo al San Carlino, continuerà a correre verso qualsiasi ribalta di periferia gli offra una parte in commedia, continuerà a saltare su una sedia durante un battesimo o un banchetto di nozze per cantare, con voce tremante e il volto atteggiato a una smorfia di pianto, di voti d'amore disperato alla Madonna della Neve, ma comincerà anche, poco alla volta, a maneggiare sempre più spesso i ferri del mestiere dei commercianti di carne da cui proviene. La famiglia Avolio, vecchi mercanti, in affari da sempre con i Ferrieri, ha inaugurato una nuova macelleria proprio in via Foria, dalle parti del Distretto militare e Peppino, a quasi cinquant'anni, ricomincia ad andare a bottega. La resa la firmerà nel 1958. Il cavalier Ruggero, proprietario del locale, ha abbassato i biglietti di ingresso a 50 lire ma gli spettatori si contano comunque sulle dita. L'11 settembre 1958 Peppino Ferrieri cala la saracinesca del San Carlino, ultimo teatro dell'opera dei pupi a Napoli.

Proprio quello stesso anno, Eduardo De Filippo chiede a Peppino di recitare se stesso in un melodramma cinematografico incentrato sulla storia di un bambino abbandonato e ambientato nel mondo dei teatri di marionette. Peppino accompagna i trovarobe della produzione nel magazzino dove giacciono, dismessi, i pupi che fino a poche settimane prima avevano calcato le tavole del palcoscenico. Gli scenografi chiedono anche di poter usare la statua di una Madonna Addolorata che Ida tiene sotto una campana di vetro sul comò. La si può ancora scorgere, con il cuore tempestato di pugnali, sullo sfondo di qualche scena minore. Il film, intitolato *L'uomo dai calzoni corti*, è forse la sola cosa mediocre realizzata dal grande drammaturgo e attore napoletano. Nonostante la presenza di Eduardo De Filippo, non ha fortuna.

La carriera professionale di Rosaria negli anni cinquanta è scandita dalle stesse tappe di quella di suo padre. Nel 1954, mentre Peppino si rassegna lentamente a servire nelle macellerie, la sua figlia minore va a lavorare da apprendista in una sartoria dietro via Toledo. Rosaria ha dodici anni e ha completato soltanto le scuole elementari.

La bottega si trova in vico Gelso, di fronte a uno degli ultimi bordelli della città. Alla mattina, quando la tenutaria spalanca le finestre per arieggiare le stanze, le sartine spiano i letti sfatti, le tappezzerie rosse, le carni slabbrate delle donne che battono i vicoli. L'odore dei fritti, degli orinatoi, del pesce guasto si mischia ai salmastri, agli effluvi dei fiori appassiti, ammucchiati a migliaia ai piedi delle Vergini nei tabernacoli, ai grassi animali della carne cotta dal sole o dal sesso, in cui si fiuta – come notò Sartre passeggiando per Toledo – la parentela immonda dell'amore e del nutrimento terrestre. Per Rosaria, ancora al guado dell'infanzia, è una scuola di vita. Dura due o tre anni.

Verso il 1958, mentre il San Carlino chiude i battenti, Rosaria s'impiega da commessa in un negozio di strumenti musicali, poi lavora come stagionale alla Upim e, infine, supera le selezioni per un ruolo da dimostratrice di bellezza alla ditta di cosmetici americani Max Factor. Non ha ancora vent'anni ma è molto apprezzata. Le riescono particolarmente bene soprattutto le "drammatizzate". Sono dimostrazioni in cui la venditrice, per illustrare i prodotti, si trucca in pubblico enfatizzando attraverso un microfono tutti i passaggi del make-up. Un'ombra, forse, di quel teatro tanto amato da suo padre e ripudiato da sua madre.

La famiglia Ferrieri, intanto, anche grazie all'aiuto economico di Franco, il figlio maggiore, non vive più nel basso di via Settembrini. Si è trasferita poco più in là – e poco più su – in un appartamento al piano rialzato di un palazzo sotto l'arco di Porta San Gennaro. Le cose vanno un po' meglio. Franco, sopravvissuto ai coltelli del dopoguerra, fa l'operatore cinematografico, lo stesso mestiere di Tonino, il secondo figlio, che si è già sposato. Salvatore è emigrato in Germania in cerca di fortuna. Maria, la sorella maggiore di Rosaria, terminata la scuola magistrale, ha cominciato a lavorare da segretaria in uno studio legale. Ida continua, imperterrita, a fare l'infermiera clandestina e Peppino tenta di mettersi in proprio aprendo una sua macelleria in via Posillipo. È ancora miseria ma adesso meno feroce.

Nonostante le ristrettezze, la casa dei Ferrieri rimane, come sempre, un luogo dove non si nega un piatto di spaghetti a nessuno. Ne beneficiano in tanti. Zio Ciccillo, per esempio, un fratello eccentrico di Peppino, si trova "casualmente" a passare di lì sempre prima di pranzo. Ida e Peppino aggiungono, senza fare una piega, un piatto a tavola. "Dove si mangia in tre, si mangia anche in quattro," questo il motto di Peppino. Vale anche per casa Ferrieri dove, a contare bene, sono già otto in partenza. La morale, comunque, non cambia. Nemmeno quando di domenica Ciccillo si presenta con moglie e figli. E neanche quando si presenta in carrozzella e dalla strada chiama a gran voce il fratello perché non ha i soldi per saldare il cocchiere. "Ma perché non vieni a piedi?" si limita a chiedergli Peppino, più per stupore che per fastidio.

Nel 1963 un'amica più anziana, Anna Ferrari, confida a Rosaria di essere prossima a lasciare il suo posto di caporeparto alla Rinascente di via Toledo e le propone di candidarsi. La prospettiva è entusiasmante ma c'è un ostacolo: è richiesto il diploma di scuola superiore. Negli ultimi dieci anni in Italia il numero d'iscritti alle superiori è raddoppiato ma Rosaria non è potuta andare oltre la quinta elementare. Proprio quell'anno, il quarto governo Fanfani approva la riforma della scuola media che innalza l'obbligo scolastico a quattordici anni ma l'ultima figlia di Peppino e Ida Ferrieri, sebbene adesso impari a memoria le poesie di Leopardi e di Foscolo che le recitano i suoi amici universitari, a dodici anni già imparava il mestiere di sarta spiando dall'altro lato della strada le prostitute del bordello di vico Gelso. A Napoli, però, grazie a Dio, questi ostacoli si scavalcano: Rosaria supera la selezione alla Rinascente presentando il diploma magistrale di sua sorella Maria. Non ha ancora raggiunto la maggiore età quando viene assunta per uno stipendio di 130.000 lire al mese. Soprattutto, Rosaria lascia per la prima volta il rione in cui è nata vent'anni prima sotto le bombe degli americani. Uscendo dall'arco di Porta San Gennaro, prende il treno per Milano.

Per una ragazza che sorge dalla plebe urbana di Napoli, agli inizi degli anni sessanta il centro di Milano è, molto semplicemente, un luogo carico di meraviglie. La meraviglia comincia all'uscita della stazione Centrale, di fronte ai centoventisette metri di altezza, suddivisi in trentadue piani, del grattacielo Pirelli, allora e per parecchi anni a venire l'edificio più alto d'Europa. I suoi quattro piloni in calcestruzzo armato, che percorrono a coppie l'intera altezza delle facciate, snudandosi alla vista dei passanti per volontà degli architetti razionalisti, formulano la loro promessa rastremandosi verso il cielo.

La meraviglia continua quando una delle prime sere Rosaria va al Piccolo Teatro di via Rovello dove si rappresenta una commedia di De Filippo. Inaugurato già due danni dopo la fine della guerra e diretto da Paolo Grassi e Giorgio Strehler, è il primo in Italia a gestione comunale: “Questo teatro nostro e vostro è il primo teatro comunale d’Italia [...] Noi non crediamo che il teatro sia una decorosa sopravvivenza di abitudini mondane o un astratto omaggio alla cultura. Il teatro resta il luogo dove la comunità adunandosi liberamente a contemplare e rivivere, si rivela a se stessa,” avevano dichiarato i direttori all’atto di fondarlo.

Rosaria ci va con una nuova amica, ospite di Isa Danieli, allora giovane attrice della compagnia di Eduardo ed ex fidanzata di suo fratello Franco. All’uscita, nel taxi per tornare in pensione, Rosaria scopre la nebbia. Terrorizzata da quell’auto che sfreccia nell’invisibile, prega il conducente di rallentare.

Non è questa la sua unica paura. Cresciuta fin da bambina in uno stanzone dove dormiva un’intera famiglia, Rosaria si scopre incapace di abitare una camera d’albergo. Soffre, infatti, da sempre d’incubi notturni. Lascia, perciò, l’albergo e va stare a pensione in una casa in via Copernico dove una anziana nobildonna decaduta, una Sforza, affitta per bisogno le stanze della sua vasta abitazione di famiglia. Anche mettendo nel conto gli incubi e la nebbia, Milano incanta quella ragazza di Porta San Gennaro.

La neoassunta segue un corso di formazione negli uffici di piazza Carlo Erba, poi comincia l’apprendistato nel grande, meraviglioso negozio della Rinascente in piazza Duomo. A pranzo mangia al circolo aziendale di via Durini, la sera, quando il circolo è già chiuso, se la cava con un tramezzino al Bar Commercio oppure da Motta. Lì servono a buon mercato un’altra cosa meravigliosa: c’è un banco dove in pochi secondi l’acqua calda si trasforma in una saporita e corroborante tazza di brodo semplicemente immergendovi un dado di concentrato di carne. Si chiama brodo Star e Rosaria lo porta alle labbra sognante.

La pozione miracolosa le ricorda in qualche modo anche la sua Napoli, dove gli ambulanti ancora vendono per due lire agli angoli delle strade tazze di brodo di polpo e se aggiungi altre due lire pescano anche un tentacolo dal calderone che sobbolle per ore. Sorseggiando da Motta il brodo Star istantaneo – attraverso le vetrate si accampano le guglie del Duomo – la ragazza dei vicoli, oramai maggiorenne, guarda indietro e guarda avanti. La nostalgia misura le distanze, irriducibile come la pallina di mercurio che balza fuori dal termometro infranto. Adesso, però, Rosaria non va più a piangere in bagno.

Tornata a Napoli, preso servizio alla Rinascente di via Toledo, Rosaria adocchia il vicedirettore. Sarà forse perché è di Milano, sarà forse per quella sua fossetta sul mento, fatto sta che se ne invaghisce. Lui è rigido, severo, quasi scostante e si sa che la direzione censura i rapporti con le dipendenti ma Rosaria sa anche che il milanese, a dispetto di tutto, esce con la Susi Valentino del reparto dischi. La giovane caporeparto inizia, allora, un'opera di seduzione per piccoli segni con lo stesso piglio con cui da ragazzina disubbidiva a sua madre Ida per andare a giocare con gli scugnizzi nei bassifondi o ad assistere ai duelli tra Orlando e Rinaldo manovrati da suo padre Peppino. Poi, un giorno, Rosaria porta il suo affondo.

Durante una manifestazione di lancio dei fondotinta, mentre il milanese passa di fianco al suo banco, lei fa cadere intenzionalmente un dépliant. Quando lui, cortese, glielo raccoglie, lei afferra rapida una matita contorno occhi a lunga tenuta e ci scrive il numero di telefono di una casa al piano rialzato sotto l'arco di Porta San Gennaro.

ROSARIA E LUIGI SCURATI

Il milanese chiama quel numero.

Rosaria e Luigi cominciano a incontrarsi lontano dall'orario e dal luogo di lavoro. Escono insieme dalla città in lunghe gite in automobile sulle nuove strade asfaltate dal boom economico. Le percorrono sulla Fiat 500 rossa di Maria Ferrieri e a guidarla è sempre Rosaria. Si dirigono quasi sempre verso il mare, verso Sorrento, la costa d'Amalfi, capo Miseno. A Luigi, pur essendo nato nel mezzo della grande pianura, lontana centinaia di chilometri in ogni direzione dalla riviera, piace nuotare ed è un buon nuotatore. Ha imparato fin da bambino nelle rogge del Seveso dove con i suoi compagni faceva esplodere le bombe a mano rubate nei depositi di munizioni disastrati dalla guerra fascista. Rosaria, nata in un grande porto del Mediterraneo, in riva a una delle baie più belle del mondo, è una nuotatrice più incerta ma guadagna coraggio e bravura nuotando nella scia di Luigi. Trascorrono ore distesi su un fianco l'uno accanto all'altra in pomeridiani bagni di sole. Sono clandestini ma alla Rinascente le amiche intime sfottono Rosaria per quel fianco sinistro smisuratamente abbronzato. Lei ne sorride. Passano i mesi.

Luigi, che non è tipo da coltivare amicizie intime, vive murato nel suo segreto. Ha rotto da tempo ogni relazione con Susi Valentino, la ragazza del reparto dischi, ma come al solito non dà confidenza a nessuno e si attiene alla sua linea scabra, solitaria. Al lavoro tratta la Ferrieri come un'estranea e per lunghi periodi, tra una gita e l'altra, sparisce. Non dà segno di volersi legare al punto di dover, poi, contrarre un matrimonio. Rosaria, evidentemente, ne soffre. Comincia a dubitare di quell'uomo di cui si è invaghita. Troppe cose – confida alle amiche – li dividono. L'Autostrada del sole è stata terminata da poco ma Napoli e Milano le appaiono ancora troppo lontane.

Poi, un giorno, sulla spiaggia di Maiori, sotto le torri cilindriche a guglia conica del bizzarro Castello Miramare, ora convertito a night club frequentato da Peppino di Capri e da altri divi dell'epoca, Luigi vede Rosaria piangere e sente di non volerla perdere.

Quando lei manca il loro successivo appuntamento clandestino perché influenzata e invia sua sorella Maria sul luogo convenuto per avvisarlo, Luigi chiede a Maria di poterla accompagnare a casa per visitare l'ammalata. Sorpresa dall'apparizione improvvisa del direttore milanese, mamma Ida non perde l'aplomb: "Desidera un tè?" gli chiede facendolo accomodare e preparandosi a spedire qualcuno allo spaccio sottocasa per procurare quella bevanda esotica. Per fortuna, anche Luigi beve il caffè come tutti i napoletani.

Non appena Rosaria rientra al lavoro, Luigi la sorprende ancora. Mentre lei attende il tram circondata dai colleghi, il vicedirettore attraversa la strada e, sotto gli occhi di tutti, le offre un dono sormontato da un fiocco rosa. Siamo alla vigilia di Natale del 1966.

Luigi Scurati viene invitato a pranzo una domenica a Porta San Gennaro a conoscere la famiglia Ferrieri. Quando Peppino, radioso per quell'evento, vede Ida servire come primo piatto un riso al pomodoro, che a Napoli si propone solo agli infermi o ai convalescenti, si china all'orecchio della moglie e, in un sussurro, le chiede: "Ma il direttore non sta bene?"

Trascorrono ancora dei mesi, Rosaria continua a nutrire i propri dubbi. Poi, ad agosto, il marito di un'amica violinista, Aurora Lamagna, riceve in omaggio due camere per una notte in un lussuoso hotel di Capri e ne offre una a Rosaria e Luigi. Il programma prevede che in una stanza dormano le due donne e nell'altra i due uomini. Luigi, però, giunti a Capri, s'impunta. Sostiene di non voler dormire con un estraneo. Minaccia di tornarsene indietro. Rosaria cede alla forzatura. È la loro prima notte insieme. A fine settembre Rosaria sa di essere incinta.

Quando informa del ritardo Luigi, lui parla di matrimonio. Di matrimonio e di dimissioni. La sua mentalità rigorosa considera inconcepibile il poter dirigere un'azienda in cui è impiegata la propria moglie. I vertici a Milano non capirebbero. E poi, quando si hanno dei figli, si sta a casa ad accudirli.

Rosaria è al bivio. Si consulta con delle amiche più grandi, si confida con suo fratello Franco, prende informazioni, affida il proprio dilemma a un biglietto postale. Lei vuole continuare a lavorare, a manifestare nelle piazze per i diritti dei lavoratori e delle donne, a vestire come Juliette Gréco e a fare, insomma, il proprio cammino nel mondo. Non è sopravvissuta ancora in fasce alle bombe dei tedeschi e degli americani solo per diventare la moglie di un dirigente. Non è arrivata fin lì, strappandosi a un terraneo dei vicoli dietro Porta San Gennaro, solo per ritornare indietro verso il destino di sua madre e di sua nonna, sia pure in una casa con il frigorifero e l'acqua corrente.

A decidere, come sempre, sono le cose ultime: a Peppino Ferrieri resta poco da vivere. Si è ammalato, è già stato operato una prima volta, non ha scampo. La figlia sceglie la grazia di un'ultima gioia per suo padre morente.

Rosaria Ferrieri e Luigi Scurati si sposano il 10 novembre 1967. Angela e Antonio Scurati scendono da Milano per l'occasione. Aurora Lamagna e altri amici dell'orchestra del San Carlo suonano in chiesa durante la funzione. Le dimissioni sono già in via Toledo, sul tavolo del direttore della Rinascente.

L'azienda chiede a Rosaria di restare ancora. Di fronte al suo rifiuto, preteso dal marito, le chiedono di rimanere almeno per addestrare il personale che la sostituirà e fare gli ordini per la stagione seguente. Rosaria, già al sesto mese di gravidanza, compie un ultimo viaggio di lavoro a Milano. Poi a febbraio cessa il suo rapporto con la Rinascente. Non ha nemmeno richiesto l'indennità di maternità per la quale si era battuta nelle piazze di Napoli assieme alle donne e agli uomini della sua generazione.

Peppino, però, è felicissimo. La sua figlia più piccola, quella più fragile, quella che urla nel sonno, che è nata sotto le bombe, si è sposata con un alto dirigente, un milanese, avrà dei figli privilegiati e una famiglia benestante con lui. Su richiesta del padre, Tonino Ferrieri gira un filmino delle nozze di sua sorella in formato super 8. Peppino lo proietta felice sul muro della cucina a beneficio di chiunque passi da casa. Finalmente, con vent'anni di ritardo, nell'autunno del 1967 il dopoguerra è finito anche per lui.

Il 16 maggio nasce il primo figlio di Rosaria e Luigi. È un maschio, è sano, lo battezzano Marco. Peppino Ferrieri lo ha mancato di un soffio: è morto nel letto di un ospedale il 19 aprile, quattro settimane prima.

A novembre del 1968, mentre i suoi coetanei si barricano nelle aule universitarie, quando ancora allatta il primo figlio, Rosaria sa di essere nuovamente incinta. Ora vive a Roma, dove ha seguito la carriera del marito. È sola, senza il conforto di amici o parenti. Trascorre le giornate ad accudire il neonato e le notti insonni. Luigi, appena promosso dirigente di primo livello, è travolto da un nuovo progetto di espansione dell'azienda.

Rosaria, mentre scorrazza il figlioletto in un giardino di Roma – forse lo stesso in cui cinquant'anni prima sua madre Ida, allora bambina, trascorse all'addiaccio l'ultima notte della sua vita in compagnia di quel suo padre sciagurato –, Rosaria in quel giardino pensa di nuovo ad abortire. Prende anche un appuntamento. Poi, dalle profondità del suo ventre, avverte la voce di suo figlio, questa voce. Rosaria manca l'appuntamento e nasco io.

IO

Io sono nato il 25 giugno 1969, a Napoli, sulla collina di Posillipo, sotto il segno del cancro, e ho avuto un'infanzia normale, una giovinezza normale, una vita normale.

Sono stato uno di quei bambini belli, biondi, con due grandi occhi azzurri, bambini amati dai genitori, dagli zii, dai nonni. È vero che attorno ai cinque anni ho cominciato a soffrire di angosce notturne – gridavo a squarciagola nel sonno "chiudete i cancelli, arriva Dracula!" – me ne andavo in giro sonnambulo e, terrorizzato dal buio come mia madre, pur non essendo nato come lei sotto le bombe, incendiavo le cose per fare luce. Ma è anche vero che non c'è mai stato assolutamente niente nella mia vita – la vita "reale", intendo – che potesse giustificare quel *pavor nocturnus.* Verso la metà dei settanta si temette un focolaio di epilessia ma, poi, un celebre neuropsichiatra pronunciò una prognosi benigna: "Passerà con la pubertà," disse. E, in effetti, passò.

La ruota si è fermata per me su di una casella fortunata. Nato nel prospero e pacificato Occidente nella seconda generazione dopo la fine della seconda guerra del mondo, sono stato parte del pezzetto di umanità più agiato, nutrito, longevo, sano, protetto e meglio vestito che abbia mai calcato la faccia della Terra. Ciò nonostante, per paradosso, da bambino ho giocato con l'immagine del fungo atomico che decorava gli scenari da guerra fredda. Ricordo che a sera, mentre si cenava in cucina e io scioglievo il formaggino Tigre nella minestra, gettavo uno sguardo al ventre dilatato dei miei coetanei africani sotto il titolo "la fame nel mondo" e alle foto segnaletiche dei terroristi neri o rossi che ci visitavano attraverso lo schermo della TV. Poi, assieme alle donne e agli uomini della mia generazione privilegiata, mi sono affacciato alla vita adulta negli anni ottanta. Come tutti loro, ho avuto un'educazione sentimentale basata sulla pornografia di massa, un'economia che sarebbe passata di bolla speculativa in bolla speculativa, una politica ridotta a comunicazione pubblicitaria, una società spaccata tra paese reale e paese mediatico, una nazione divaricata tra rischi reali e percepiti. Lungo questa strada, l'apprendistato alla vita è stato per me un tirocinio all'irrealtà, la guerra una nottata trascorsa davanti alla TV sorseggiando birra fresca – ricordate le lucine bianche sullo sfondo verde-notte della prima guerra del Golfo? – e la storia una battuta di spirito tra un drink e l'altro. Quando cadde il muro di Berlino ero a una festa. Con il mio amico Franco Rado si era in cucina a miscelare caraffe di spritz. A Franco cadde l'occhio su una TV dimenticata tra la lavastoviglie e il forno a microonde: "Guarda quel mona col piccòn," mi disse sollevando la testa per un istante. Poi tornò subito a dosare il bitter.

Attenendomi ai fatti salienti, della mia esistenza posso dire che, dopo i primi anni passati in giro per l'Italia al seguito della carriera di mio padre, la mia famiglia si stabilì a Venezia. Lì ho frequentato tutte le scuole. In quei vent'anni la città dimezzava la sua popolazione residente, chiudeva quasi tutti i suoi cinema, le sue librerie, i suoi teatri, si trasformava in un fondale per matrimoni di turisti famosi. Io, però, di tutto questo non me sono accorto. Sono stato giovane e felice in quell'antica città morente.

Terminate le scuole mi sono iscritto all'Università di Milano, facoltà di filosofia, via Festa del Perdono. Lì ho fatto in tempo a partecipare all'ultima occupazione studentesca di una lunga, stanca, serie storica, a vedere i ristoranti di lusso chiudere in seguito a un grande scandalo di pubblica corruzione, primo di una nuova, lunga, vigorosa serie storica che dura ancora, mi sono laureato con una tesi di seicento pagine in teoria letteraria che nessuno ha mai letto, professori compresi, sono andato a perfezionarmi a Parigi in una università rinomata con un celebre filosofo, ho poi abbandonato Parigi nella seconda metà degli anni novanta per entrare a far parte, da cavia e da paziente, di un programma sperimentale dell'Ospedale San Raffaele per la diagnosi differenziale e la cura della sindrome acuta da attacchi di panico e, infine, sono, per così dire, guarito anche da quella.

Negli anni zero, dopo aver inutilmente atteso, assieme alle donne e agli uomini della mia generazione, la fine del mondo al giro del millennio – attesa prolungatasi per l'intero decennio –, ho vinto tramite concorso pubblico prima una borsa di dottorato di ricerca, poi un posto da professore in storia e filosofia in un liceo statale, dunque un posto da ricercatore in cinema, fotografia e televisione in un'università statale. Nel giugno del 2009, a quarant'anni esatti dalla mia nascita sulla collina di Posillipo, in un ospedale del centro di Milano ho assistito la mia compagna nelle doglie per la nascita di nostra figlia. E questo rimane l'unico autentico evento della mia vita. Tutto qui.

Sei anni prima, nel 2002, avevo realizzato il mio sogno di ragazzo diventando uno scrittore. Intendo dire che un grande editore mi aveva pubblicato il romanzo d'esordio – ancora un tomo di seicento pagine – intitolato *Il rumore sordo della battaglia.* Ne erano poi seguiti altri, favoriti da un qualche successo, fino a quando, in una mattina del novembre 2011, mentre il presidente del consiglio del mio paese era inquisito con l'accusa di favoreggiamento della prostituzione minorile, il paese era sull'orlo della bancarotta e io progettavo il mio sesto romanzo, mi imbattei per caso – si dice così – nella notizia del ritrovamento della lettera di dimissioni con la quale l'8 gennaio 1934 Leone

Ginzburg aveva detto il suo "no" al fascismo. Decisi subito che avrei raccontato la sua storia. Mi misi a studiarla cercandovi un anti-veleno alla nostra. Poi l'accantonai per scrivere un romanzo in cui narravo la mia (che non pretendeva da me nessuno studio preparatorio). Terminato in breve il romanzo sulla mia famiglia, tornai a Ginzburg e alla sua. Nell'andirivieni, mi resi conto di aver avuto dei nonni.

I NONNI

Non ho mai, naturalmente, conosciuto Leone Ginzburg. A dirla tutta, però, non ho nessun ricordo certo nemmeno di Antonio Scurati, il nonno di cui porto il nome. Quel nome, poi, lo porto a causa di un ripensamento. Di un ripensamento e perché la vita è tutta un immenso equivoco.

Mio nonno paterno morì, infatti, nel marzo del 1973 quando io non avevo ancora quattro anni. Alla vigilia della mia nascita nel giugno del 1969, mia madre pose a mio padre la stessa domanda che gli aveva già posto un anno prima, subito dopo avergli partorito mio fratello, il primogenito, ancora creatura innominata: "Luigi, pensi che a tuo padre farebbe piacere se gli dessimo il suo nome?" Mio padre, in tutta onestà, lo aveva escluso categoricamente ed entrambi avevano poi riso di aver anche solo ipotizzato che quell'uomo di marmo potesse commuoversi per una svenevolezza del genere.

E, così, poiché mia madre – forse in polemica con il perdurare di antiche consuetudini, forse per superstizione – si rifiutava di battezzare suo figlio con il nome di Peppino, il padre morente, mio fratello, invece di chiamarsi Antonio o Giuseppe, si chiamò Marco, primo e unico sia tra gli Scurati che tra i Ferrieri.

A parziale discolpa dei miei genitori si può soltanto dire che mio nonno Antonio pare fosse quel tipo d'uomo tanto austero da sconfinare nell'afasia. Si dice che facesse uso della parola solo per frasi quali "passami lo zucchero" o "ricorda di spegnere le luci quando esci".

Comunque sia, un anno più tardi, quando nacqui io, anche a mio nonno Antonio era già stata diagnosticata la stessa malattia che aveva condotto alla tomba mio nonno Peppino. Quando mia madre, a distanza di dodici mesi, gli pose per la seconda volta quella stessa domanda – "Luigi, pensi che a tuo padre farebbe piacere se gli dessimo il suo nome?" – mio padre fu colto dal dubbio. E, nel dubbio, io mi chiamo Antonio.

Mi chiamo Antonio e conservo uno strano ricordo di un uomo alto, con i capelli bianchi lucidi di brillantina, che mi prende la manina nella sua gigantesca, reduce da quarant'anni di fresa e di tornio, mi conduce nel giardino retrostante la villetta monofamiliare che si è costruito da solo in via Unione a Cusano Milanino, nel punto tra il melo e la siepe di vite fragolina dove ritiene di non poter esser visto, si curva su di me e, sorridendo, spezza l'assedio di un mutismo che risale all'inizio del secolo solo per chiedermi per la centesima volta: "Come ti chiami tu?" E quando io, cantilenando, gli rispondo per la centesima volta con il suo nome e cognome – Antonio Scurati – lui si bea, mi carezza la testa e me lo chiede ancora.

Ma, forse, poi, si tratta soltanto di un falso ricordo. Mio padre e mia madre che, allibiti e divertiti, spiavano questa scena dalla finestrella del bagno, me l'hanno raccontata talmente tante volte da avermela impressa a forza nella memoria.

A parte questo aneddoto, l'esistenza di Antonio Scurati – quello nato nel 1900 – non ha lasciato nella mia quasi nessun'altra traccia visibile, tranne la complessione fisica, s'intende. Di suo ricordo solo le tute blu da metalmeccanico che ancora si trovavano in cantina quando ero bambino, una scatola di quaderni con la copertina nera in similpelle sopravvissuti alla sua cartoleria e una meravigliosa moto Guzzi rossa che rimase parcheggiata, intonsa e ancora funzionante, dal giorno in cui lui ne discese fino a quello in cui, molti anni dopo, andò perduta in un qualche trasloco. Nient'altro, nemmeno fotografie. A lungo, per me, la sua unica immagine è stata quella incorniciata sulla tomba.

Non ho mai incontrato nemmeno Natalia Ginzburg sebbene la grande scrittrice sia scomparsa nel 1991, vale a dire quando io già frequentavo l'università da due anni. Non è accaduto e, d'altra parte, io all'epoca studiavo filosofia e pensavo a tutt'altro. Il massimo di prossimità esistenziale da me mai raggiunto con qualcuno dei Ginzburg è stato un progetto di lavoro fallito e una cena affollata.

Una decina d'anni fa un produttore cinematografico allora emergente concepì l'idea – che mi appare ancora brillante – di trarre un film dagli studi di Carlo Ginzburg sui riti stregoneschi dei contadini friulani del Cinquecento. Mi chiese se volessi lavorarci. Io conoscevo e ammiravo quei libri. Mi entusiasmai all'idea che qualcuno, arrivato al successo con le commedie sentimentali di Gabriele Muccino, si proponesse di rischiare del denaro per portarli sullo schermo. Trascorsi, così, alcuni giorni di gioia creativa. Ricordo che, contrariamente alle mie abitudini, andavo tutte le mattine a scrivere negli uffici della casa di produzione (dove in qualche cassetto, se non è andato perduto pure quello in un trasloco, probabilmente il soggetto ancora giace). Quando ebbi finito, il produttore partì per Bologna con una sua collaboratrice. Andava a incontrare il professor Ginzburg, da poco rientrato dal suo lungo soggiorno negli Stati Uniti. Non era, a essere onesti, un viaggio necessario. Si sarebbe anche potuto realizzare un film sulla stregoneria senza ottenere la cessione dei diritti da parte dell'autore di quegli specifici studi storici. Ma tutti noi, in modi diversi, eravamo loro devoti. Considerammo anche se fosse il caso che accompagnassi io il produttore a Bologna. Alla fine, propendemmo per il no. Fummo lungimiranti. Carlo Ginzburg si mostrò scettico riguardo al progetto. Alla fine del colloquio il produttore pronunciò il mio nome. Come prevedibile, cadde nel vuoto. Ginzburg non lo conosceva. Nominò, legittimamente, uno scrittore della sua generazione. Il film non si fece.

Dopo aver mancato l'incontro con uno dei figli, più o meno nello stesso periodo, una sera mi trovai seduto accanto a una nipote di Leone e Natalia. Ma, come dicevo, la sala del ristorante era affollata, rumorosa, i commensali attorno alla tavola numerosi. Forse lei era di cattivo umore, forse io già un po' ubriaco, oltre che di mio già piuttosto antipatico. Temo, insomma, di aver scambiato con lei giusto qualche parola.

Delle mie nonne, Ida e Angela, ho invece parecchi ricordi. Sono per lo più ricordi alimentari, come spesso capita quando si risale con la memoria alla voracità dell'infanzia.

Se riceveva le nostre visite a Cusano Milanino, nonna Angela faceva regolarmente la spola tra la casa e il giardino. Lì, piantato nella terra, aveva tutto l'occorrente per preparare il suo minestrone, dai fagioli, alle patate, agli aromi. Disseppelliva gli ortaggi uno a uno, nelle quantità dovute, e li metteva sul fuoco in tegami di rame o d'alluminio che rimontavano al primo Novecento. Il sapore era indimenticabile, anche per dei bambini che di norma odiano il minestrone. L'orto di Angela Recalcati, anche a più di trent'anni dalla fine del conflitto, era ancora e sempre un orto di guerra. Non una sola pianta ornamentale allignava nel giardino della villetta dei miei nonni, niente che non desse frutti commestibili.

A volte, per offrirci una leccornia, la nonna pelava le patate, le tagliava a dadini e ce le friggeva. Le friggeva nel burro, del tutto ignara di qualsiasi preoccupazione dietetica. Per quelle come lei, che avevano trascorso la gran parte della vita in Italia quando l'Italia era un paese miserabile, il rapporto con il cibo oscillava tra i due poli estremi della pura sussistenza e del puro piacere. Se la nonna ti vedeva ingoiare un boccone di qualsiasi pietanza non accompagnata da un morso di pane, ti ammoniva pietosa: "Trasel no!" ("Non lo sprecare!"). D'altra parte, però, per nonna Angela il massimo del godimento su questa terra era una fetta di gorgonzola. Anche quando, vecchia e malata, venne a vivere a casa nostra, nulla poteva impedirle di resistere al richiamo di quel formaggio verminoso. Una volta mia madre la pescò a notte fonda, già ultraottantenne, con la testa infilata nel frigo. Alla inevitabile reprimenda – i vecchi attirano i rimproveri, in questo soprattutto sono simili ai bambini – la nonna oppose una replica memorabile come una massima latina: "Nunc andem, el zola resta" ("Noi andiamo, il gorgonzola rimane").

Dico che il gorgonzola rappresentava per mia nonna il massimo piacere sulla Terra perché Angela Recalcati maritata in Scurati credeva in Dio. Sì, ci credeva senza ombra di dubbio. E non credeva in un qualche vago principio spirituale o in un dio a caso. No, nonna Angela aveva nell'esistenza del Dio della chiesa cattolica, quella del papa di Roma e del vescovo Ambrogio, una fede positiva. Senza tentennamenti, senza moralismi e senza neanche tanta dottrina sociale della chiesa. Deprecava un po', simpaticamente, la corruzione dei costumi – quando vedeva le ballerine scosciate in televisione, con sovrana sprezzatura le liquidava dicendo: "Eri più bela mi" – ma la sua fede religiosa non si riduceva certo a questo. Era pura metafisica. Proprio come la sua passione per il gorgonzola era puro piacere carnale. Quando qualche genio del progressismo illuminista liquida la religione come una grande impostura ecclesiastica, io ridacchio sotto i baffi e penso alla fede di mia nonna.

Aveva gli occhi celesti Angela Recalcati, da ragazza e anche da vecchia. Una massa di capelli infinita. Li ha portati lunghi sulla schiena e raccolti in una crocchia sulla nuca fino alla fine. Mia madre, quando la nonna era già quasi inferma, glieli pettinava con un pettine d'osso dopo averla lavata nella vasca. Se ne staccavano dal cranio a ciocche intere eppure ne rimaneva sempre una matassa. Ricordo che negli ultimi tempi, prima che la si ricoverasse, quando la andavo a trovare nella casa di Cusano Milanino, a sera, nella nebbia dell'arteriosclerosi, mi scambiava con mio padre da giovane. Mi chiedeva notizie di Rosaria, mia moglie, mia madre, mi chiedeva notizie di me bambino. In quegli istanti crepuscolari tutto si confondeva e tutto si teneva. Terrore puro.

Ora Angela Recalcati giace da trent'anni nel cimitero di Cusano, sepolta accanto al marito. E da molto tempo nessuno depone più un fiore sulla sua tomba. Nemmeno io che sto qui a rievocarla in questo libro.

Nonna Ida era un diverso tipo di donna. Più severa di Angela, più dura, più fragile. Sebbene sia morta nello stesso periodo dell'altra nonna, lei la ricordo non come una vecchia innocua, scivolata oramai oltre la soglia, ma come una indiscutibile autorità morale, un giudizio sul bene e sul male sovraordinato anche a quello di papà e mamma. Eppure anche nonna Ida mi faceva da mangiare. E anche lei, prima di cucinarlo per me, doveva procacciarsi il cibo. Non scendeva in giardino, però, usciva in strada. Indossava una di quelle oramai introvabili vesti di cotone stampato a disegni geometrici, infilava la borsetta di finta pelle nera a tracolla per resistere in caso di scippo da moto in corsa (una volta l'avevano trascinata per decine di metri spezzandole l'anca), mi prendeva per mano e insieme ci si inoltrava nel tropico di via Vergini.

All'epoca in cui ero bambino, la nonna abitava con zia Maria, rimasta nubile, in una casa degli Ospedali riuniti in via Maria Longo. Quell'appartamento dignitoso, al secondo piano di un palazzo moderno costruito sulle macerie della guerra, distava nemmeno duecento metri dal terraneo senza acqua corrente, cucina o finestre di via Settembrini 110 nel quale, durante la guerra, aveva cresciuto cinque figli. In tutta la sua vita, Ida Izzo, maritata in Ferrieri, non si era mai mossa da lì.

E da lì, insieme partivamo. Ci lasciavamo sulla sinistra il tufo millenario, eroso, degli Incurabili, sfilavamo sotto l'arco di Porta San Gennaro, attraversavamo via Foria guardando bene a destra e a sinistra, ed eravamo arrivati al mercato popolare di via Vergini. Nemmeno dieci minuti a piedi eppure un autentico viaggio.

Descrivere il mercato dei Vergini è impossibile. Sarebbe come descrivere il caos, il primo istante della creazione, come riuscire a rivivere l'infanzia, un'altra età del mondo. Dunque non ci provo neanche. Mi limiterò a dire che le mie meraviglie preferite erano le vasche di plastica in cui guizzavano le anguille – giravo la testa quando il pescivendolo calava la mannaia e il pesce sbranato ancora si muoveva – la vecchia che vendeva le more nella foglia di gelso e gli stoccafissi essiccati che pendevano, cadaverici, a decine dai ganci della tenda.

Più ci s'inoltrava, io e la nonna, verso l'interno del rione tra i banchi degli ambulanti, i palazzi spagnoleggianti diroccati e la calura dell'estate mediterranea, più quella donna sempre all'erta, sempre in guardia, stringeva la mia mano nella sua. Smarrirsi in quella ressa napoletana, per quel bamboccetto biondo cresciuto in una famiglia borghese residente a Venezia, sarebbe equivalso a perdersi nel bosco, o nella giungla.

Attorno a me sentivo gli scugnizzi che un po' mi deridevano un po' mi ammiravano: "Schnellingèr! Schnellingèr!" urlavano mettendo l'accento sulla desinenza di un calciatore tedesco, biondissimo, difensore tenace nella squadra del Milan. Per loro, come per mia madre alla loro età, il Nord era Milano. Io e la nonna proseguivamo imperterriti tra gli schiamazzi degli scugnizzi verso i venditori prescelti dal suo vaglio severo. Ci lasciavamo sulla destra supportico Lopez, dove mio nonno Peppino aveva vissuto da bambino, ci inoltravamo nella Sanità, dove era nato Totò.

Quella densità di vita, la sua meraviglia, l'ho ritrovata da adulto solo in Estremo Oriente, in certi mercati formicolanti lungo le rive del Mekong. Insieme a nonna Ida sono andato alla scoperta del mondo, insieme a lei, che per tutta la vita non era mai uscita dal rione, ho viaggiato. E solo adesso me ne sto rendendo conto. Rientrati dal viaggio, la nonna mi cucinava lo stoccafisso con le olive verdi e le patate.

Vorrei poterla ricordare così mia nonna, ancora in pista, ancora in sella. Ma mi costrinsero a vederla sul letto di morte. Fu un errore, certo, un tributo di sangue pagato alla ferocia delle culture che ancora conservano il senso del tragico. E del teatro.

Andò così. Io a diciassette anni partii per gli Stati Uniti. Ci sarei rimasto un anno intero grazie a uno di quei programmi di scambio interculturale che alimentano nell'Occidente benestante l'illusione ottocentesca dei popoli fraterni. Partii ad agosto del 1986 da Ravello, uno stupendo paese di mezza collina affacciato sul mare della costiera amalfitana in cui ho trascorso tutte le estati della mia vita.

Quando discesi le scale di pietra, nonna Ida era affacciata al balcone. Indossava una delle sue vesti di cotone stampato a disegni geometrici, mi salutava con la mano sinistra e con la destra più che appoggiarsi sembrava aggrapparsi alla ringhiera come se stesse su una tolda di un mare in burrasca. La ricordo che abbassava gli occhi su di me – su questo adolescente eccitato e spaventato per l'inizio dell'avventura – e poi li alzava verso il mare, la linea dell'orizzonte. In quel momento era già spacciata, anche se a me lo avevano taciuto.

Stando alla scienza medica, non avrei mai più dovuto rivederla nonna Ida. Avrei potuto, così, conservare di lei quell'immagine di una vecchia che saluta il nipote e guarda il mare puntellandosi a una balaustra, opponendo alla morte l'ultima fierezza della vita.

Questo, almeno, era il piano di mia madre. Nonna Ida, invece, visse per un altro intero anno. Quando tornai dalla mia prima avventura, trovai la sua agonia ad attendermi.

Avvenne in una casa di Santa Teresa degli Scalzi dove mia

nonna si era trasferita con mia zia Maria, uscendo finalmente e in extremis dal suo quartiere. Come si usa tra i popoli che vivono sulle sponde del mar Mediterraneo, la casa della moribonda era piena di gente. Amici, parenti fino al quinto o sesto grado, vicini di casa e conoscenti. Tutti portavano del cibo e tutti mangiavano. La veglia funebre che comincia prima del trapasso.

Quando arrivai io, fui assalito. Non solo perché ero il nipote del Nord ("d'a parte di n'coppa") ma perché ero al centro di una leggenda. I locali cultori dei misteri della vita e della morte ritenevano unanimemente che mia nonna avesse sfidato i pronostici dei medici e resistito al cancro che la divorava solo per rivedere me tornare dall'America. "L'ha aspettato," sentenziavano gli esoteristi indicandomi con un cenno del capo. Tutti mi offrivano un caffè o un babà.

Mia madre era contraria, le va dato atto. Ma le pressioni del parentado, gli influssi culturali e via discorrendo, furono troppo forti. Lo sono sempre, del resto.

Mi si condusse, dunque, a vedere mia nonna. O, forse, a farmi vedere da lei.

Nonna Ida non parlava già più, non si muoveva già più. Non so se le sue pupille riflettessero ancora la luce di questo mondo ma aveva gli occhi aperti, questo lo so per certo. Eccome se erano aperti... Erano gli occhi di una creatura sgomenta, distesa nel proprio letto, che però non era già più suo, nella sua casa, che non era più la sua casa, attorniata da gente rumorosa, donne e uomini che erano stati fino a mezz'ora prima i suoi figli, i suoi vicini, i suoi nipoti, e mangiavano, chiacchieravano e bevevano per la semplicissima ragione che erano ancora vivi mentre a lei non rimaneva che sparire nel nulla. Erano, insomma, gli occhi di un cadavere cosciente.

Giunto a questo punto del racconto sento fortissimo l'impulso di mentire. Di inventare, di omettere, di tacere. Proprio come mia madre, a ragione, avrebbe voluto che si facesse con me riguardo alla malattia di mia nonna e, in seguito, alla sua agonia. Ma siamo alla fine e alla fine non si può mentire.

Quel che vidi sul volto di mia nonna non si dovrebbe mai mostrare, a meno che sia proprio inevitabile. Non c'è nessun insegnamento, nessuna scuola di vita in quella maschera di disgusto e terrore. Non aiuta a stare al mondo, né prepara a lasciarlo. E queste cose le scrivo soltanto perché mi sembra di doverlo a lei, a nonna Ida: è così, esattamente così che sei morta, nonna, così ti ho vista morire. Per questo stesso motivo, ogni volta che nel mio letto notturno vengo aggredito dal terrore senza nome è a te che penso. Tu sei il mio pensiero della morte. In quei momenti, mi fai compagnia. E, forse, io ne faccio a te.

Sarà forse anche per questo che nonna Ida è l'unica dei miei morti che mi venga in sogno. Di tanto in tanto mi appare nella sua veste di cotone stampato a disegni geometrici. Mi parla dall'altra sponda.

Nonno Peppino, come ho già detto, non l'ho mai conosciuto. Mi sarebbe tanto piaciuto sentirlo cantare, sentirgli declamare i suoi versi, bere un bicchiere con lui. Ma non l'ho mai conosciuto.

"Vi siete spartut 'o suonno." È con quest'argomentazione che tutti lo spingono ad andare. Peppino Ferrieri recalcitra. Si schermisce.

È il 1954 ed è la storia della sua vita di artista mancato che lo viene a scovare. Totò, il grande Totò, è tornato al rione Sanità, dove è cresciuto nella miseria assieme a Peppino. Adesso è di nuovo qui, poche centinaia di metri più in là, oltre via Foria e via Vergini, per girare l'episodio del "pazzariello" del film *L'oro di Napoli*.

Tutti in famiglia spingono Peppino ad andarlo a salutare. Lui recalcitra. Si schermisce. Totò è oramai un divo, una celebrità nazionale, forse l'uomo più popolare d'Italia. Peppino è abituato a vederlo gigantesco sullo schermo cinematografico, gigantesco e pure a colori. In più, da quando il marchese De Curtis, suo padre naturale, lo ha riconosciuto e un altro marchese lo ha adottato, il figlio di Annina Clemente è diventato un principe, il "principe della risata".

Alla fine Peppino si decide. A convincerlo è il timore della scortesia: un vecchio amico che torna a casa richiede, quanto meno, un saluto di benvenuto. Allora Peppino Ferrieri tira fuori dall'armadio l'abito buono, lucida le scarpe e infila un fazzoletto nel taschino. Esce dal basso in via Settembrini, passa sotto l'arco di Porta San Gennaro, attraversa via Foria, risale via Vergini ed è sul set. Dieci minuti di strada per coprire trent'anni di vita.

Il set è assediato da una folla di popolo in festa, delimitato da un cordone di sicurezza. Peppino si fa annunciare. Totò è al trucco. L'assistente di produzione è riluttante. "Sono un vecchio amico," aggiunge timidamente Peppino. "Oh, sì, siete tutti vecchi amici," dice quell'altro.

Appena il grande attore viene informato della visita, sospende la seduta di trucco e lo manda a chiamare. Peppino è condotto a un'auto di grossa cilindrata con i finestrini oscurati. Il principe De Curtis lo sta aspettando sul sedile posteriore. Quando l'amico entra, lo osserva per un istante. Sono trascorsi più di vent'anni dall'ultima volta che si sono incontrati. Poi Antonio Clemente abbraccia affettuosamente Peppino e ordina allo chauffeur di portarli a girare per la città.

"Dove comandate che mi diriga, principe?" chiede l'autista.

"Verso il mare, va' verso il mare, Gaetano."

Totò prende le mani di Peppino tra le sue. È visibilmente commosso. Lo sono entrambi. Peppino, sopraffatto dall'emozione, non è ancora riuscito a pronunciare una sola parola.

"Allora Peppino, racconta, come stai?" lo incoraggia Totò.

"Sto bene, principe, sto bene," riesce a dire Peppino.

"Peppi', ma quale principe! Ma mi faccia il piacere!" lo schernisce bonariamente Totò con un suo celebre tormentone. È la prima volta che il vecchio amico invita Peppino a non rivolgersi a lui con quel titolo onorifico. Non sarà l'ultima.

Mentre l'auto, attraversata piazza Dante, scende da Toledo verso il mare, i due uomini rievocano i tempi andati. Innanzitutto viene la miseria. Si rammentano di quando, dopo la prima guerra mondiale, Totò batteva a piedi la città con le scarpe bucate per raggiungere sale di periferia dove inscenare la macchietta del "Bel Ciccillo" e Peppino, appena ragazzino, lo seguiva passo dopo passo. Pranzavano, quando andava bene, con pane cafone e ricotta di fuscella che gli ambulanti vendevano al cucchiaio in cestelli di vimini.

"Bei tempi, principe, bei tempi," sospira Peppino. L'altro deve nuovamente invitarlo a lasciar perdere quell'epiteto.

L'autista imbocca la Caracciolo e gira attorno alla Villa comunale. Totò fa scendere un finestrino. L'azzurro abbagliante del golfo li colpisce come uno schiaffo. Di fronte a loro, la massa normanna del Castel dell'Ovo chiude un orizzonte altrimenti sconfinato e insostenibile. Alle loro spalle, sulla collina di Posillipo, s'intravedono i profili delle gru che la sventrano.

"Ti sei sposato, hai figli?" Totò fa segno all'autista di rallentare e chiede a Peppino di raccontargli la sua vita. Peppino la riassume nella distanza di un lungomare. Racconta dell'incontro con Ida, del matrimonio, del bando dalla famiglia d'origine, della creazione di quella nuova, dei figli, la guerra, gli stenti, le bombe, gli uomini in armi appostati sui tetti, gli accoltellamenti alla schiena, i camion americani.

"E il teatro, Peppi', il teatro?" s'informa Totò.

"Il teatro resta la mia grande passione, principe."

Il lungomare è terminato, la macchina risale dal porto verso i vicoli del centro. Peppino s'accende, per un istante, mostrando all'amico, celebre anche per la sua imitazione di una marionetta, come si manovrano i pupi. Totò, il principe della risata, sorride.

Dopo nemmeno un'ora, l'auto è tornata al punto di partenza.

Totò ha un momento di esitazione, di silenzio. Un attimo di sospensione sacrale, come quando una processione del santo patrono si arresta prima di rimettersi in marcia. Poi riprende le mani dell'amico e gli dice: "Ora devo tornare sul set. Dimmi, Peppi', che ti serve?"

Peppino sussulta. È un sussulto di sbigottimento, non di offesa. Peppino sa che Totò ha fama di essere uomo generoso e discreto nella sua munificenza verso la povera gente del rione in cui è cresciuto, e sa anche di essere parte di quella povera gente. Ciò nonostante, nonostante qualsiasi miseria, l'idea di andare a trovare il vecchio amico per chiedergli denaro mai gli avrebbe sfiorato la mente. Lo spiega all'amico, umilmente:

"Vi state sbagliando, principe..."

E qui la leggenda di famiglia vuole che il genio di Totò, ascoltata la professione di dignitosa umiltà dell'amico, abbia voluto accordare un lieto fine, una speranza comica, anche a questa scena lontana dalle scene. Pare che Totò abbia preso per un'ultima volta le mani di Peppino Ferrieri tra le sue e gli abbia detto:

"Ma quale principe e principe... Peppi', qua il vero principe sei tu!"

Lo chauffeur apre la portiera. Un uomo ne scende. L'auto riparte portandosi via il principe De Curtis che Peppino Ferrieri non rivedrà mai più, se non gigantesco sullo schermo del cinema.

In piedi, all'angolo tra via Foria e Porta San Gennaro, solo tra le macerie dei palazzi sconquassati di questo eterno dopoguerra, Peppino Ferrieri è colto da un presentimento. Entra in risonanza con un altro tempo, un tempo più vasto. Ora sa di avere un lascito, qualcosa da raccontare a chi resta. Presente che quell'episodio con Totò lo narrerà ai suoi figli e loro ai figli dei figli. Qualcuno, un giorno, forse, addirittura lo scriverà in un libro.

Poi Peppino cava dalla tasca due lire e compra da un ambulante una tazza di brodo di polpo. Chiede di metterci anche un tentacolo. La vertigine si consuma. Il tempo si rimette in bolla. È quasi l'ora di pranzo. Un mezzogiorno qualunque di una tarda primavera in una città e in una nazione da ricostruire. Peppino s'incammina verso la bottega di macellaio. Lo attende la vita che gli resta da vivere.

IL LIBRO FINISCE

Dove sono io in quella corrente?

Ecco la domanda. Semplice, radicale, violenta. Questo ci chiediamo – se davvero ci chiediamo qualcosa – ogni volta che dal fondo delle nostre esistenze pacifiche e tediose pensiamo alle grandi epopee e tragedie della storia. Cosa avrei fatto io al loro posto? Ecco il dilemma. Nessun altro ha senso quando avviamo una corrispondenza amorosa con un'umanità lontana, ignota, una vita straniera, quando entriamo in risonanza con un tempo in cui uomini solitari dovettero e poterono dire "no" al secolo mentre l'Europa era in fiamme e milioni di persone venivano avviate ai campi di sterminio.

Una certa prepotenza, una certa arroganza – me ne rendo conto – accompagna sempre questi interrogativi per mezzo dei quali cerchiamo di dare un senso alle nostre vite usurpando l'autorità delle tragedie ed epopee altrui. Eppure, al di fuori di essi, non c'è né perdizione né salvezza. Solo un tipo peggiore di prepotenza, di superbia. Solo accademia.

Nel 1944, poche settimane dopo la tragica morte di Leone, Natalia Ginzburg scrisse un racconto intitolato *Inverno in Abruzzo.* Vi rievoca – con lo stile sobrio, il tono apparentemente dimesso di chi ha vissuto, suo malgrado, in un'epoca scandita da proclami altisonanti, segnata da enfasi deliranti – gli anni del confino sulle montagne di Pizzoli insieme a suo marito e ai suoi figli. Con queste parole termina quel racconto: "Mio marito morì a Roma nelle carceri di Regina Coeli, pochi mesi dopo che avevamo lasciato il paese. Davanti all'orrore della sua morte solitaria, davanti alle angosciose alternative che precedettero la sua morte, io mi chiedo se questo è accaduto a noi, a noi che compravamo gli aranci da Girò e andavamo a passeggio nella neve. Allora io avevo fede in un avvenire facile e lieto, ricco di desideri appagati, di esperienze e di comuni imprese. Ma era quello il tempo migliore della mia vita e solo adesso che m'è sfuggito per sempre, solo adesso lo so." Dopo la fine atroce di Leone, in questo racconto magnifico Natalia rimpiange il tempo con lui, i giorni del confino, dell'oppressione, delle persecuzioni incessanti, delle privazioni continue che furono, però, anche i giorni della lotta, della fierezza, della solidarietà umana e degli affetti famigliari rivolti al futuro. Le sue parole pongono un sigillo amorevole sullo strazio di una morte orribile, il rimpianto arde come un lume votivo sulla tomba dove l'amato giace.

Per chi legga oggi dal principio *Inverno in Abruzzo*, questo finale rischia, però, di giungere come una vertigine di struggimento. Può capitare che il lettore venga rapito dalla fuorviante nostalgia per ciò che non ha mai vissuto e mai vivrà, per ciò che si è avuta la grazia di non potere né dovere mai vivere.

È questo stesso assurdo struggimento che ci coglie – confessiamolo – quando pensiamo alla Resistenza. Noi, nati e cresciuti decenni dopo la fine della seconda guerra mondiale, nel periodo più pacifico e prospero che l'Europa occidentale abbia conosciuto, noi figli del pezzetto d'umanità più protetto, agiato e longevo che abbia mai calcato la faccia della Terra, proprio noi arriviamo a provare nostalgia per quella stagione tragica, per quella lotta formidabile ma terribile che non abbiamo vissuto. È indubbiamente un pensiero frivolo, forse addirittura una mancanza di rispetto verso il dolore altrui ma è il pensiero di chi ha vissuto esistenze oziose, è l'abbaglio che ci rappresenta, in cui si specchia il nostro perfido, cosiddetto benessere, e con questo dobbiamo fare i conti. Nelle nostre serate tristi, in coda a vite grigio perla, stravaccati sul divano del salotto davanti a un televisore acceso su di un canale morto, con un ultimo sussulto prima di andare a letto, noi che non abbiamo nessuna vittima da rimpiangere e nessuna esperienza della guerra, noi concepiamo lo sproposito che quello – quello delle persecuzioni, delle ribellioni, dei milioni di morti e della lotta contro un nemico mortale – quello avrebbe potuto essere il tempo migliore della nostra vita.

È lo sproposito di chi non ha mai avuto altro che pace. Rimpiangere il tempo della storia, questo il destino beffardo di chi non ha destino perché vive al tempo della cronaca. La cronaca è diventata, infatti, il criterio generale del nostro sentimento del tempo. Misuriamo su di esso, esclusivamente su di esso, le nostre esistenze. Ed è un metro corto. Da qui quell'altrimenti ingiustificabile senso di oppressione, quell'irosa sensazione di peggioramento che è la speciale condanna toccata a un'umanità sotto ogni altro aspetto privilegiata. La vita, se vissuta nell'orizzonte angusto della cronaca, si cronicizza in una malattia inguaribile di lungo decorso. Si tradisce così il senso tragico della lotta altrui e si smarrisce ogni senso della propria lotta. Non ci sono nazisti al tempo della cronaca, soltanto delinquenti comuni e serial killer.

Eppure, noi che viviamo in questo tempo qui, proprio noi siamo l'avvenire facile e lieto in cui Natalia Ginzburg aveva avuto fede e che l'aveva amaramente illusa. Per quanto deludenti, indegni, siamo noi quell'avvenire.

E, allora, la mia personale risposta alla semplice domanda dell'inizio è ovvia e sconcertante: io c'ero in quella corrente perché c'era il nonno di cui porto il nome. La sua vita di uomo comune, anonimo, insignificante davanti alla grande storia, può e, forse, deve essere narrata accanto a quella gloriosa di Leone Ginzburg. Perché s'illuminano a vicenda, la grandezza dell'uno nella modestia dell'altro e viceversa. E anche perché il discrimine tra fatti memorabili e trascurabili non è poi così ampio. Per tutti loro, uomini illustri e non illustri, la memoria conservata in un racconto è l'unica forma di sopravvivenza. Si narrino, dunque, una accanto all'altra, in una sorta di profano vangelo sinottico, la vicenda tragica dell'eroe intellettuale, della sua stirpe e della sua discendenza, e quella della mia gente, gente comune, le si narrino addirittura fino al punto in cui questa linea genera me, lo scrivente. Il più insignificante.

Certo, sono vite che non s'incontrano, scorrono per l'eternità in parallelo, come non s'incontrano mai davvero la cronaca e la storia, il "mondo della guerra" e quello della pace. E, certo, le fratture sono tante, le faglie gigantesche, le disparità di valore enormi, gli incroci mancati più di quelli avvenuti, le linee di discendenza spezzate. Le fratture fra noi e "loro": fra la gente comune (come i miei parenti) e gli eroi della Resistenza, fra la nostra generazione e quella della guerra.

Se ci pensi, scopri che i tuoi nonni somigliano a Leone Ginzburg più di quanto tu somigli a loro. Sebbene ne discendiamo, noi uomini della cronaca stiamo in una catena spezzata dalla nostra assenza di biografia, dalle nostre vite senza destino. La loro generazione, come scrisse Pintor, non ebbe il tempo di costruire il dramma interiore perché trovò il dramma esteriore perfettamente costruito, la nostra spende ogni santo giorno a costruirsi un dramma interiore non avendo altro che quello. Loro giunsero alla politica "quasi a malincuore, per il dovere dei tempi", noi non siamo mai giunti alla politica causa scadimento dei tempi. E questo spiega in parte quel nostro costante, congenito, malincuore, cui a lungo non sapemmo dare un nome. Soprattutto, loro ebbero prima l'ora in cui si è chiamati a testimoniare – il "punto alto" – poi il sentimento della vita come qualcosa che può ricominciare da zero. Noi né l'una né l'altro.

L'elenco delle differenze insormontabili potrebbe continuare ma ecco che mi riagguanta lo struggimento per "il tempo migliore", il pensiero ozioso, osceno che – partorito dalla vacuità delle nostre esistenze – ci spinge a desiderare di aver vissuto le tragedie della Resistenza. Ed è un inganno, lo so, perché l'epica è desiderabile solo a condizione di non farne parte.

Il passato che raccontiamo è precisamente il nostro passato e proprio per questo non si ripete in noi. Il rievocarlo non accorderà nessun riscatto ma nemmeno susciterà alcuno spettro malvagio, nessun reale tormento. No, nessun fantasma del padre insepolto verrà a perseguitarci. Il progenitore glorioso non è il nostro, l'avo illustre sempre l'avo di qualcun altro. Di questi tempi non c'è nessun mondo da ereditare, nessun treno da prendere o da immortalare. Nessuna Siberia verso cui mettersi in viaggio con la preghiera, esaudita, che qualcosa accada, fosse pure un accadimento mostruoso. Siamo al punto morto della storia, dove si organizza un "evento" al giorno eppure non succede mai niente. Tutto questo è vero, verissimo, lo sappiamo tutti, ma, alla fine dei conti, è meglio così. E sappiamo anche questo.

E poi, se guardi la cosa da un altro versante, scopri che il fondo è comune. La storia di Leone Ginzburg che ho appena raccontato è indubbiamente quella di un uomo eccezionale la cui straordinaria virtù fu da sola capace, in un certo senso, di salvare tutti gli altri. Eppure la sua straordinaria grandezza la misuri a pieno sullo stesso terreno arato dalle vite ordinarie di tutti quegli altri. Non su un roboante, squassato campo di battaglia ma sull'orto dietro casa. È lì che s'incontrano.

La grande virtù di Leone Ginzburg gli ha meritato una pagina solo sua sul registro della storia, ma su quello della vita il suo nome compare alla lettera "G" nell'elenco di un'umanità infinita e minuta. Sebbene il genere del racconto appaia tanto diverso, per i Ginzburg come per i miei nonni si trattò anche e pur sempre dell'affanno quotidiano, delle opere e dei giorni. Al titanismo nazi, in prima linea o nelle retrovie, tutti loro opposero anche le piccole virtù di gente che lavora e cresce i figli, l'ostinazione della cura editoriale, la filettatura dei metalli, le bistecche e i pupi. Sono sempre e comunque tutte arti minori, arti industriali le nostre. E, poi, l'unica epica che ci è rimasta è l'epica primitiva cui la vita privata ancora si attiene. E, poi, la sola storia che conti davvero, la sola veramente traumatica, per noi come loro, è quella cui dobbiamo la nostra nascita. E, poi, per tutti quanti si tratta pur sempre di vivere con l'amico estinto, e l'amico estinto con noi, si chiami esso Leone, Natalia, Antonio, Ida, Angela o Peppino.

Nella sua celebre prefazione a *Guerra e pace*, scritta dal confino di Pizzoli mentre i nazisti assediavano Mosca, Ginzburg – lo abbiamo visto – distingueva in Tolstòj tra personaggi storici e personaggi umani. I primi vivono sempre, in qualsiasi epoca, in tempo di guerra, i secondi sempre in tempo di pace. Certo, anche la pace presenta i suoi rischi – abbiamo visto pure questo – anche la felicità tende le sue trappole: "La felicità può perfino far distogliere lo sguardo di un giusto da un uomo ucciso ingiustamente." Ciò nonostante, secondo Ginzburg, Tolstòj, pur avendo combattuto da giovane nel memorabile assedio di Sebastopoli e poi raccontato in modo leggendario la guerra, riservava le proprie simpatie al mondo umano, alla pace. Tolstòj prendeva partito per la sua "felicità esplicitamente terrena". È lo stesso partito di Leone Ginzburg, indubbiamente.

Teniamoci, perciò, stretto il nostro avvenire facile e lieto. Prendiamocene cura. Non distogliamo lo sguardo da un uomo ucciso ingiustamente.

E questo è tutto. Quando la felicità dei protagonisti è raggiunta, per grande o piccolo che sia, il libro finisce.

RINGRAZIAMENTI E RICONOSCIMENTI

Sebbene racconti persone e fatti realmente esistite o accaduti, questo libro è un'opera letteraria non storiografica. Ciò nonostante, fin dove ho potuto, mi sono proibito ogni libertà d'invenzione riguardo alla ricostruzione di quei fatti e ogni introspezione riguardo ai sentimenti, sensazioni e pensieri di quelle persone, salvo quando attestati nei loro scritti o dichiarati nelle loro testimonianze.

Per quel che concerne Leone Ginzburg ho scelto di tenere la distanza che richiede un grande personaggio storico, distanza di rispetto. Ho narrato, dunque, la sua vita straordinaria basandomi esclusivamente sulle fonti scritte e documentarie che sono stato in grado di procurarmi. Molte di queste appartengono al genere letterario delle memorie di chi l'aveva conosciuto da vivo ma ho comunque scelto di non avvicinare le donne e gli uomini oggi viventi che ne serbano un ricordo personale. Non ho voluto accorciare quella distanza che mi separa, nel tempo come nel valore, dalla grandezza del protagonista di questa storia. Per ricostruire la storia delle vite ordinarie degli Scurati e dei Ferrieri, miei ascendenti, mi sono basato invece esclusivamente su ciò che di quelle storie è sopravvissuto nei ricordi. Solo fonti orali, dunque, e rapporti personali. Niente altro. Ho deciso, inoltre, di non sottoporre queste "sopravvivenze" alla verifica storica. È dunque verosimile che, come sempre accade con l'esistenza, siano spesso in errore.

Le opere dei Ginzburg alle quali ho attinto – in particolare gli *Scritti* e le *Lettere dal confino* per ciò che riguarda Leone e *Lessico famigliare*, i racconti di *Le piccole virtù* e gli articoli di *Mai devi domandarmi* per ciò che concerne Natalia – sono tutte pubblicate in edizioni Einaudi, al pari degli scritti di Giaime Pintor (sebbene oggi, purtroppo, fuori commercio). Sono grato alla casa editrice Einaudi nella persona di Ernesto Franco per avermi autorizzato a ripubblicare le ultime lettere di Leone Ginzburg e di Giaime Pintor e, tramite l'Einaudi, agli eredi. Le frasi che cito da Italo Calvino si trovano nella prefazione che scrisse per l'edizione del 1956 al suo *Il sentiero dei nidi di ragno* (Mondadori), quelle di Curzio Malaparte in *La pelle* (ora in edizione Adelphi), le parole di Carlo Ginzburg sull'atto del narrare nella conclusione di *Storia notturna* (Einaudi). Il ricordo di Norberto Bobbio che commento figura ora come introduzione agli *Scritti* di Leone Ginzburg e quello di Carlo Muscetta occupa due capitoli del suo *L'attesa*, edito da Sellerio. Mi sono, ovviamente, servito di moltissimi altri testi, di diversi autori, talvolta citati tra virgolette, ma elencarli qui mi sembrerebbe inutilmente pedante.

La mia gratitudine va anche a numerose persone che mi hanno aiutato nelle ricerche o verificato i loro risultati. Innanzitutto ringrazio Andrea Torre e Andrea Via dell'archivio e della biblioteca dell'Istituto nazionale per la storia del movimento di liberazione in Italia "Ferruccio Parri" di Milano. Senza il loro aiuto prezioso e senza questa istituzione preziosissima non solo questo libro non sarebbe esistito ma, cosa ben più importante, la nostra vita civile, intellettuale, morale e la stessa nostra esistenza nel tempo subirebbero una grave menomazione. Sono anche grato a Maurizio Assalto, Manuela Ceretta, Alessandra Coppola, Silvano Nigro, Domenico Scarpa che a vario titolo mi hanno guidato o aiutato nelle ricerche. Grazie anche a Marco Vigevani che, come sempre, ha letto, emendato e ben consigliato. Un ringraziamento particolare va a David Bidussa, Mirco Dondi e Giovanni Scirocco che hanno avuto la pazienza di sottoporre il testo a revisione sulla base delle loro vaste e profonde conoscenze storiche segnalandomi inesattezze o errori (i rimanenti vanno imputati esclusivamente al sottoscritto). Grazie, infine, a Delia Civile che mi ha aiutato a ricostruire la tragedia da cui fu colpita la sua famiglia, a mio padre Luigi, a mia madre Rosaria e a mia zia Maria che hanno accettato di rievocare la loro infanzia, la loro esistenza e quella dei loro genitori.

INDICE

Bompiani ha raccolto l'invito della campagna
"Scrittori per le foreste" promossa da Greenpeace.
Questo libro è stampato su carta certificata FSC,
che unisce fibre riciclate post-consumo a fibre vergini
provenienti da buona gestione forestale e da fonti controllate.
Per maggiori informazioni: http://www.greenpeace.it/scrittori

Finito di stampare nel mese di aprile 2015 presso
Il Nuovo Istituto Italiano d'Arti Grafiche S.p.A. – Bergamo
Printed in Italy